U0495352

谨以此书献给不屈服命运、默默努力的平凡人和爱我的人。

归零

朱小刚

著

陕西师范大学出版总社　西安

图书代号　　WX24N0920

图书在版编目(CIP)数据

归零 / 朱小刚著. －－ 西安：陕西师范大学出版总社有限公司, 2024.10. －－ ISBN 978－7－5695－4461－9

Ⅰ. I247.5

中国国家版本馆CIP数据核字第2024TM2453号

归　零
GUI LING

朱小刚　著

出版统筹	刘东风
责任编辑	舒　敏
责任校对	王西莹
装帧设计	观止堂_未氓
出版发行	陕西师范大学出版总社
	（西安市长安南路199号　邮编 710062）
网　　址	http://www.snupg.com
印　　刷	西安市建明工贸有限责任公司
开　　本	720 mm×1020 mm　1/16
印　　张	17
插　　页	1
字　　数	218千
版　　次	2024年10月第1版
印　　次	2024年10月第1次印刷
书　　号	ISBN 978－7－5695－4461－9
定　　价	59.00元

读者购书、书店添货或发现印装质量问题，请与本公司营销部联系、调换。
电话：（029）85307864　85303629　　传真：（029）85303879

1

手机震动声又响起来，是胡小宇，只有四个字——的确跑了。过了一会儿，胡小宇又发来条信息："八点老地方。"

齐秦飞从被窝里爬起来，晦暗的房间里有潮气、霉气，还有泡面的气味——他没吃泡面，确切地说，这三天没吃。

上周三，公司的行政兼财务秘书小周来电话，惊慌失措地告诉他赵总失联了。她战战兢兢地讲述着赵健从有到无的过程。第一天，她按齐总指示把账面上剩的十五万打给了赵总，并给他订了去长春的机票。晚上在长青路十字帮他拦了辆出租车，上车前，她还握着赵总的手，悲壮又豪迈地说，赵总加油！第二天，她给赵总打了电话，确认他已经到了长春，见到了他们的货。"钱和货，必须带回来一样，当然，最好是钱。"赵总信誓旦旦地说。又说："小周啊，哥回来给你发工资、发奖金，还给你带礼物，喜欢包还是表啊？"愉悦感从电话那头传过来，真真切切的。第三天，赵总的电话打不通了，她以为是欠费停机了，自掏腰包给他交了一百块话费，依然打不通。第四天第五天，无数次重拨号码未果之后，她开始担心他是否因为讨债的身份被惠达公司扣住了，或者在民风彪悍的东北遭遇了绑架？她设法联系了惠达的行政，得到的消息令她震惊——赵总没去过惠达！她又查了机务信息，赵总没有登机。

她把几乎确认赵总失联的消息告诉齐秦飞，焦急地说："怎么办，齐总？这可是公司的救命钱！"

齐秦飞不敢相信。赵健怎么会跑？"休戚与共！"几天前赵健还郑重地对他说，"惠达的单是我全程跟的，我负责到底！"当他握着他的手，说出"休戚与共"四个字时，手力沉了许多，仿佛压上了他的全部信念。

他拨打赵健的电话，动用一切方式去找他，三天几乎不眠不休，吃了十几桶泡面。开始时狼吞虎咽，到后来他已有些恍惚，几次举起塑料餐叉却怎么也卷不起已经泡得发胀的面条，终于在一次十分艰难的咀嚼后，泡椒辛辣的味道让他剧烈咳嗽并且呕吐起来，他的口腔、鼻腔里，衬衫、西裤和地板上都是调料水和泡面渣。屋子里弥散着昏暗的光，他颓然地脱了衣服，拉开被子一头扎了进去。

手机里有几百条短信，内容差不多。有关心的，有看笑话的，有咒骂的，有催债的……还有于真，以几乎歇斯底里的语气发了无数条语焉不详、相互矛盾的短信。齐秦飞无力点开细看。

他昏昏沉沉地爬到窗边拉开遮光窗帘。推开窗，一股凉气蹿进房间，他打了一个激灵。从二十楼的窗台看去，天空明暗交杂，一大团浓重的黑云压得很低，让人透不过气。雨一直不来，风里裹着一丝尘土的气息。他大口大口地用力吸气，胸腔却依然感到沉重。

大舅也是在这样一个浓云密布的阴天出现在他面前的。

他大舅高明远是张河村的一个传说。坐落在宝安陇原的张河村是齐秦飞外婆家所在的村子，村子旁边有一条小河，它从哪里来的谁也不知道。河上游有一棵大柳树，树干粗得三人合抱不住。为着这棵树和小河，张河村人骄傲极了，风水风水，在原上，风自然是不缺的，可水就稀奇了，何况还是这么一湾从天上掉下来的清汪汪绿莹莹的小河，多喜欢人。张河村人喜欢闲聚在柳树下讨论家国大事。靠着南边最繁密的树枝下面的位置，是柳树爷的。

柳树上百年了，张河村的历史上自然就有过无数个柳树爷。日子过着河水流着，张河村的柳树爷就从最早时候不苟言笑的族长变成了后来见多识广最会研判国事民情、最会给孩子们讲故事的人。

柳树爷讲过周公旦制法到诸葛亮五丈原病逝到陇原战役的故事。故事讲完，柳树爷扶着树干站起来，双手掸掸身上的土，齐秦亮赶紧把拐棍递上去把路让开，齐秦飞却总是拉起柳树爷的衣襟，央求他再讲一个。

"要讲英雄豪杰呀，三天三夜讲不完，咱村代代也出人才哩，飞飞你大舅就是一个呢。"

齐秦飞不知道他还有个大舅，从他记事起，外婆家只有二舅。于是他跑回家问外婆大舅是谁。外婆剜了他一眼，冷冷地说，没这个人。后来他又问二舅和母亲，母亲不说话，二舅拿起锄头狠狠在院儿里那根老梁木上劈了一斧。他们的沉默更激起他的好奇和斗志，他问齐秦亮："哥你知道不？"齐秦亮说："我比你就大三岁，你不知道我当然也不知道。"再去纠缠柳树爷，他摇摇头，摸着山羊胡子说"那是你家伤心事哩"，便再没有了下文。

在齐秦飞几乎已经忘记追查他大舅踪迹的时候，他大舅却在一个阴天里进了家门。他父亲在院子里看见一个人，眯着眼看了老半天，提声问："大舅哥？"他母亲闻声跑进院子，一把就钳住了大舅，惊呼着说："哥，你咋回来了！"

是大舅！齐秦飞伸长脑袋往院里望去，见母亲热乎乎地拉起大舅进了屋。透过逆光，他看到大舅硕大的身影，外婆、二舅、母亲都长得瘦小，大舅却有着张河村少有的高大身材。那之前很长一段时间里，他想象过柳树爷嘴里的他的英雄大舅。他以为他很可能穿着牛仔裤戴着蛤蟆镜，是个做生意的大老板，又或者曾经风云过，如今成了落魄的满面尘灰的流浪汉。眼前的大舅让他迷惑了，他干干净净整整齐齐的，不同于其他的农村男人，他的头发梳得一丝不苟，面容也清俊，甚至可以说是仪表堂堂，像金庸小说里的侠客。

大舅坐下，在他和齐秦亮身上上下打量一番，朗声笑着对他说："你是秦飞。你妈信上说过，秦亮听话，秦飞毛躁。"他摸着脑袋嘿嘿笑着。

大舅突然严肃起来，说："秦飞啊，我今天就是专门来见你，给你讲讲我的事儿。我十六岁学徒，那时原上还没开始闹'文革'，我师父解放前就是有名的木匠了，谁家打家具，都要郑重去请。他三天三夜就给咱家打了个柜子，从下料锯料到镂雕，我都看着，不用一颗钉子，最后严丝合缝的，神了。师傅见我看得仔细，问我是不是想学。我就点点头。你外公在屋里看见了，就说小儿愚钝，怎能劳师傅费心。你外公是想让我读书呢！"

大舅接过母亲递的茶水，低下头，轻轻闻了闻，呷一口，顿了顿，接着说："我师傅对你外公说'小公子自然是读书的材料啊'。柜子打好，师傅结结实实吃了你外婆招待的大肉臊子面，背上行头离开了。"

"后来呢？"齐秦飞伸着脑袋问。

"师傅走时正是黄昏，天上的云彩盖满了原，那天一直有鸟在咱家门口飞，我看着他的背影越来越小，想着以后再见不上这么神的手艺，心里莫名地慌。我跑到后山顶，看到他的影子变成了个小黑点儿后，不知怎的，就追了出去。追了很久，开始还有他的脚印儿，后来完全是凭着打问和直觉，追到了他。师傅见我心诚，答应我跟着看两天，叫人捎了信给你外公，说下次回原时领我回去。"

"那外公后来让你跟着学艺了吗？"

"哪能啊！我跟着师傅游走在宝安，他干活儿有'三不'，一是不欺生，不能欺负主顾是外行儿，偷工减料虚报工价；二是不问闲事，在主家干活儿只低头做事，不多打问人家家事；三是不坏行规，不说同行是非，不压同行市价，更不能辱没行风，失了手艺人的尊严。师傅边干边给我讲这些道理，大约半年之后，师傅接到报信，说原上也开始'文革'了，你外公戴了帽子被拉去批斗，他不敢再送我回家，叫人捎了两块钱给你外婆，就带着我进城了。"

母亲抹着眼泪："大哥，多亏了你，那些年咱家一个人只算半个工，家里多了粮，我知道是你捎的，你别怪爹娘，他们是对你有冀望呢。"

大舅笑笑说："我今天来，不是诉苦怀旧的。爹是读书人，我去当了木匠他死都不让我进门，我明白他。因为'文革'，你和明达也不敢读书了，他心里苦。现在秦亮考上大学，秦飞要上高中，咱家也算后继有人呢。秦飞也十六岁了，我想问问你们，打算咋办？"

大舅话音一落，房中陷入了沉默，父亲猛吸了两口旱烟，垂下头。昏黄的灯光把父亲的身影映在土墙上，外面响起一记闷雷，天上的黑云压得更低了。

"我不读了！"齐秦飞站起来说，他低头看着大舅，莫名地腾起一种勇气和悲壮，家里不可能再供个学生，这他是一直知道的。母亲小声说："那怎么行。"

"怎么不行？"齐秦飞说，"妈，家里有大哥读书就行了，大舅出门学艺，也是十六岁，我也进城谋生，或者跟大舅学手艺呀。"

"秦飞，你是个好娃，你外公要是活着，他绝不许我说这话。他临走前留话，不许我再进家门。今天不是为你们上学，我也不会进家门。家里的情况你清楚，农民自古靠天吃饭，咱集全家之力，也只能勉强供你们一个。但今时不同往日，改革开放了，想出人头地也不是只有读书一条路。书在纸上，更在心里。我师傅一生不识字，需要用字都用图替。但他把木匠手艺钻研到了极致，做人做事有口皆碑，老话说，行行出状元。现在都兴机器家具了，你再跟我学木匠，过时了。年前有个老

005

话音一落，老屋的雨下了起来

先生,也是读书人,好古风的,找我打过一套家具,他儿子是宝安技术学院的院长,你若愿意,就把这通知书拿上,去他那儿学个技术,不要学费,还包分配工作呢!舅把通知书放下,你再想想。"

"我去!"决定几乎是一瞬间做出的,一旦做了决定,齐秦飞觉得自己似乎也成了一个大人,成了从山顶一路去追老木匠的舅舅,风、雨、人都不能阻挡了。

话音一落,雷声接连响起来,豆大的雨点噼噼啪啪地砸下来。

2

红街的灯火永远通明,人声永远鼎沸。这个西京市最大的夜市,拥有与它的名字别无二致的市井气质。

这里最早只摆着一个卖菜夹馍和粉汤羊血的摊位,因为口味重分量足,通宵不撤,成为西京北郊交接夜班的出租车司机聚集吃饭的地方。后来司机越来越多,卖吃食的摊子也多了起来。月牙饼、潼关夹馍、熏肉大饼、驴肉火烧、担担面、汇通面、裤带面、重庆小面,甜的还有八宝稀饭、豆沙小油糕、枣泥甑糕。再后来四处居民乃至慕名来的年轻人挤满了小路,炒菜、砂锅、烤串儿等各类品种陆续加了进来,白天沉寂的有些破烂的小街一到夜晚就聚集着多于承载量几十倍的人流,灯红酒绿、浓油赤酱、热闹非凡。

一个地产开发商发现商机后,投资改建了附近的城中村和小街所在的"育才路",先将四周拆除,再砌起高高的围挡,道路拓宽,路边门脸儿一律刷成红色,两边挂上灯串,小吃摊统一成红色推车,"红街"的名字一叫出来,就跟着出租车的轮子不胫而走了。没过几年,周边的村子默默改头换面，变成了商业综合体和商品房，被安置在几里地外的城中村村民成了门面房老板，当然，赚得盆满钵满的还是开发商。

除了地产商，这条街上几乎还以一年几个的速度出产着"商业传奇"，去年是年入百万的屈胖子烧饼，今年是开了加盟连锁的王胡子拌面。在红街，草根们的商业传奇是最热门的永恒话题。

这样的街巷里，每个人都有自己的据点儿，胡小宇的"老地方"是王五烤肉。

还在宝安上学的时候，狐朋狗友喝酒吹牛，最常去职业学院后门的烤肉摊儿。胡小宇、齐秦飞、何志强，还有狗日的赵健也去。胡小宇高声叫老板提三箱啤酒，要四十串肉，他们敞开肚子喝酒，肉却不敢多吃，一瓶一串儿是定量，后来齐秦飞练到一晚上喝十瓶啤酒只吃两串肉。酒喝得慢又不挣钱，还要搭上一张桌子一晚上的生意，老板心中叫苦不迭，脸色自然不会好看。胡小宇鼻孔里哼一声，搂着齐秦飞说："飞，等哥们儿今后挣了钱，咱一晚上只吃肉不喝酒！"

齐秦飞到的时候，胡小宇和何志强菜都吃上了，一盘毛豆、一盘醋熘豆芽、一盘炒面、一盘烤肉，一张小桌摆得满满当当油香四溢。胡小宇用手擦了嘴，朝他挥挥手，招呼他坐过来。

"狗日的赵健，现在谁都找不到他了！"胡小宇开口骂道，"这项目一开始很可能就是这狗日的下的套，我通过几个朋友拐着弯儿打听到了，赵健给惠达说的是押货，他从惠达拿了二百万。现在那边儿也找不着他，说是货只值一百万，那边一个副总和他不知怎么勾搭上的，哭天抢地说自己吃了暗亏，被悦达骗了，咱现在是有苦说不出，这狗日的把钱卷了，摆明了让你背锅呀。"

对于赵健的失联，齐秦飞已经不抱任何侥幸了，他发疯地找了几天，又昏天暗地地睡了几天，一个大活人，如果不是谋划已久想消失，总有踪迹的。

这个无可辩驳的令人麻木的事实硬邦邦地摆在眼前，真实得有些虚幻。此刻他已经知道，赵健不仅走了，把公司的钱都卷走了，还把账户里仅存的十五万一并骗走，只丢给他一个烂摊子和坏名声，这一系列的事情可能会让齐秦飞一辈子都翻不了身还不完债。他真绝啊！齐秦飞脑袋里空空的，机械地告诉自己这个现实，脑回路仿佛中断了，怎么也无法把"赵健事件"和"赵健"联系起来。

1996年秋天，齐秦飞穿着一件旧的确良衬衫和齐秦亮淘汰下来的黑色裤子，背着母亲蒸的一袋子白面馒和一罐腌咸菜，跟着他舅，一路搭车花了一天时间到了宝安。他舅把他带到了秦校长父亲家里，一并送去的还有一个精致的小盒子。秦老先生枯树皮一样的双手颤颤巍巍地打开盒子，中气十足地赞叹一声："这么精致的妆奁啊！也只有明远先生了。"便吩咐保姆做了六个菜，开了一瓶陈年西凤老窖酒，款待他们甥舅俩，又打了电话喊回秦校长，让他务必要给老友的外甥谋个好前程。

校务李老师在秦校长安排下带着齐秦飞去报了名，又带着他七拐八绕进了操场后面的一个院子，指着小三楼说："三楼最里间，去吧，有事儿就找我。"

齐秦飞拖着行李进了屋，胡小宇、何志强已经在里面了。何志强是隔壁静安县人，和他一样，上中专是为了给家里减负，将来分配个工作，就能拿工资了。胡小宇却是宝安市人，职业学院统共也没几个市里人，胡小宇家还做点小生意，吃得好，穿得也洋气，戴着一块磨得发亮的电子表，甚至还有个索尼随身听，算是学校一等一的风云人物了。除了家庭条件相对较好，胡小宇还很义气，老实的齐秦飞和何志强负责打扫宿舍卫生，胡小宇就定期叫上哥儿几个一起去打球、下馆子、喝酒吹牛等。

那时学校的宿舍还没通自来水，喝水洗脸都得在宿舍院子东头的井里打水。井深几十米，打水是十足的力气活儿，这活儿自然是齐秦飞和何志强负责。老井的井口宽足两米，边沿架着两块厚木板，人站在上面才够得到绞水轴，学生们水绞到一半没力气了，水桶哐当一声掉回井里是常有的事儿。

一个雪很厚的早晨，轮到齐秦飞去打水。他冻得哆哆嗦嗦地站在井沿儿上，对着棉线手套哈着气，刚拿起水桶弯腰准备往下掉，突然脚下一滑，人跪倒在井沿儿上。他吓坏了，僵冷的手仍机械地抓着绳子，感觉自己的身体在一点点向井口滑，就在齐秦飞紧张地不知道该怎么办的时候，忽然他感到脚被人紧紧拽住，身子朝井口滑动的速度也慢了些。身后的人先吼了两声，就再没力气发声。仍旧箍住他的腿，过了一会儿，何志强大叫着跑过来，抱住他的腰，他才松了绳子，被两个人拉回来，通的一声躺在了井边，水桶发出几声闷响后掉进了井里。齐秦飞侧过脸，看见旁边躺倒的人正在呼哧呼哧喘着粗气，那人两颊红扑扑的，是赵健。

"赵健救过我的命，十二年了，我一直信他。"齐秦飞仰头灌了自己一杯酒。

何志强跟着叹了一回气，说："于真给我打电话了，把我骂了一顿，问我为啥不跑快点儿去救你，那就没赵健什么事儿了，你也就摊不上这事儿了。骂着骂着，她哭了，我听着哭得挺伤心，她问能不能不认那些账，能不能告赵健。我找法院的朋友问了，告是可以告的，但账估计还得认，前面那批货毕竟是卖出去了，钱收不回来，是两家公司的事儿，不是赵健的事儿。我一个伙计说，咱这数额还不够大，法院和公安局估计管不过来，现在是命案必破，其他的要看情况。"

胡小宇拍拍他的肩膀，递给他一串儿放凉了的肉。

赵健救了齐秦飞之后，就和胡小宇他们混到了一起。他孤身一人，自小没有父母，跟着一个拾破烂的爷爷长大，后来爷爷去世，他被爱心助学政策送进了宝安技术学院，成了95级计算机班的学员。

那几年，他们一起骑着自行车跑到宝安工人文化宫看露天电影，还沿着龙山铁路捡过啤酒瓶。赵健小时候跟着他爷爷走街串巷讨生活，最熟悉宝安角角落落的废品收购站，一样的酒瓶子，他们总能卖到好价钱。卖了钱，几个人去宝安百货门口逛一圈儿，一人买一根冰棍儿，再前呼后拥地去吃烤串儿，有点儿校园帮派的感觉。赵健那时候多实在！话很少，抢着帮忙搬瓶子，领了钱从不沾手，直接给何志强，还总嘻嘻笑着说何志强手紧，会管账。

赵健1999年从学院毕业，分配到长春，实际上那时大学生已经很多了，赵健当不上工程师，只能在流水线搞装配，拿着四百八十块钱的工资，不高也不低。过年回到宝安，他请齐秦飞他们吃饭，豪迈地说："东北烧烤吃着才叫爽，我在长春等你们啊！"其实赵健自己也没攒下什么钱，工厂里红白喜事、兄弟们谁家有烦难他都会爽快地掏腰包，讲足了义气。谁知2000年齐秦飞他们毕业时，学院政策突然变了，毕业生不再包分配，要自谋生路。

何志强大受打击，只好托亲戚在宝安机械厂找了个临时工，开始在夜校补习。何父何母经历过下岗潮，当年也是托了关系才让他进的技术学院，想着一技傍身总有出路。突变的政策让何志强坚信知识的时代已经到来，教训是惨痛的，不能再消耗青春，必须苦读才能把命运掌握在自己手里。胡小宇原本就没想过进厂，就着不包分配的政策，他名正言顺地开始跟着他爸跑建材生意。齐秦飞知道不能再去找大舅，四年前大舅带着通知书给了他一条出路，否则他那时可能就进城打工了。为他上学，大舅毕生的积累都搭上了。张河村太小了，柳树爷眼里的英雄豪杰在饥荒的岁月能够顶门立户给家人挣一口饭吃,已经是顶了天,乡村木匠的手艺已经无人问津,在他工作这件事上,大舅不可能再给他任何助力。

这次齐秦飞不用人再劝,也谢绝了胡小宇给出的和他一起跑建材的提议,他知道胡家的生意不大,像他这样没任何实践经验的毕业生,只会给胡小宇和他爸添负担。

"飞,你当年一个人到西京,苦也苦了,干了几年命都拼上了,好不容易站住了脚。说实话,没你在外企干销售的经历,你和赵健的公司开不起来。我估计一开始他还是想和你一起干一番事业,这不是赶上经济不景气,咱是看错他了,你心里难受,我知道。"胡小宇说,"事已至此,君子报仇十年不晚,但气势不能泄了,不是有首歌儿'心若在梦就在'嘛。"

"那叫《从头再来》,"何志强说,"小宇说得对,秦飞,今天哥几个儿陪你好好喝一场,明天重整旗鼓,咱还有东山再起的一天!"

3

身体似乎已经不属于自己,大脑中的思绪也都被抽离,齐秦飞半醉半醒地进了家门。要是能真醉也不错,但巨大的事实横在那里,他醉不了。

家里被于真砸得无处下脚,他就势躺进沙发里,于真不和他说话,他也就不需要再假装打呼噜敷衍她。

赵健的潜逃,最受打击的自然是齐秦飞,在成年人的世界里,毫无保留地信任一个人是愚蠢的。赵健反捅一刀,扎在了他的后心,他感到自己的疼不仅是事业的失败，还有信任的错付和对自己如此愚蠢的百思不解。如果说有谁比他更伤心难过，那就是于真。

于真自然不会体会到齐秦飞在自尊层面的那种痛苦，她关注的是更为具体和现实的东西。在那之前她早就计划好了要换一套空间更大、更舒适的房子，这是她以前想都不敢想的事情，但齐秦飞那么能干，那种"能干"就以不断累积的家庭财富的形式摆在她眼前。

她记得他最初夹着一个破包跑业务的情景，在静静坐着都能出一身汗的西京的夏天，齐秦飞在足有40℃的户外一家一家地推销他的产品，顺便做市场调研，那时他几乎是凭借一种勤劳的本能和天赋去梳理他白天跑单的笔记和心得，摸索着客户的需求。那些在她看来根本没用的东西对齐秦飞来说是至宝，他不相信电脑，每天跑完市场回到出租屋，总是一笔一画地将自己当天的销售情况和心得体会记录在一个黑皮笔记本上，并时不时地拿出来翻一翻。

对于他这种看不到方向的努力，于真又心疼又骄傲，她不知道那个笔记本里那些字、那些数据的意思，但在打扫时会忍不住仔细擦拭笔记本的封皮，并努力给他做些好吃、耐饥的东西，这就是她爱他的方式了。

齐秦飞后来奇迹般地进了外企，一起跑单的"跑友"们在他们的出租屋里聚餐庆祝，你一言我一语地问他有什么背景，能夹上体面的公文包带着名片跑业务了。只有于真知道他什么背景也没有，而只是凭着一种忘我的直觉和拼劲儿，才拿到了连一般大学生都难以拿到的外企录用通知。她知道他在背后流的汗水。

从那时起，她再也不在内心质疑他那种"傻"，反而骄傲自己能够拥有这么上进的男人。齐秦飞和她一样，和她小时候的玩伴、和她公司那些同事的丈夫一样，出身于最普通的农村家庭，和他们一样没有读大学。但他又和他们不一样，他拼劲十足，不管什么事情，只要交到他手上，他一定会精益求精地做好。

于真开始享受来自她自己生活圈子的艳羡，这么好的男人就是她的丈夫。后来他在那家外企签下第一个百万元订单时，她一点儿也不惊讶，在她心里，好像随便哪一件惊天伟业对于齐秦飞来说都是手到擒来的。再后来他凭一己之力，在西京的房价还没有高到离谱时买了现在住的小房子，她也终于如愿以偿地怀孕时，不用任何心理建设就顺理成章地辞了职。

对于她的辞职，她的同事们没谁多问一句，这似乎已经成了早晚会发生的既定事实。他们或真或假地恭维她一番，表达不舍之余，主要还是强调"苟富贵，无相忘"的意思，这使她的虚荣心得到了极大的满足。

家中大事当然由齐秦飞决定，但他对她的生活花销从不多问，她为他准备的衣服他也从无异议，甚至她给娘家、给弟弟一些钱，齐秦飞大多数时候也只会哦一声，表示自己知道了。连她妈都说，于真你哪辈子修来的福气。于真对自己的生活满意极了，齐秦飞除了话少，真没别的缺点，甚至她认为他的话少，也只不过是由于做销售被迫说了太多的话的原因。

如果说齐秦飞做的事情有哪一件是于真不能从本质上认同的，那就是他后来辞职和赵健一起创业。

齐秦飞辞职她没有意见，当然，齐秦飞也不会和她商量，他只是在闲聊时通知她自己辞职了。辞职了干什么？这不是于真考虑的问题，她相信她的丈夫不会打无准备之仗。他和赵健一起创业她也没有意见，她听他讲过无数次赵健怎么在雪地里抱住他的腿不撒手，以至在大冷天累出一身热汗，最终把他从那口恐怖的深井边救下来的故事。但是，赵健不出一分钱，占百分之三十的股份，这她接受不了。齐秦飞自己的七十万，加上借胡小宇的三十万，总共一百万，才占百分之七十的股份。

"他一个流水线操作工，顶多当过个班长，还能技术入股？"她嗔怪着。齐秦飞斩钉截铁地说："滴水之恩当涌泉相报，何况他在长春一直在干老本行，最新的技术都能掌握，怎么不能算？"

他们的公司叫"悦达科技"，给停车场售卖过无人值守系统，给小公司搞过办公自动化系统，最主要的，是凭借齐秦飞过去建立的种种关系，分包大公司拿下的项目。他们摸索了一两年之后，就发现利用各种关系网做分包商干一些轻车熟路的活儿比费时费力地拿下一个小项目再请人做原创的解决方案更挣钱。但齐秦飞不放弃以悦达的名义拿到的项目，他认为那才是他的"手艺"，即便依靠他和赵健无法完成，要高价聘请工程师来帮忙，他仍然对那些不怎么赚钱的小项目充满了热情。创业的第二年，齐秦飞连本带利还了胡小宇的钱。第三年，齐秦飞赚到了第一个一百万。

于真看好了南郊的一个小区，最小的户型也有一百五十平方米，小区里温泉入户、嘉树掩映，修着一个不小的人工湖，还带着滨湖小学的学位。她把存折捧在手里，想象着住进新房的情景，将来诺诺上了滨湖小学，她每天接送他，隔条马路就到，那多惬意。她把户型图摆到齐秦飞面前，齐秦飞也觉得好，他有了公司成了老板，必须有和身份相匹配的配置，那是实力的展现，也会在无形中增加生意伙伴的信任。

在于真热情高涨地上网搜索装修方案时，齐秦飞却告诉她房子暂时买不了了，因为赵健在长春谈了一笔生意，他们将会为惠达公司做一套集成服务系统，惠达是大公司，这将是悦达提升知名度的重要案例，会成为它发展史上的重要一笔，那笔钱首先要用于买设备。

于真当然不愿意,她据理力争:"你们给别人做项目,为啥要自己掏钱买设备?既然是大公司,他们为什么不自己买设备?"齐秦飞知道她买房的心气很高,他"临阵变节"当然让她不满,他耐心地给她解释今年市场是如何艰难,多少公司的资金链断裂。他告诉她连台州的飞跃集团也面临着倒闭,而此时能获得一个大单是多么重要。他说惠达这样的大客户是不会自己去跑每一个环节的,你既然是集成商,就要统筹来解决客户的问题,最后交卷时客户才会满意。

于真不吃他这套,经济不好并不影响人们购买学区房的热情,那个小区的房源不多了,她不能等。何况齐秦飞总是说"凡是人管的事情,都是可以商量的,做生意就是要有商有量,和客户共赢",拿自己的买房钱给别人买货,怎么能叫共赢呢?她几乎哭着对齐秦飞说:"那个小区对应的是滨湖小学,以后我就想让诺诺上滨湖小学呢。"齐秦飞知道房子成了她的执念,她不会接受"让悦达再上一个台阶"这样的说法。于是他说:"这个项目大概需要一年时间,我们外请一些工程师,加快进度,争取半年做完,可以净赚五十万。你看最近几个大房产公司的股价都跌成啥样了,万科已经开始在杭州降价促销。西京的房价如果也跌一些,到时候咱们买套更大的你觉得怎么样?"

"为什么要贪图那五十万?!"赵健消失之后,于真在心里质问自己。她没有像齐秦飞一样,对赵健的失联抱有幻想,而是第一时间就相信他卷款逃跑的事实。她恨赵健这个骗子,不仅骗走了她的买房钱,还可能让他们背上一百万的债务。她也恨齐秦飞,他给赵健发着工资,还白送他百分之三十的股份,这还不够,竟然放着好好的日子不过、放着那么好的房子不买,非要倾尽所有去做一单自己根本没能力拿下的生意。但她最恨的是自己,她恨自己偷偷摸摸地打着小算盘,齐秦飞说"到时候咱们买套更大的你觉得怎么样"时,她犹豫着就点了头。她当时想：她妈年龄大了一个人在静安，她弟怎么看都不像有出息的，将来成家说不定还要靠她贴补，不如拿赚到的钱在小区买两套，她妈可以以帮忙带孩子的名义住过来，齐秦飞应该不会反对，那就两全其美了。

  赵健打破了一切。她对着齐秦飞破口大骂，但他只回了一次家就不再出现也不再接她的电话。她又开始挨个儿找齐秦飞的好友，甚至向她大字不识的妈询问，不断确认了赵健的诡计。她向她的老乡何志强诉苦，说不上是为了泄愤，还是要帮助齐秦飞获得朋友圈的舆论支持。最后她发现了自己的无能为力，甚至齐秦飞的无能为力，就将怒火发泄到这个她唯一可以施加影响的地方，花瓶碗碟、电视地灯，那些她一件件亲自挑回来的物件儿都成了她的眼中钉。她再也忍不住，崩溃地大哭起来，身体筛糠一样地颤抖着，让情绪耗尽她最后的体能。

4

  中国的古话"福无双降，祸不单行"说得没错，到了深秋，坏消息接踵而至。银行连续五次降息，各级发改委到处打电话催促项目并以极快的速度批复，但这些大而宏观的举措都不会落实到齐秦飞身上。

  针对和悦达的合作，惠达公司做了清查，确认此前是由于一位副总的冒失和程序失误而造成的"错误"，漏洞百出的合同是沈姓副总在公司董事们都不知情的情况下违规签订的，他一口咬定这只是由于和赵健的交情而一时糊涂，超越了职权范围帮悦达押货的私人行为。惠达迅速辞退了沈姓副总。他们的法务郑重地给齐秦飞打来电话，鉴于此前的不愉快经历且合同没经过党委会审阅，他们的合作中止，希望悦达公司能够接回自己的设备，尽快还款。法务客气而坚决地告诉他，不要试图抵赖，那将使他声誉扫地。

齐秦飞感到脊背寒凉。他不得不硬着头皮收拾烂摊子，接受了起诉赵健的建议，同时也接受了合作中止的要求。事已至此，纠缠于自己是同谋还是被人坑害和惠达在官司中彼此消耗都只会使他陷入无尽的泥潭。

在西京，他只是一个不知名的小公司法人，但母亲的教导和多年的职业训练使他即便身处逼仄的境地也依然要维护自己的尊严。他还清晰记得在那些贫寒的岁月，母亲没有拒绝过任何一个过路乞讨的人，也断不会刻意舀些稀米汤给他们。"处事以诚，待人以敬"，这大概是识字不多的母亲能够说出的最有文化的话了。她用这话教导齐秦飞，把那种对"信义"的执念根植在他的血液里。

认下那笔债务的直接后果是倾家荡产，设备进了惠达的厂房，拉出来就不可能再值一百万。要再卖出更是无比困难。先不说是不是匹配其他用户的需求，单就短时间内大型设备的仓储就会让他焦头烂额。

齐秦飞把公司解散，把手上在进行的小项目低价转让给他认为可以信任的公司。他不分昼夜地给那些要账的、欠钱的生意伙伴打电话，声明处理账务的办法和时限。他们在向他确认自己的利益不受损害或者向他大吐苦水的同时，总要礼貌性地对他致以同情的问候和不无空洞的勉励。从一个小业务员起家，一路开疆拓土的齐秦飞，因为自己的轻信，一段时期内成了他身处的小圈子里的谈资。

他此时已顾不上如何被"圈子"看待，只身飞到长春，执着地求见惠达高层，苦口婆心地向他们陈情，企图在废墟上挖掘他们之间是否还有着对话和共赢的空间。他想方设法地接触那些有可能为惠达提供后续服务的商家，他们曾是竞争对手，但现在任何一个竞争者都是他意识中的交往目标，他努力寻找和他们合作的可能性。

在长春，齐秦飞几乎成了一个悲剧英雄，每天奔走在他认为有可能解决问题的人们中间。他胡子拉碴地蹲守在惠达的办公楼外，以极快的速度围堵每一个惠达的高层前一天接触过的人。他不厌其烦地调查那些公司和他们掌舵者的资料，甚至比他们内部的销售和商务人员更快速地找出了他们同惠达的合作点以及以合理的价格接收他那批设备的可能性。大多数时候，他拿着一瓶矿泉水啃着馒头出现。他的形象引发了一些同情和关注，甚至有一家公司对他抛出橄榄枝，设备他们不愿原价接，但人愿意。他们想聘请齐秦飞给他们公司的销售人员讲课。

"呸，虎落平阳被犬欺，"胡小宇在电话里说，"飞，我看你是流年不利，你回来后我带你去找大师算一卦，你也改个名字。哥们儿改了名字之后生意进了一大步，最近很多大项目上马，你回来咱俩一起干。"

"你改名字了？"

"是啊，大师说'小'字和'宇'字相冲，就把我的前程压住了，我现在叫胡进宇了。对了，前天我去看了看大娘，家里都好着，你放心。你哥想买房，大娘不让给你说，我想了想还是得说，这钱我先拿。"

齐秦亮结婚后一直住在岳父家里，买房是情理当中的。母亲怎么不让给他说呢？公司的事情母亲不知道，他自然也不会告诉齐秦亮。是于真告诉了母亲，还是胡小宇的到访让母亲起了疑心？

母亲是心思最细腻的。他和舅舅到宝安去之前的那个夜晚，母亲一直在厨房忙碌，他在院子里看着母亲，厨房里腾起的蒸气让她的身影渐渐模糊，她知道他在看她，却一直沉默着。水雾里母亲变得很小、很虚幻。他想起小时候，母亲摇着蒲扇轻柔地给他和哥哥讲赤壁之战、讲胯下之辱。母亲拍着儿子们的头说："什么是英雄啊？卧薪尝胆，能屈能伸呢。"肚子里有无尽故事和无尽温柔的母亲那晚把自己深深地埋在水雾里，一句话没说。也许她敏感地意识到儿子看似悲壮的决心背后的无奈，也许她无法用确切的语言表达她的悲伤。

这一次呢？他一个月没回也没给家里去电话了，母亲竟也一个月没来过电话。平日里母亲的确甚少主动给他打电话，她知道他忙，也体谅他成家之后的家庭关系在某种程度上变得复杂。即使他曾郑重地告诉过于真结婚后不要轻慢他的家人，于真也真的尽量以一种井水不犯河水的姿态遵守着他的"规定"，母亲仍然自觉地退出了他生活的主要位置。但这次太久、太蹊跷。

猛然到来的想法使齐秦飞不能再耽误。他必须尽快处理好这批设备和这笔烂账。他找到惠达的法务部，告诉他们合同可以中止，赵健以悦达名义欠的账他也认，但他实在无力归还那么巨大的欠款。他从胡小宇和何志强那里得知，国家将投入四万亿资金用于刺激经济，惠达的确是要做一条自动化生产线和管理系统的，如果他们主动出击，或许能申请到一些补助。唯一的堵点只是价格。他愿意让出百分之三十，并且把之前的提升方案无偿贡献出来供惠达尽快凑齐申报补助的资料，只要惠达能以七十万的价格接收设备，剩下的一百三十万，他会砸锅卖铁尽快补齐。

普通人就是这样被时代的潮水裹挟着，他的问题最终以这样戏谑的方式消解。惠达因祸得福地低价接受了原本就为他们准备的设备和方案。齐秦飞的设备卖掉了，他也在瞬间变得一无所有。

走在长春街头，齐秦飞说不出自己是感到憋屈还是如释重负。三三两两的行人和他擦肩而过，或者大声谈笑，或者高声叫骂，还有喝醉了的男男女女旁若无人地在调笑。

2008年的冬天就这样来了，电视里滚动播放着惊天动地的新闻，间杂着一两条听起来鼓舞人心的消息。没有人关心会有多少人和齐秦飞一

齐秦飞迷茫地走在长春街头

样，失去了事业，失去了朋友。

雪慢慢落下来，他伸手去接雪花，每一片雪花都像传说中那样有六瓣，仔细去看，那些雪瓣又分出无数晶莹的小枝蔓。雪花在他手心里融化，使他感受到一股微小又确切的凉意。他抬起头，看着漫天飞扬的雪，它们轻轻地扑在他脸上、身上，它们落进他的眼中，似乎想要抚慰他，又或者想掩盖他的眼泪和一切。

5

齐秦亮没有接受齐秦飞拿来的两万块钱。弟弟说得很委婉，"给你和嫂子添点儿喜"，但他知道他今时不同往日。

齐秦飞十六岁离开家去宝安技术学院上学后，齐秦亮就患上了某种说道不清的"心病"，他病得甚至比父亲齐永安还要严重。平时给秦飞写信，他小心翼翼地询问他在宝安吃的是否可口、学校的床铺睡起来是不是舒服。他知道自己问的话不着边际，安东县离宝安市区只有七十公里，加上镇子和村里的路也不过八十公里，饮食上没什么差别，住宿的条件再差也不会比徒有四壁的家里更差。

想到齐秦飞，齐秦亮心里难受极了。"出个读书人"是高家人的梦想，大舅高明远、二舅高明达还有母亲，他们不需要任何人训导就自觉地继承了外公的执念。齐秦亮从小用功读书，是高家子孙中第一个考上大学的，他们不会叫他放弃。

"但秦飞呢？他也爱读书呀！"从内心深处，齐秦亮无法把自己独立于齐秦飞放弃上高中的实事之外，他始终被一种深刻而含混的自责感笼罩着。他省吃俭用拼命学习，利用一切可能的时间去带家教，把自己安排的毫无喘息之机。那种"拼命"，仿佛带有某种自我惩罚的意味。他几乎每学期都能拿到奖学金，那些钱当然要省下来生活。他不允许自己多花一分钱，但他会分出一小部分给齐秦飞买东西。

他总在放暑假时回家一趟，看看父母，把钢笔、新球鞋之类的"礼物"放在齐秦飞的床头，然后告诉母亲他要回西京带家教，之后便匆匆离开。他想念他们，又害怕见到他们，那团"近乡情怯"的乌云始终莫名地笼罩着他。

这种"病"直到齐秦飞也来到西京安身立命又混得风生水起后，才开始好转。

齐秦亮说："买房不着急，你先好好打理自己的事。现在还差多少钱？"凭借七零八落的消息他能够大概猜测到秦飞将要背上一笔不小的债务。这个"不小"有多大？他想象不到。"秦飞，我和晓红商量了，房子我们暂时先不买了，我们有十万块钱，你拿去先应急。"

"头上虱子一多也就不痒了，"齐秦飞故作轻松地说，"货抵给甲方，他们也拿了补贴，就吃了定心丸，一时半会儿不会催账。小宇前几天说他有点门路，实在想不到别的办法了我再给你说，房价可能又要涨，买房不敢耽误，十万首付也够了。"

齐秦亮颓然地垂下头。在大学里，和他一样来自农村的学生有很多。他的导师，中西大学的吴教授也来自农村。他十分怜惜自己的学生，尤其是看到他不分寒暑昼夜地学习、打工，为自己赚取学费，使他想起自己的少年时光。吴教授爱惜他的才华，曾许诺他如考取自己的研究生，会尽最大努力帮助他留校，但齐秦亮谢绝了吴教授的好意，后来还是在学院和吴教授的帮助下进入了西京市委宣传部。老部长是吴教授的大学同学，很欣赏齐秦亮的一手好文章，还有他"寒门子弟"的出身。

齐秦亮仿佛有一种天然的直觉，不需要任何人叮嘱，他也知道在机关要谨言慎行。一大早，他第一个到单位，打扫完办公室，给处长、副处长和几个老大哥老大姐都沏上茶水。他先是在外宣处打杂，后来又到了研究室。知道自己的平凡，他从不争荣誉，也不主动串门聊天，有事儿了好好干活儿，没事儿了就坐在办公室里看报学习，把自己活成了一个人畜无害的"老好人"，除了几个性格格外刁钻的机关"老大难"外，他和大家相处得都不错。

结婚之前，齐秦亮是个普通干部。结婚后，在张晓红的"教导"和"督促"下，他才腼腆着走进人事处马处长的办公室，试探着问自己的职级是不是可以调一调。他把一支烟敬到马处长面前，马处长也没客气，爽朗地笑着接过去，说："秦亮，你这个清高的大才子今天是被老婆给撺来的吧？咱们男人呐，在单位被领导管，回家被老婆管，都一样。"

马处长一句话让他放下了窘迫，他点点头，说害怕处长忙，平时也确实不敢多打扰。马处长说："你的事儿我记着了，职级调整我们可以拿建议，但主要还在领导，你工作兢兢业业，人缘儿又好，别担心。但老哥要批评你一句，以后没事儿了就来串串门儿，别等有事儿了才来啊！"

两个月后，果然齐秦亮就升为副主任科员。张晓红给他备了购物卡，要他感谢感谢马处长。他也是真心要谢的，便又进了马处长办公室。马处长发出标志性的爽朗笑声，说："大才子，要真谢老哥了哪天请老哥上街去吃顿泡馍，咱都是在机关下苦的人，拿工资过日子，这卡就免了。"

齐秦亮把卡拿回家，张晓红怪他太笨，连张卡都送不出去。他把她搂进怀里，说了马处长的话。张晓红说："马处长是真的体谅你，还是嫌少？"齐秦亮回忆了他俩说话的细节，觉得马处长说得很真诚。张晓红起身边把卡塞进梳妆台抽屉里,边说:"可惜了,一样的钱在市场能比在超市买的东西多呢。"

齐秦亮看着镜子里的张晓红,莫名地有些感动。她和他是大学同学,张晓红虽然在街道工作,却也是正儿八经有编制的公务员,她家就在本地,父母是退休工人,没什么经济上的负担。如果好好找个对象,怎么都会比现在过得宽裕些。但她认准了他。岳父岳母因为他国家干部的身份和两人一起念书的情分,没过多为难也就接纳了他们的婚姻,为了帮他们尽快攒够买房子的首付款,岳父甚至还主动提出合住。

这些年,他加倍努力地工作。同学聚会时,张三李四喝醉了也吐槽,说机关凭的是关系不是本事,劝他进了体制就混吃混喝算了,别那么拼。但他不当一回事儿。齐秦亮的想法很朴素,机关固然有人情世故,但个人的成长有时也靠机遇。像他这样的出身,混吃混喝肯定没有希望,努力拼搏或许还能柳暗花明。最主要的是,他不能辜负张晓红和岳父岳母,不能辜负父母和齐秦飞。

如果单比聪明才智,出生在城市和农村的人绝不会有什么整体性的差距。在研究室搞材料的齐秦亮凭着扎实的功底在两三年的时间里脱颖而出,成为西京市委宣传部的"一支笔"。他依然谦逊,依然不去任何人那里串门。他似乎从这种"沉默"中总结出了一些心得。

他对张晓红说自己并不是长袖善舞之人,也不善于处理复杂的人际关系,更不想在同事们中间拉帮结派搬弄是非。就在研究室搞搞材料,按时下班给她做做饭。张晓红扑哧一声笑了,用手指点点他的头说:"都说你是才子,才子给我做饭合适吗?"她心里还是想证明自己的眼光不错,找了齐秦亮这个"潜力股"。她在一个有七八十人的街道办工作,环境当然和市委部门不同。但她总留心观察着单位领导们的行事风格,乐于把她的发现告诉丈夫以帮助他尽快"进步"。

张晓红多好啊！齐秦亮一"哭诉"，她也就很快放下了帮他升迁的念想。从校服到婚纱的甜蜜过后，他们也时常为了鸡毛蒜皮的小事争吵，木讷的农村子弟齐秦亮当然吵不过娇惯的独生女张晓红，但她从不戳他的伤心事，总在矛盾升级的最后时刻用理智压制自己，维护着他的自尊。

齐秦飞公司倒闭的消息确切地传到齐秦亮耳朵里时，他向张晓红申请，把打算交首付款的钱先拿出来周借给齐秦飞帮他度过这一劫。张晓红大吃一惊，条件反射式地说："银行利率这么高，本来还想和秦飞商量，看能不能给咱们借点钱，这样咱能少还点利息呢！"

他没再说话。张晓红的想法合情合理。即便岳父母从没当面数落过他，即便张晓红大部分时候都活在他的宠爱和他们的甜蜜中而淡化着关于"房子"的诉求，作为一个男人，他本能的自尊还是让他想要尽快搬出岳父家，建立一个属于他们自己的小家。但秦飞遇到大难了，他作为哥哥，怎么能不帮他一把？

他长久地沉默着。卧室外岳母的家庭剧里正演到两夫妻吵架的情景，声音传进来，格外刺耳。

"算了你爱给就给他吧，"张晓红说，"但这是借的，等他有钱了就得还给我们！"说完，她蒙起被子呜呜地哭了起来。

如释重负的感恩和梗在心头的难过并存，并不是一种容易度过的心理体验。齐秦亮无法再搂起妻子，说些哄她的甜言蜜语，他能够深刻体会到她的难受，毕业九年了，他满腹才华、每天拼命努力却仍只是一个无职无权的科级干部。弟弟的困境和他自己的困境摆在面前，他却毫无招架之力。

或许当初辍学的是自己就好了，齐秦亮想。

6

胡小宇的确把沟沟坎坎的门路都挖了一遍。他给亲戚朋友、生意伙伴推介齐秦飞,讲了他二十岁开始单枪匹马闯西京,一路拼杀,进了外企成为金牌销售又辞职创业的故事,也讲了他为人踏实、守信重义,被合伙人瞒天过海转移财富的故事。他讲得基本属实,也无意间对齐秦飞做了一定的"美化"处理。他的朋友有的见过齐秦飞,跟着唏嘘感叹一番,有的佩服他的拼劲儿,但却表示自己庙小容不下这尊大佛。最后的转机出现在他的一位道友身上。

所谓"道友会",是指一些志同道合的人,他们自成流派,彼此交换着信息、撮合着生意。胡小宇的道友胡宝柱就是其中一个。

除了流传在"道友会"的一些传说,例如他如何依靠低息贷款在一个叫"如县"的小县城拿下一块地,又如何拉起一支队伍开起了蔬菜市场,从卖菜起家竟将他的生意铺设到整个湖北,成了富有名望的人。又例如他在颇有身家之后不负糟糠之妻,这个湖北商人其实颇为神秘。他的衣着十分低调,浑身上下除了一条金链实在没有一件看起来能够匹配他传说中的"贵气"的物件儿。他确乎做着不小的生意,除了胡小宇,"道友会"中还有不少人与他有过生意上的往来,且从未听说过他有什么坑害合作伙伴的"劣迹"。他甚至有些江湖义气和豪爽,每每在道友聚会之后,他总会召集大家到他山下的茶室里"再来一场"。当然,他的信念十分虔诚,绝不会大鱼大肉地招呼,而是由一个二十出头长相清秀的女孩子奉上清茶小点,引导大家从论道开始,谈及正在关注的生意以及发展的愿景。

人高马大、容光焕发的胡宝柱此时大多一言不发,他忠厚地环伺周围，恰当地为大家添茶倒水，偶尔点点头表示自己在认真听。许多在其他场合不便言及的欲念和隐痛就在胡宝柱的私人茶室里徐徐铺开。

在一个高速发展的社会中，许多机制和制度方面的缺失使人在许多层面的成功都不免会伴随着一些偶然。面对日新月异的社会，很多人都有困惑和茫然的时刻，他们需要在有相似经历、关注着相似问题的"同道"那里诉说。

离开茶室时，胡宝柱一律给他们带上丰简随机的伴手礼，或是腊鱼腊肉，或是当年新茶，或是茶室自制的小点心，总归不让空手。

渐渐地道友们发现，看似粗犷的胡宝柱实则是个十分细腻的人。张三的牢骚话、李四的苦闷事常常在不久之后就会得到不同程度的"消解"。胡宝柱穿梭其中，逢山开路遇水搭桥，为他们提供解决问题的契机，也促成了不少的生意。当然，没有人会相信他是真人派来拯救自己于水火的使者，由此，有人推断他实际是没有实体的掮客。

胡小宇的土建生意也被他"关照"过。胡宝柱这所山间小院就是胡小宇的手笔。胡小宇为人活道也豪爽，从父亲手上开始，走过十几年的胡家工队虽然最多时也只供养着不到四十人，但他坚信胡家工队能在起起伏伏的土建行当挺立这么久，凭的就是待人以诚，对胡宝柱盖房的事儿，他不敢怠慢，细心选料认真督造，交工时也仅收了成本和工人的工资。胡宝柱看出了胡小宇的潜质，工队虽小质量却没得挑，讲道义不贪小利。于是暗中为胡小宇促成一些生意，胡小宇也踏上了从包工头小胡"转型"为建筑公司胡总的路。

故此，当胡小宇四处打探而胡宝柱看似无意地提起自己恰有朋友在秦盛科技公司，这家刚刚成立一年的公司又恰恰正在用人之际时，胡小宇毫不犹豫地接过了话茬，表示自己要帮朋友"占坑"。

胡小宇拉着齐秦飞去茶室。此时城里已是初春，深山里依然有丝丝寒气。走过照壁通过甬道拐进侧院，胡宝柱已经坐在山枣树下的石桌旁等着了。

胡小宇把一盒茶叶递给胡宝柱，便和齐秦飞落座。肥头大耳的胡宝柱对着齐秦飞端详一番，用浓重的湖北口音说："英雄也有落寞时啊，这两年变化太大了，我一些江浙的朋友，几辈子的积蓄拿出去放贷搞得血本无归的有，一腔热血做实体把家产赔光的也有，大起大落的，让人看不清。老弟的事儿我知道，好在你还年轻，再干一场不是难事儿。单位挺好，算是个国企，就是没啥职务，说实话，老弟的资历委屈了。"

齐秦飞恭敬地给胡宝柱续上水，表示败军之将有处容身已是感激。胡小宇敲着边鼓，不无夸大地再一次历数齐秦飞的光荣战绩。胡宝柱一笑，脸上的肉拧作一团，说："进宇你推荐的人，我信。"

饭局安排在下午，仍是胡宝柱的茶室。小女子端上了几样精致素菜，酒也有。孙有权进了门，先对胡宝柱的山中密室赞叹一番，说还是老板会享受，不像他拿死工资的人，劳劳碌碌只为糊口。

胡宝柱请他入座，又安排齐秦飞和胡小宇也分别坐下，说："为秦飞老弟的事，今天特意请了孙总，大家聊聊。"

秦盛科技是中盛集团在中西省设立的第一个子公司。中盛这家有着国资背景的公司诞生不过几年就凭借政策红利不断壮大，在电子信息技术集成服务领域占据了一席之地。对齐秦飞来说，中盛以前更像一个盘踞在北方的令他仰望的巨人。然而此刻孙有权就这么真实地坐在他面前，丝毫不掩饰他对"个体户"胡宝柱的艳羡，他的小眼睛在小女子身上和茶室的一众装饰上四处瞄过，谈及自己的行业也并不能显出高深的见地，甚至时常说些逻辑混乱的车轱辘话，偶尔也有牢骚。

酒足饭饱，孙有权拿着齐秦飞的简历和湖北腊肉，坐上胡小宇安排的车，临了撂下句"明天见"，便从车窗里挥挥手离开。

胡小宇和齐秦飞又对胡宝柱表示了一番感激。胡宝柱拍拍齐秦飞的肩膀说："老弟，人生的路长着呢！"

返程途中，夜色十分深沉，不远处的山呈现出黛色轮廓，天上分明有几颗星星，路边传来若隐若现的虫鸣声，这样的安静给了齐秦飞一种错觉——山路变得长且宽阔。"人生的路长着呢！"胡宝柱的话一再闪现，模糊中，和山影构成了某种重合。

7

中西省几乎所有的报刊都曾热情洋溢地舍出版面报道中盛集团落子中西的消息，那些文章连篇累牍地谈论着招商引资的大好形势和此次合作的重大意义，充满激情和热情的文字把杜副省长和中盛的当家人滕静澜笑眯眯握着手的照片围在正中，两个中年男人的握手诚挚而有力，背景是国资委庄严的办公大楼，仿佛为秦盛科技的光明未来做了保证。

凭借外企的销售经历和人脉，齐秦飞曾为不少国企做过策划和项目。它们中的大部分拥有堪称金碧辉煌的高尚办公空间以及与这种高尚不甚匹配的沉重繁冗的工作系统。正因如此，齐秦飞以及和他一样的无数中小企业主才谋取到一丝生机。他们游走于国企老总、中层和基层人员中，依靠敏锐的嗅觉和百折不挠的劲头发现机会，分包到一些项目或者工段，再凭商人的精明最大限度地节约成本完成任务。

机会和节约，是项目能够赚到钱的全部法门，往往需要耗费巨大的时间和精力，调动一个人全部的智慧和心血。悦达的那几年，齐秦飞的勤勉丝毫不比做外企销售时有任何减退。亲朋故友能够搭线固然最好，更多的时候，他在政府采购网站上蹲守，观察那些招标和中标的消息，分析乙方的情况，找出自己的可能性。他的黑皮笔记本上标注着各类信息，那些对外堪称"莫尔密码"的宝典蕴藏着潜在的机遇。发现商机后，他拿着名片和一些写着简单想法的策划案堂而皇之地进入一栋栋办公大楼，极少数时候他会被保安拦截，那时他会递上一支好烟，再拿出"商业计划书"。得体的穿着和充足的准备足以让绝大部分保安在放下戒备的基础上，还悄悄地为他指出一条明路。

这种套路屡试不爽。由此，齐秦飞常常感叹，天道酬勤，当一个人在某件事情上准备充分时，走路都会带有某种笃定，连保安都会对他致以"充分的敬意"。而许多的大门，正是掌握在这些看似最不起眼的保安手里。齐秦飞对每个人的那种十分恭敬，不仅仅出于一个贫苦出身人天然的谨慎和母亲所给他的家庭教育，还出于在无数次的实践中得出的"人可助我、亦可灭我"的朴素觉知。

齐秦飞享受那些跋山涉水、披荆斩棘的过程。交工后，就要抹掉一切属于悦达和他自己的痕迹，他精益求精的每一个细节从此和他的名字、他的公司切断了微弱的联系，那是他最为不舍的时刻。

和那些拥有绝对资源和话语权的公司不同，成立不久的秦盛科技体现出尚在探索和积累阶段的简朴。在从国资委低价租赁的三层办公区里，销售人员占一层，行政人员和技术人员各占半层，三楼是大小会议室，旁边是只有高管享有的独立办公室。

秦盛科技基本复制了中盛集团的一套管理形式，周一上午全体人员要集中开例会。秦盛的会场正中并排摆着两把椅子。

孙有权正襟坐在其中一席，双手捋了捋头上的"半壁江山"，咳嗽一声开了腔。他先传达中盛集团最近下发的新文件，反复强调一定要领会集团的思路和精神，又讲乔正军乔总对西部的市场十分重视，几次打电话给他了解情况，勉励大家不要辜负领导的期望。说到兴处，孙有权端起茶杯，咽了口水，侧身说："咱们的同志都很优秀，乔总提到雅春也是赞不绝口，说小刘在集团时表现就很突出啊！"

刘雅春淡淡一笑，身体向后靠向椅背，十分自然地接过孙有权的话："谢谢老前辈，中盛的企业文化就是为社会服务，为员工赋能，在座的同事们虽然身处不同岗位，有不同的职责，但大家都是公司的主人，使命是一致的，就是把中盛集团的优势发挥出来，服务中西省的发展，同时为集团的业绩和口碑提升做出贡献。"刘雅春接着讲起目前中西省的形势，让大家依次报告自己掌握的重点建设项目或者有项目建设意愿的单位情况，并不时给出自己的跟进建议。

刘雅春穿着一件浅黄色丝绸衬衫，米棕色齐肩卷发修剪得十分得体，妆容简单而精致，戴着一副小耳环。七八分漂亮的容貌和简单装扮，就能让一个女人在干净的职业形象之外，夹杂着一丝女性的妩媚。刘雅春显然很懂得拿捏那种妩媚的分寸，也显然很懂得在恰当的场合释放恰当的信息。她的话衔接得很得体，从容且没有任何"抢话"的嫌疑，她讲得很实际，体现出不凡的资历和见地。齐秦飞发现刘雅春十分擅长控制自己的说话节奏，孙有权几次想收回话头都没得逞，那种情形让他看起来更像是热场的主持人，是刘雅春高风亮节，给了他先出头露脸的机会。

第一次参会，没有明枪，齐秦飞仍然能感受到两人之间的微妙，也自然就领会到一些"两把椅子"的奥妙。直到例会最后，孙有权恍若突然醒来似的猛然点了他的名，不无亲热地介绍了"小齐"的履历，并且宣布他将会负责一个销售小组。

齐秦飞站起来和大家打招呼，做了自我介绍，表示自己初来乍到还要学习，请同事们关照。

四五十人的会场里，长桌一圈椅子三层，刘雅春显然没有注意到会场角落的齐秦飞，也并不知道半路会杀出一位"经理"。事实上，会场里一两秒的静默充分说明，除了孙有权之外，没有一个人知道将有新人入职。

短暂的尴尬过后，刘雅春的脸上慢慢浮现出笑容，那笑比她在讲话时挂着的那种礼貌性、必要性的笑容要明媚一些，她连声说欢迎，并调侃道："齐经理是开过公司见过大世面的，看来孙总搬来了秘密武器啊！"话音落下后，会场里才响起了稀稀疏疏的掌声。

入职手续挺简单，因为齐秦飞只是这个公司的"聘用人员"。人事说得很客气，刚来的同志需要先"过渡一下"。

齐秦飞不在意这种"身份"差别，对他来说，入职秦盛，更多的是局面使然——他债务缠身、情绪低迷，父母、于真还有诺诺都需要依靠他，这些因素不允许他像二十岁时那样不顾一切地去冒险。坚持是有代价的，梦想和远方都很奢侈，超出了他的承受能力。他需要先稳定下来，再徐图机遇，而这个"机遇"和"身份"无关。

拿到工牌，齐秦飞抱着刚领到的办公用品往工位走去。

齐秦飞的工位就在二层的角落。对于开放空间来说，"角落"算是一种待遇，至少在某种程度上，他拥有少许私密。对面工位的武双明转述孙有权的电话，要齐秦飞去"报到"。

在距孙有权办公室不足百步的路上，除了听武双明热情的自我介绍，齐秦飞还感觉到了零星的注目。

到了门口，孙有权压低的骂声传了出来，他把一份文件扔到地上，屋里的女孩迟疑了一下，低头去捡时被他喝止。

看到齐秦飞，他喊了声："秦飞，进来。"齐秦飞应声进门，捡起地上的文件，双手放在孙有权的办公桌上。

孙有权指了指武双明和那个女孩，说："武双明、张月，都是大学生,去年公司成立时招进来的,没什么经验,一点小事都办不好,后面就跟着你,你费心带带。"齐秦飞回身点头,女孩也尴尬地向他点头,齐秦飞看到女孩,不由心头一震,她皮肤很白,垂着睫毛,眼里有些泪花,长头发也有些乱了。模样中有几分熟悉的样子,名字竟然也和她很像。

孙有权耷拉着眼皮,撇着嘴向门口努努:"好了,你们俩出去,晚一点给齐经理汇报一下手头的工作,我和秦飞单独聊聊。"

孙有权起身关了门说:"老弟是宝柱介绍过来的,自然是我的自己人。咱们公司成立时,乔总挂着总经理的名头,但也就是个过渡,人常年在北京,这里就我和刘雅春两个副总顶着,不好干呐。上午你也看到了,刘雅春那个女人,不懂规矩,很强势。"

齐秦飞看着他蠕动的嘴唇,听他一股脑发泄着自己的怒气和不满。对于他的入职,孙有权没有提前安排,而是在例会上搞"突然袭击",连同他此刻的耳提面命和婆婆妈妈,在使齐秦飞明白他的处境的同时,也明白了自己的处境。

他被打上了"孙有权"的标签,无可辩驳。

"刘雅春最近业绩正冒红,人也很飘,她的单子怎么拿到的谁不知道,"孙有权斜眼笑着,又捋了捋头发,"秦飞你的任务就是替咱们的团队开疆拓土,记住!"他凑近了说,"她手下那个张小光,很狡猾,别掉坑里。"

齐秦飞有些茫然地点头。他奇怪自己作为一个大龄新工还依然不能摆脱那种初入新环境的茫然感,职业的训练使他轻易就说出了一番感谢之辞。不知不觉中,齐秦飞竟在脑海空白时也能十分从容地说些场面话了。如果仍是春风得意的小老板,大概他永远也意识不到自己的变化。

8

周二是正式上班的日子，刚一到工位上，武双明就朝齐秦飞挤眼，向张小光的工位努努嘴巴。

张小光端着一只骨瓷茶杯，往里放些粉末，兑上开水用小勺搅搅，就端起冒着热气的杯子往三楼去了。

武双明凑过来问："齐经理，今天水是您送还是我送？"

齐秦飞问："送什么水？"

武双明说："给孙总送水呀，你看张小光上午来第一件事儿就是给刘总泡上水送去，打扫卫生他也不让保洁沾手，都是自己做。孙总管政务，刘总管技术，销售部他俩都管，各有团队，就有点儿乱。我们刚来那会儿也不给孙总送水，但张小光春天泡银耳夏天泡菊花，到了秋冬人家泡红茶。孙总就骂我们没眼色，难怪业绩差。后来郝经理就给他送水，郝经理离职后就是我送水，张月打扫了。"

在家时，兄弟俩学习之余洒扫端茶已经做惯。工作之后，齐秦亮也不改本色地给办公室领导和前辈们端茶倒水，这种文化中暗含着对上级和前辈的尊重，暗含着一个新人的修养，对此他不需要任何的心理调适。

齐秦飞就不一样了。最初跑市场的时候，他是游击队员，业绩为王的时代，没有人会把时间花费在不打粮食的繁文缛节上。后来进了外企，"前辈"大多不愿被当作"前辈"，那仿佛在某种意义上暗示他已到了锐意不足老气横秋的人生阶段。成了公司创始人的齐秦飞更不会让业务员给自己倒水，公司规模不到十个人，他请他们来是创造价值的，每个人都要最大限度地发挥作用，"送水"不在其列。

入职领工牌时，行政部给过他一本讲企业文化的小册子，封面上写着"长风破浪 扬帆远航"，下面一行字是"实干 笃行 稳健 致远"。里面有中盛集团的各种制度规定、战略构想，秦盛科技的一些情况也列在其中，看起来也很像有所作为的样子。

武双明还在一脸认真地念着他的"送水经"，齐秦飞沉吟一声，说我去送。

张月正在里面打扫卫生。她弓着背，背影有些瘦削，整理了桌上的文件，又擦拭浮灰。齐秦飞摸着略有些发烫的玻璃水杯，感受到了一些文字之外的企业文化。一些看似落伍甚至荒唐的行为习惯往往有其内在的倔强生命力。

孙有权是悄没声地站在他身后的，他拍拍齐秦飞的肩膀说："老弟，还是二十岁的小姑娘看着养眼吧！"齐秦飞一回头，看到孙有权笑着，露出一排被烟熏得黑黄的牙齿，脸上泛着些油光。

他侧身让开，做了个"请"的动作，孙有权腆着肚皮摇晃进去。

孙有权落座后，对张月摆摆手。

孙有权让张月出去，显然是要留他说话。齐秦飞把茶杯端放在桌上后垂手站在一旁。

以往去各机关单位处理交接项目的事儿，齐秦飞是心无旁骛的，大舅曾教过他"不问闲事，在主家干活儿只低头做事，不要打问人家家事"，因此他从不多看多问。但他自己一旦也进入了这种场景，曾经潜移默化进入脑海的许多画面就不由分说地回放。

某些"规矩"是无师自通的，就像此刻，作为他"领路人"的孙有权要讲话，没有让他坐，他是不能落座的。

对于这种细节中传递出的上下级关系，孙有权满意极了。原本打算说的一番安抚体贴的话咽进了肚子，比起刚刚入职，还需要几句不痛不痒的勉励来激发热情斗志的大学生,和齐秦飞这样摸爬滚打过的人共事要省劲儿得多。他们目标明确懂得界限,又没那么多"平等博爱"的矫情心态。

孙有权单刀直入地说:"老弟当老板之前,也是在大公司历练过的,应该知道大公司用人有一套流程。秦盛现在也就百十号人,架子虽然不大,行政部也归我管,但要进一个人,也不是动动手指就行的,要花费心力。"

孙有权顿了顿。齐秦飞试探着说:"孙总为我的事儿,用心安排,我一直想找机会表达感激。"

孙有权摆摆手,接着说:"秦飞,你是自己人,有些事儿我就不等你待久了自己品了。老哥今年五十了,还是个副总,乔总不可能永远在这儿挂名,你明白吧?集团有个不成文的规定,各公司新任一把手不能超过五十三岁。混了这么多年,眼看最后一步了,半路杀出个刘雅春。你组里的小武他们,初出茅庐不顶事儿。去年好不容易有个大项目,郝四维那个没用的东西,懒驴拉磨,还没出家门就被张小光干掉了。你是我花心思找来的,好好给哥做几单漂亮活儿,年底我再到总部去活动活动。"

齐秦飞点点头。从业多年,他没有向客户承诺过没把握的事。孙有权此时就是他的"客户",对于未知的事,他无法给予他任何保证,只能以这样的方式对他的热切期盼报以回应。

在孙有权那里上完"早课"已近中午。销售部的工位有一半空着,张小光也不在。武双明和张月双双在岗。齐秦飞走过去打招呼,并问武双明,平时是否需要给孙总送午餐。

武双明一头雾水地答道:"齐经理,张小光不送,咱是不是就不用送了?"

齐秦飞说:"既然不用给领导送饭,大家都没事,那就请你们吃午饭吧,把咱们团队的人都叫上。"

秦盛的办公楼在锦程路,这里聚集着不少大公司和大公司的办事处。锦程路不但地理位置好,名字也取得好,吸引了不少有实力有野心的公司。有了人气商业自然就发达。一到中午,每家餐厅都人头攒动一座难求。

锦程路还在新建时,齐秦飞就常在这条街上跑业务。在一半是新楼一半是工地的街上,几乎每个业务员跑一天下来都是灰头土脸的。时过境迁,锦程路的公司门脸换过几拨,开业花篮不时摆在一家家商铺门前,花团锦簇背后,没人知道那些被无情淘汰出锦程路的公司是迁移还是消失,只看到锦程路实实在在是越来越繁华了。

齐秦飞在喜悦酒楼订了大包间。等来的却只有武双明、张月和一个小伙子。

武双明进门就说:"齐经理,您是不是认识酒楼老板啊?都这会儿了还能订上这么大的包间。"

齐秦飞淡淡地说:"前两天订的,我还订了楼下一家日本料理的位置,刚取消了。"

武双明显然没注意到齐秦飞的话和他的意图,招呼着另两人落座,又指着小伙子给齐秦飞介绍:"晁衡,咱组的技术员。正宗的高才生,技术特别过硬。"晁衡向齐秦飞点点头。

有本事的人有傲气,至少是清气。这是齐秦飞多年来与人交往总结的经验。晁衡轻轻点头的动作就被他解读成一种"背后的能耐",这种人靠手艺吃饭,往往不太看重别人的特殊关照,再加上手艺的积累要花费时间和精力,自然也就没有时间去琢磨太多的虚礼。

除了陪客户,齐秦飞几乎不喝酒。面对坐得稳如磐石的晁衡,齐秦飞主动欠身添上茶,以茶代酒敬了。晁衡感受到了齐秦飞的格外尊重,虽然木讷一些,但也起身回敬。

茶过三巡,齐秦飞自然把话题引到了秦盛。《手册》虽然能阐述一家公司的愿景和体系,却不能体现出它真正的肌理和文化。齐秦飞迫切想要了解的,是那种更为深入隐秘和实在的东西。

人数不如预想,齐秦飞却没有刻意减少菜量。虽有名义上的上下级关系,但年轻人在一起往往很容易打破那种身份上的虚幻壁垒。菜陆续上桌,大家自然就边吃边聊起来。

秦盛的销售没有严格意义上的"编制数",大部分是和齐秦飞一样底薪微薄的聘用人员,销售部自然就处于实质上"自负盈亏"的状态。孙有权是行政出身,是随着国企体制改革而"转变"成职工的,这个老江湖并没有太多的实战经验,也更陶醉于在各类"关系"中游走。销售出身的刘雅春则不同,她有资源也有经验,除了"马前卒"张小光,还有十几个人的销售团队。公司刚成立时,只有孙有权一个副总。但秦盛的技术部是围着销售转的,密切的合作使刘雅春渐渐掌控了技术部的话语权,几乎包揽了所有业绩,对销售部形成实际控制的刘雅春在一年后就被提拔成了副总。

刘雅春的势头让准备接档乔正军的孙有权感受到了压力,不得不组建自己的销售团队。销售经理郝四维就是去年入职的。兢兢业业的郝四维每天都想方设法地带着武双明他们拜访客户,这个湖南人没想到本地成长的顶头上司也没有太多资源,他赤手空拳地打拼,收效甚微。几个月过去,总被孙有权大骂的郝四维也十分颓丧。在丢了汇通公司价值五百万的订单之后,"没用"的郝四维终于下决心递上了辞职信。

郝四维的辞职几乎算是不欢而散。孙有权不但没有按照承诺支付他的高额底薪,还通过一通臭骂发泄他胸中积压的邪火。行政部潦草地收回批给郝四维的办公物品和电脑硬盘——主要是那些可怜的客户资料。除了一个盆栽，郝四维也没有行李可以搬走，双方似乎都要以这种方式表明自己的极度不满。他搬着盆栽走时，张小光用挂着笑容的脸为他送行，销售部的其他同事屁股都没从椅子上抬一抬。

"我们也不敢公然送行，"武双明说，"好歹师徒一场，我和张月是给郝经理打电话告别的。他骂了公司，骂了张小光，但还是骂孙总骂得最多。不知道当初答应他什么条件了，看得出他挺不甘的。也难怪，堂堂一个销售经理，也四十多的人了，屁股后面五六个弟兄，还整天被孙总掂过来拎过去地骂，士可杀不可辱嘛，谁能没怨气。"

"最过分的一次，郝经理有次和孙总去上海陪客户参观，中途孙总跑回来去楼观台烧香，孙总给领导说郝经理项目出了问题，他半夜回来在客户楼下等到黎明，感动了客户。领导就在工作群号召大家向孙总学习，这事公司人都知道。"

"齐经理，吃菜吧。"张月用话制止了越说越"过"的武双明，说完站起来给齐秦飞夹菜。

齐秦飞摆摆手，示意她不必客气。背后这些议论他不便接话，于是转头向晁衡了解技术部的情况。

一餐下来，同事关系拉近了许多。齐秦飞问张月要不要打包些没吃的菜带回去，她腼腆地摇摇头，说自己一个人，用不着。倒是武双明没客气，把没动的菜统统打包，说接下来一周的伙食都有了。

9

交给齐秦飞的都是一些边角料项目，文化路小学的教务系统升级，芳草巷社区的居民服务系统改造……这种小单位往往带有强烈的随意性，销售环节要求以提高成交价格的方式处理那些"不好走"的账务，技术环节进展到一半甲方又突然杀出几条与之前架构南辕北辙的"建设性意见"，理由是"换了领导"。这些要求令齐秦飞哭笑不得，也让武双明他们跑个没完。相比之下，刘雅春团队一路高歌猛进，其丰收态势让齐秦飞团队相形见绌。

郝四维的硬盘里实在没有太多有用的信息。孙有权也并不如他所展现的那般神通广大。

大会上，等刘雅春安排完业务，孙有权黑着脸训了几句话。刘雅春像要故意挤对他似的，要大家"一定把孙总的指示落实到位"。出了门，孙有权接着给齐秦飞的小团队"开会"，摔文件大声吼看似是对着武双明他们，实际是想给齐秦飞"紧紧皮带"。

齐秦飞很反感"紧紧皮带"这个词。第一次听到这个词，是在胡宝柱的饭局上，当时孙有权趾高气扬地说："队伍大了，就算是自己的核心班底，也要时不时'紧紧皮带'，免得那群傻子得意忘形。"但一天天暗沉下去的不只是孙有权的脸色，还有他自己的心绪。他不是一人吃饱全家不饿的毛头小伙儿了，孙有权是阴是阳只要面子上过得去就没那么要紧。齐秦飞心里盘算着，不打粮食的日子不能再持续下去，要改变现状，必须主动出击。

他在王五烤肉招待胡小宇、何志强，还有他哥齐秦亮。

去年，是齐秦飞的坚持帮齐秦亮下定了买房的最后决心。结果农历年的钟声刚刚敲响，西京的房市又像扎了针兴奋剂一般猛地蹿高，捂了一冬的人们好像突然发了横财似的从四面八方冒了出来，捧着银行卡挤到售楼大厅。这大概是许多地产商一生中最明媚的春天，同时也让无数持币观望的家庭又陷入了深不见底的焦虑和悲伤。

赶在去年年底买了房的齐秦亮和张晓红不由得有一种劫后余生的感觉。齐秦亮明显感觉到了妻子的变化。省了的钱就是赚到的，张晓红第一次去金茂百货给自己和齐秦亮花正价买了两件大衣，又给公公婆婆添置了新衣裳，还体贴地为于真选了一条羊毛围巾作为春节礼物。对于齐秦亮突然开了窍似的"应酬请假"，也是极力支持。

齐秦亮自己也发生了变化，不再一味地捧着书和报纸搞他的闭门研究。除了马处长，他也开始出入其他处长和同事们的办公室。和同事的交往渐渐增多之后，齐秦亮发现原来在业务和纸面之外，单位还有一个很大的循环空间，大家在那里交流想法、交换信息，构建出了一个更丰富真实的场域。这种交流和交换不仅润滑了同事关系，让一些模棱两可的事情变得好办起来，甚至还能达成某些共识，促成一些好事。他反而有些不理解过去的自己为何将人际交往机械地理解为"徒增是非"。

人一旦乘上了顺风，好事就会排着队到来。在部里上半年的人事调整中，当了多年"老好人""一支笔"的大才子齐秦亮被提拔成了研究室副主任。

调整方案酝酿成熟后，马处长曾隐晦地给他透过风，要他最近务必勤勉务必谨慎。从容平淡了多年的齐秦亮听出了其中的深意，着实惴惴不安了一阵儿。他和张晓红商量着要不要找找领导，主动汇报一下思想。最后还是碍于面子，也考虑马处长的处境便放弃了。

"算了，顺其自然吧，本来咱也没给领导汇报过。"嘴上这样说，心里却还是整天突突着。今天觉得既然组织考虑了自己，说明领导还是欣赏靠本事吃饭的人的；明天又觉得天有不测风云，半路会不会突然杀出个程咬金，让自己多年的努力功亏一篑呢。这样往复一个月，齐秦亮备受煎熬。

等一切尘埃落定领导找他谈话之后，齐秦亮的心才放下来。

有了"身份"的齐秦亮开始留意和打问那些和电子信息行业有关的信息，潜意识里，他也把自己当成了弟弟的"研究室副主任"。

烤肉啤酒陆续上桌，冒着油汪汪的香气。西京烧烤大部分是细签子串肉。齐秦飞他们却喜欢王五家的红柳木大串儿烤肉。王五体格彪悍，他的肉串儿也很彪悍，不仅肉块粒大，孜然面儿辣椒面儿也撒得多，王五烤肉时坐一张大板凳，冬天穿背心儿夏天赤膊，胳膊有力又有韵律地抖动着，总是汗流浃背。他的形象和他的烤肉共同勾画出一副"攒劲儿"的景象，这也成了王五烤肉虽然口味粗，却老客不断的窍门儿。

齐秦飞删繁就简地讲了自己的处境，他不时看着胡小宇，关于孙有权的色厉内荏阴晴不定并没多言，以避开可能引起的尴尬。

胡小宇他们边吃边听，不时插一两句话。

何志强成人自考毕业后经过几番周折进了一家省属国企。在单位浸淫多年，自然懂得其中的弯弯绕绕。"你们单位现在两虎相争，你老板好像落了下风，要靠你扳回局面。说是给你几个兵，其实都是生瓜蛋子，说是给你介绍资源，其实他自己也没什么资源。那个姓刘的女人应该有资源，但你摆明是孙总的人，她不给你挖坑就算不错了，秦飞你现在两难啊！小宇你有啥门路没？"

胡小宇侧身看看齐秦亮，说："大哥你说说。"

齐秦亮沉吟着说："我没在企业干过，对这个不能算懂。不过我感觉这几年电子信息行业发展得不错。去年那个电商平台搞的购物节很轰动，现在连许多机关单位都开始关注电子信息化建设了。既然秦飞已经到了秦盛，一时半会儿也不可能再跳槽，还是从咱们身边熟悉的地方想想办法。"

胡小宇说："秦飞你原来干销售、开公司的资源应该还有用，我再去找找胡宝柱，看他有办法没。"

齐秦飞开公司时能够拿到的大多是些不痛不痒的小项目，大项目全靠分包。悦达和秦盛相比完全不在一个等量级，他所能接触到的那些分包给他项目的人，在更大的项目上完全没有发言权。

"旧路或许有用，但我现在不光是给孙有权交代业绩的问题，自己也有日子要过，团队的兄弟们也要活下去，靠那些资源恐怕还不够，必须另辟蹊径。"齐秦飞说。

桌上沉默起来，王五听到没声儿了，过来把肉拿到烤炉边去热。

齐秦亮突然说："秦飞，如果实在没有办法，我觉得有个事儿可以试试。"他顿一顿，接着说："上个月我和宝安的同事一起开会，听他们说东华集团的新班子比较年轻，有借助数据化手段做整体提升的想法。最近我通过各种途径打听这个事儿，目前官方的渠道完全没消息，不知道可靠不？"

"我找宝安分公司打听一下，看他们知不知道。"何志强说。

"飞，东华集团这个可能有门儿。不过没事儿啊，我公司也想提升提升，你闲了帮我看看，哪块儿有提升空间，别嫌我庙小。"胡小宇搂着齐秦飞的肩膀说。

齐秦飞笑着点点头。

夜色笼罩的红街上香气四溢、叫嚷声不断，形形色色的人在这里品味酸甜苦辣，上演着欢聚和告别。人们在嘈杂中诉说着各自的苦与乐，醉倒后再醒来，继续向前走。

10

在齐秦飞的记忆里，宝安的秋天似乎总在下雨。来自太平洋的季风每年如期吹到大山深处的腹地，给四面山原环绕的城市带来陡然的凉意。

下雨天是没办法和赵健一起走街串巷捡酒瓶的，一是因为那时宝安的许多企业陷入了经营困境，安家落户在窄巷里吃着大锅饭的企业职工们一遇着下雨，便怨天尤人地怒骂几句，然后或是因为停电，或是因为偷懒而选择不上工。他们自然"捡"不到便宜。二是他们平时交货的那个收购站虽在城区却背靠一个小山包，一遇雨天不仅四面漏雨漏风，门口的小路也变成一条泥沟，根本无处下脚。

整个秋天，齐秦飞时常穿着他的破衣烂衫走在宝安的街道上，入神地观察那些分布在大街小巷的店面和为数不多的低矮楼房，也常因为下脚时不十分小心而被松动的地砖下的泥水溅满一身脏污。他借此感受虽然陈旧但对他来说却充满吸引力的城市气息。

他的祖辈、父辈严守着耕读传家的生存道路。齐家和高家历史上都有曾因为多置了一亩田地而被传颂声名的人。到他的外公外婆和他的父亲母亲，裹挟在时代里的无常命运使他们艰难维持着读书人家的体面，但他们对子孙所寄予的希望绝对不是继续做一个略识几个字却面朝黄土背朝天的农民。

齐秦飞清晰记得同村的齐宝康被招工到邻县宏山矿场时父母的艳羡。父亲下地时装作不经意地经过村头石碾磨盘，人群在那里聚集。他侧身听一耳朵，回来便对母亲说了齐宝康哪天将要收拾行李、齐宝康不坐村里的拖拉机而是到镇里等小汽车来拉，最令他动心的是齐宝康将要拿上一百五十块钱一个月的固定工资了。

"他只是个学徒啊。"母亲不可置信地说。

"说是他们矿场师傅的工资更高！"父亲回答。

两个身影连同这个"惊人"的消息一道，几乎填满了那间小小的土坏厨房，巨大新闻的冲击使他们陷入了长久的沉默。齐永安性格暴烈，却凭借倔强性格成了远近公认的种田的一把好手。齐秦飞对生产队时代没有任何的记忆，只偶然听外婆说，如果不搞大集体，他家的日子早就好起来了。

也是从那时起，齐永安夫妇的心里就默默地种下了念想，希望儿子们将来能出人头地。经历过太多坎坷的一对中年人并不敢奢望过多，生活在离中国西部极不发达的镇子还有几里地的乡村的他们也并不知道外面世界发生着的天翻地覆的变化，他们祈求的仅仅是两个儿子不必再为不知何时到来的天灾而苦恼，要是能够像齐宝康一样，端上铁饭碗就更好了。

到了宝安之后，齐秦飞就沉醉于雨天里的这种"闲逛"。像中国的绝大部分小城市一样，90年代的宝安还没有统一规划的道路。宽窄不一的马路两旁错落种着法桐和油槐，有些地方甚至凭空冒出几株野桃花，只有体面的单位门口才种着一排常年落着灰的冬青。

东华集团的前身"东华机械厂"就有着这种体面。十几米宽的水泥路延伸到主干道上，大门口的厂名用红漆描着毛体字，透过铁门还能看到里面的一个小型喷泉，喷泉用铁围栏围着，两只惟妙惟肖的海豚腾着石头雕的细浪，每逢节日还要喷出半米高的水柱子，气派极了。东华机械厂的下班铃一响，在大门口排着队的工人们带着印有厂徽的安全帽每人一辆自行车鱼贯而出，自行车上有时挂着装满各色菜品的饭盒，有时搭着新发的劳保毛巾和肥皂，总之一派工人阶级的昂扬景象。

最常和齐秦飞一起逛的是赵健和何志强。何志强总会张大双眼，猜测着东华厂这个月又发了啥，和自己的爹妈比比，再感叹一番"一样是单位，咋他娘的差别就这么大！"赵健嘿嘿一笑，说他好歹还有班可接，再怎么着也比他俩强多了。齐秦飞则惯常沉默着。

齐永安和高凤香对齐宝康啧啧称叹后的沉默景象盘桓在他的脑海里。他不知道气派的东华厂都招些什么人，像他这样没有门路也无班可接的人会被分配到哪里。他甚至还偷偷打听过"鲁冠球"，东华厂的大门口悬挂着向鲁冠球学习的条幅，还悬挂过向各种各样先进典型学习的条幅，不知不觉中鲁冠球和其他许多悬在条幅上的名字也成了他的羡慕对象。

公办学校取消毕业分配或许是对齐秦飞的一生影响最大的政策，他和他的同学彻底失去了分配到东华机械厂或者其他任何国有单位的可能性，而只能被迫陷入广阔的未知里摸爬滚打。

最初的几年，他们大多散落在中西省的角角落落里讨生活，无所依傍的齐秦飞只能依靠在不同的小公司打零工度日。最穷的时候，齐秦飞身上只剩三块钱，朝不保夕饥一顿饱一顿的日子使他无暇环顾四周，更没有余力关注东华机械厂是如何在淘沙的大浪中活了下来，又发展成如今的"东华集团"。

齐秦飞在宝安扎扎实实地"逛"了两天。第三天，才与匆匆赶来的武双明和张月汇合。走的时候他只说去拜访客户，看看有没有新的机会。孙有权不咸不淡地数落了几句，言下有些许不满之意。又不忘沉重地握着他的手，叮嘱他"要淘劲干"。孙有权曾在乔正军面前夸过海口，要把秦盛的业绩拉到西部第一，乔正军也给他递过两句似是而非的许诺。但他不懂销售业务，业绩全凭手下人。郝四维交上的业绩使他被刘雅春压得死死的，齐秦飞的业绩虽不算出色，却使他缓过一口气，在集团视频会议上不再后脊冒汗，勉强支撑着自己老资格的门面。但他仍然能时刻感受到来自刘雅春的巨大压力，他甚至常常觉得她在等待一个"发起总攻的契机"。

孙有权的神情算不上悲戚，却仍造出一番"风萧萧兮易水寒"的气氛。齐秦飞又让武双明和张月分别整理宝安市和东华集团的资料。武双明摸不着头脑，问他是不是有项目，得到否定回答后，又嘻嘻笑着说肯定是有。齐秦飞不做解释，收拾了换洗衣服便上路了。

见面后他仔细听他们汇报这两天的"成果"，了解东华集团的业务覆盖面。

"你们有没有了解过宝安市区的一百万人，有多少和东华有关？"齐秦飞问。

张月说根据官网资料显示，大约有八万人。

齐秦飞摇摇头说："八万人是东华集团简介上的在职员工数，这里面没有算退休人员、门店的聘用人员、东华控股企业的工作人员，另外还有和东华有关联的其他人。"

武双明说："哥，我有点儿没闹明白。"

齐秦飞说："张月刚才已经说了，东华的主要业务模块是金属矿产和机械制造，另外这几年陆续有一些商场、超市、家纺之类的动作。你也说了，宝安一年的GDP大概七百五十亿，第二产业四百亿。东华是宝安二产的一大支柱，主要业务模块的产值应该也有几十近百亿了。"

"齐经理，东华的年报里确实说了要实现年收入百亿的目标，不过写得比较模糊，每个模块的具体收入情况没有写明。"张月说，"不过，我翻了翻他们网页上的新闻，感觉他们的合作方都是大企业，常年合作，咱们好像没有什么机会。"

齐秦飞点点头："说说你们的看法。"

武双明侧身对张月说："你查了东华，你先说说呗。"

张月说："齐经理您让我们查资料，我想可能是有项目，但想不太明白是哪方面的项目。东华的拳头模块是矿产和机械制造，其他模块基本是生活领域，面对的是散客。咱们主要是做系统和信息化，政府客户居多。

矿产和机械这边设备自动化程度算高了,他们业绩不错,硬件上应该不至于很落后啊,如果想做集成的话,我们确实不太熟悉这个领域。"张月抿了口水,顿顿说:"齐经理,我没什么经验,不知道说得对不对。"

"张月你可以啊,想得这么多!"武双明说,"哥,我觉得张月说得有道理。咱们的优势不是集成,公司开了一年多还没怎么涉足过实体行业,这方面没人脉。宝安这种地级市,做生意没人恐怕不行啊!"

"嗯,你俩功课做得不错!"齐秦飞笑着说,"刚下火车还没吃饭,走,咱们先去吃饭,边吃边说。"

夜色中的宝安老城稍显落寞。近些年,中国的城市不论大小都在修建新区和各类开发区,土地稍微宽裕一点的,老城直接弃之不用。在城郊找块地搞建设,成本低进度快,只要一两年,一座透着时尚气派的新城就跃然眼前。新城房大楼高、道路宽阔,两旁整齐划一修起花坛,里面黄色紫色粉色红色各种花朵簇拥着开得繁荣艳丽。到了夜晚,霓虹闪烁、莺歌燕舞,自然就能吸引年轻人。不少新区还有税率的优惠政策,天时地利人和,商业和企业自然也就聚拢起来。

三人撑着伞走在曾经繁华如今却人群稀落的老街上,秋夜的凉意渐渐散开,伴着淡淡的桂花香气。突兀矗立在老广场中间的工人文化宫有些破败,周边卖炒花生和糖葫芦的摊位如今都变成了门面房,懒洋洋地亮着几盏灯光。

齐秦飞带着他们走进一家川菜馆,里面还坐着一桌客人,老板娘看样子也就四十岁上下。武双明按齐秦飞和张月的口味要了四个菜,又要了啤酒。

老板娘倒上茶,问要不要加份刚打出来的家传鲜豆花,齐秦飞点点头。

豆花上桌,拌着油辣子和香菜,红白绿相间,显现出诱人的品相。

齐秦飞他们一人一碗，配着热汤，驱散了寒气。

邻桌客人酒足饭饱吵嚷起来，几张油汪汪的脸，嬉笑着，和老板娘调笑起来。老板娘也不矜持，拧开桌上的太白贡把一两的杯子倒满仰头干了，哈哈笑起来操着一口浓重的此地话说："今天还不该你们请我呦？！"几个客人也哄笑一堂。

"这老板娘挺会做生意。"武双明边往嘴里扒饭边说。

"大生意有大的做法，小生意有小的做法，不同的对象又有不同的做法，"齐秦飞说，"人家看你小里小气点四个菜，问你要不要加菜，也不敢推荐贵的，就给你推荐个豆花，新鲜便宜实惠，抓住了你的痛点。"

武双明放下啃了一半的骨头连忙摆手："哥，你这可误会我了，你俩晚上都不咋吃，你老说自己人吃饭点多了浪费嘛。"张月掩口笑起来。

齐秦飞也笑了，问他："那你说说，东华的痛点是什么？"

武双明摇摇头。

齐秦飞说："从表面看，你们下午说的情况都是对的。但每个机构都有沉伏于表面之下的一套运作肌理和许多细节，现成的钱轮不到咱们去捡，咱们的生意机会往往是从肌理和细节中挖掘的。我们目前掌握的还是表面资料，从这些来看，现在的东华貌似没有什么商机。"

张月说："齐经理，您专门跑这一趟，是不是实地调查？"

武双明一拍脑袋说："对呀哥，你这两天发现什么端倪了没？"

齐秦飞说："发现谈不上，你们看隔壁桌那几个人，有两个人穿着东华的工服。这几天我在街上溜达，不管上哪儿去，转一圈肯定会有东华的工服。再就是，一条街上肯定会有东华的店铺。东华是有年头的老企业了，几十年下来，正式工、退休工、改制前的大集体，宝安市区可能每个人都多多少少和东华有关。就算没关系，在这儿生活也离不开东华的厂子、商店。我是侧面听说东华可能有商机，但这个商机在哪、是什么，还没打听到。不过这么大的企业，一举一动不会贸然。"

武双明说："哥，那他们这么大的摊子，咱两眼一抹黑，大海捞针呀！"

"咱们团队这一段业绩有些上升，我和小武也学到了很多，齐经理您有什么指示吩咐我们，我们一定尽全力。"张月说，武双明也点点头。

齐秦飞笑起来："大家都很辛苦，现在虽然能糊口，但算不上好。小武你们都很年轻，很有潜力，前面几个项目上晁衡的能力也很突出，咱们应该能再试试提升。况且秦盛不是咱们自家小店，几个小项目就够了。东华的商机太模糊，可能暂时没有人注意到，这样我们才有机会。"

武双明和张月异口同声表态支持。

这些天，齐秦飞在脑海中琢磨，消息是齐秦亮透露的，哥哥为人一贯非常谨慎，没有眉目的事情他不会轻易说出来。虽然何志强打问了几次，但要和东华建立联系，仅凭拐弯抹角的几通电话恐怕不行，需要他们跑一趟，想办法穿针引线。

他让武双明和张月先回西京，一边推进正在跟进的项目，一边继续收集外部资料。自己则需要留下来，继续寻找可能性。

11

离开宝安后，齐秦飞为数不多的几次回来都是匆匆而过，他熟悉的那些建筑和道路在新的城市规划中早已面目全非，记忆的轮廓无论如何都拼凑不起来了。

齐秦亮要先把工作安顿妥当，不能即刻就到。何志强倒是放下电话没多久就到了。他开着车，风尘仆仆地停在酒店路边，拉上齐秦飞往职业学院的老路上开。一路上兴致勃勃地问齐秦飞还记不记得那些路边小店。

取消毕业分配着实让何志强和何家父母愤愤不平了许久。他曾发狠说自己一定要上大学，让那些狗日的厂子都望尘莫及。何志强的发奋确实不仅仅停留在口头，但他的基础实在有限，考了两年也只考上了大专。到他终于毕业的时候，即便是正牌大学毕业生也为了找工作挤破头，再难让"狗日的厂子"望尘莫及了。何志强跌跌撞撞，靠着远房亲戚和三朋两友的关系，终于还是进了国企。正值国企改革，何家父母趁着企业破产提前退了休，又卖了老宅搬进宝安城准备照顾儿子起居，何志强却又阴差阳错地要被"分流"回静安。何家父母炸了锅，去何志强单位找领导未果后就蹲守在宝安市国资委的大门口。他们找领导的理由很充分：为了和儿子团聚，两个老工人都主动申请了破产退休。"我们为国家奉献一辈子了，国家不能可着一只羊使劲拔毛吧！"这是何母的原话。企业股份制改造了，行政和研发机构搬到西京进行整合，生产机构搬到静安降低成本，实在不可能在宝安市给老工人的儿子保留一个岗位。两名老工人锲而不舍，又给有关领导写信。最终，国资委在最后关头吐口，让何志强转到行政岗位，去西京。

何志强欢天喜地地背上行李去和兄弟们"会师"，人往高处走，西京就是高处。

"强子，你什么时候买车了呀！"齐秦飞问。

"借的。人靠衣服马靠鞍，咱不是来谈生意嘛，你坐个火车来就是业务员，开个宝马来就是总监，肯定不一样。没辆车显得没有发言权。一会儿去我们分公司见几个朋友，也得拿住气场。"何志强轻飘飘地说。

他们在学校后门停下，进了一家面馆简单对付午饭。

毕业后，大家各奔东西，短暂的理想主义激情过后，大部分人焦头烂额地忙于对付生活，几乎没有整整齐齐地聚过。何志强说："班上仅有的几个女同学都很早就嫁了人，现在都是孩儿他妈了，一个个邋里邋遢，简直不能看。"

高等教育的普及使曾经辉煌的职业学院日渐落寞，从后门望去，操场上甚至有了杂草，那几栋有翻修痕迹的宿舍楼，看起来十分破败。

吃完饭，何志强开车带着齐秦飞去宝安分公司。两人到了公司门口，见那里站着一男一女，何志强摇下车窗招呼道："就不上楼了，今天是公事也是私事，你们上车。"

一行人又到附近茶馆。茶馆的暖气开得不足，并不暖和。看到何志强拿着茶水单翻来翻去游移不定，服务员耷拉着嘴唇。齐秦飞接过茶水单，说几位都是客人，他来请客，就请示了女士红茶可否，又点了几样点心。

女士调笑着说："这位领导一看就是做大事的，不像我们何部长，点个茶还犹犹豫豫的。"

何志强并不避讳，用手指点点她的头，说："齐总是当过大老板的，现在职业转型，下一步就是大国企的总监，气场还镇不住你吗？"他给女士添上茶，指着她说："邱淼，我们分公司生产部的大美女。这位是大壮，也是我哥们儿。"

齐秦飞起身握手笑道："认识两位很荣幸，志强夸张了，我主要是在企业做销售。听说两位很熟悉东华集团，请志强牵个线，请教一二。"

宝安本地人邱淼的确熟悉东华集团。她的爷爷、父亲、母亲和大家庭中叔舅姑姨不少人都在东华工作。

齐秦飞曾无数次向往着的东华机械厂最早也是从城关镇上的校办企业发展起来的。1982年，中国南方大大小小的集体企业争相冒头时，财政困窘的城关镇中学动员教师中唯一的大学毕业生周永波帮助学校搞副业。周永波学的是化学，但他经过一番研究，却办起了一个配件加工部。理由是城关镇靠山，宝安的金属矿产丰富，取材方便。校领导语重心长地劝他，把学生们组织起来搞些养殖更沉稳可行。周永波拒绝了。他早就从报纸上看到了国家鼓励发展集体经济的消息，也看到了城关镇乃至整个宝安似乎完全沉睡在时代之外的沉闷现实。这不是给中学的食堂搞后勤，是给城关镇，甚至宝安市，甚至中西省搞探索。大学生周永波顶着那个时代"天之骄子"的光环，稚嫩或者硬气地把校长说服了。我不要学校一分钱经费，学校只要给我开个介绍信，我去镇上、市上找支持。谁也不知道贫苦出身的周永波为什么有那样的自信和底气，后来还真的跑成了一笔经费，又靠原材料赊账办起了配件加工部，生产螺帽。

事实上，1982年正是那些"步伐太快"的先行者们十分坎坷的日子，但宝安市城关镇中学的报纸几乎都是从教育局机关开始，淘汰几层下来的旧报。校长和周永波一个想着给学校增加点收入，好能正常开出老师们时不时被拖欠的工资。一个藏着一颗不安分的心，想杀出一条血路，不必一辈子做个教书匠。就这样，这个校办加工部竟在不知不觉中跌跌撞撞地长大了。

1990年，校办加工部发展成的校办工厂逐步被扩展进宝安城区，改制成了东华机械厂，周永波的编制也从教育局转到商务局，成为外派到机械厂的副厂长。东华厂一路猛进，等到1996年齐秦飞站在相当宏伟的东华机械厂大门口做梦时，周永波早已被捕了。

"我爷爷是1986年从学校大集体退休的，我爸接的班，他们说周厂长还是很有本事的。东华加工部能发展成机械厂全是周厂长的功劳。不过他是副厂长，传说和其他厂领导不和睦，后来他暗地里推动厂子改制还是什么，这个具体我说不太清，后来因为贪污被抓了。放出来以后谁也不知道他去哪了。"邱淼说。她又讲了些父亲进厂后的情况，其间不忘给齐秦飞、何志强他们添上茶水，又剥了山核桃皮，将果仁放在他们面前。何志强趁机捏捏她的手，她也笑笑，用眼睛剜他一眼："何部长，谈正事儿，您这不让齐总笑话？"

"你们谈正事儿，我这也是正事儿。"何志强故作赖皮地说。

邱淼转身又给齐秦飞放了几颗剥好的花生仁，笑着说道："齐总，别介意，他平时就这样。我接着给您报告啊。"

齐秦飞笑笑摆手："不敢不敢，两位都是我的老师。邱淼你刚说周永波被抓，那后来厂子又是怎么发展的？"

"太具体的我说不上来。不过厂子改制是1998年，有一半人下岗了，我大姨就是那时候下岗的。其实我爸说东华机械厂经营的一直不错，不像别的厂子一直亏。改制以后也发展挺好，厂子不断扩大，生产品类增加，还买了矿。2003年又改制一次，我小舅那次买断了工龄。2006年就变成东华集团了。要不是我爸拦着，我可能也进东华了。"

"那你怎么没进？"何志强问。

"我技校毕业的时候东华集团进不去，找找人，能进商场，我爸觉得那是'大集体'，不是东华正式工呗。后来这不托几道关系，才到咱们公司，您麾下嘛。"邱淼笑着说。她的笑把握得恰到好处，对何志强，有些刻意的妩媚，对齐秦飞就自然大方。

"还好你没进东华，不然咱俩缘分就跑了。"何志强说。

"你们在生产部，现在东华的生产怎么样你们知道吗？"齐秦飞没兴趣听何志强打情骂俏，转向问道。

比起邱淼这种关系户，大壮显然更清楚具体事务："东华的产品质量好，卖得也不错，我们公司有时也和东华有些往来，不多，仅仅知道表面情况吧。"

齐秦飞又问："他们的副业怎么样？"

055

"还可以吧,家大业大,这几年实体经济一般,东华还是因为是老牌大国企,业绩能维持。我爸工资一分不少。我家有亲戚在药厂、商场,说是工资还行。"邱淼说。

几个人又闲聊一番。主要是何志强和邱淼说话。齐秦飞提出请客吃晚饭,询问性地用眼睛征求何志强意见。何志强笑嘻嘻地说算了,晚上回去看看老爸老妈。齐秦飞便没再坚持。

东华的网页上,确切写着"国有控股企业",控股比例具体是多少,现在的决策权又属于谁?今天的茶叙给了他一些隐形的信息。他在外企做过五年销售,创业时也和大大小小各类性质的企业打过交道。中西省内,历史比东华集团还要长的企业,恐怕不多。从校办企业到撑起一个中型城市的税收负担,东华能在一波三折的企业史上步履蹒跚生存下来,肯定也曾发生过许多惊心动魄又不为人知的故事。这个企业面目之下的基因、文化是什么?齐秦飞很想知道。

他需要梳理信息,这些问题当然不可能在这样的聚会上得到答案。贸然拜访显然不可行,向孙有权求援应该也不会有希望。齐秦飞深刻而敏锐地明白东华这样的巨人和他以前的客户不同。它绝对不会只以低成本的方式选择合作伙伴,甚至有可能在决策上十分矜持、反复。如果不能一击即中,就等于割肉饲虎,在给其他同行释放信号。

他需要沉静下来,等待转机。

12

齐秦亮到的那天,天下起了小雪。

齐秦亮进了门,两手捂着嘴巴哈气,轻轻跺着脚,感叹着这些年的时令没那么准了,小时候一到小雪准就下雪,到了霜降也准有霜。"小时候,冬天早晨起来窗子上蒙着一层雾,我出去抱柴,麦垛下面暖和和的,一进屋也觉得暖和和的,哎,再感觉不到了!"

哥哥拨弄头上的雪时,竟有一些拨不掉。三十来岁,他就长上白头发了。齐秦飞说:"我其实醒了,知道你肯定等不及我自己先去抱,就偷懒。"

"我知道,你睡着了磨牙,蒙着被子老半天没响儿,准是醒了。不想揭穿你罢了。"齐秦亮笑着说。

离开西京,离开了于真、张晓红和彼此生活的场域,兄弟俩谈起少年生活竟很自然。在齐秦飞的记忆里这应该是很久没有甚至从来没有过的事,日常他们各自经营小家,不算近也不远。很少闲聊,聊天几乎都是在商量事情,老家盖房、彼此工作、孩子教育。

只剩两人时,记忆突然一股脑涌上来。哥哥曾经钻在自己被窝里打着寒战读一本武侠小说,他探着头,问他哥是不是想当个侠客。齐秦亮瞥他一眼不说话。他猜测哥哥应该有很大的志向。他那时也藏着一本边角翻破了的《二战史》,想当军事家,但他憋着不和齐秦亮说。如果齐秦亮给他说了,他或许会给他讲讲那些将军们挥斥方道的盛景。不过很多年前,齐秦亮就和现在一样,沉默而乏味。他自然也就没有了和他分享的念头,时间一长,竟然连自己都忘了那些他曾无限崇拜着的人的名字。

齐秦飞忽然觉得自己对这种稀有又说不清道不明的感觉竟有些享受。比起他哥来,胡小宇要亲切得多,他常常在深夜里捅一捅齐秦飞的床铺,给他说他又看上了哪个漂亮女生,他在家里发现了他爸藏在柜子里的光碟,计划等他爸妈都不在家时叫他一起逃课去看。甚至赵健都比他哥更亲切,赵健也是比他大两岁,和他哥同龄,在方方面面却从来不掩饰对他的关照，谁都比他哥更像他哥。

他后悔起今天这个场合，后悔他约齐秦亮来竟不是为了叙旧，而是要一起谋划进入东华的切口。他需要在政府工作的哥哥想办法给他牵线搭桥。他哥从小循规蹈矩，他们一群小孩儿光着屁股在村里追打的时候，他哥永远穿得整整齐齐地立在远处，用不大的声音喊他的名字。柳树爷曾摸着他哥的头说："这娃乖巧，书读得也好，只是个闷，恐叫他们欺负哩！"他去宝安上学之后，他哥更是"闷"到了极点，很少再和家里人说笑了。"真不该生拉硬拽地难为他"，齐秦飞想。

两人坐了一会儿，还是齐秦亮先打破了沉默。迟来的这一周，他边安排着工作，边和马处长、郑主任"摩擦"，先以工作之名，和宝安市委宣传部研究室的金主任寒暄几番，迅速升级了关系，称兄道弟起来。又托请几位老大哥，和宝安分管研究室工作的宋副部长建立了联系。宋部长电话里十分客气地欢迎他到宝安"指导"工作。"今儿晚上就叫他们出来，吃顿饭，碰个面，前面拜托金主任帮忙打听了，电话上说不清也就没让他细说，今晚一块儿去听听。"齐秦亮一股脑"报告"着自己的成果。

对于齐秦亮的安排，齐秦飞十分意外，他以为他哥只会闷着头搞材料，是个呆头书生，没想到他竟会头头是道有章有法地为自己谋划起来。

齐秦亮点起一支烟，冲齐秦飞哎一声。齐秦飞回过神来，点点头，说你安排，我买单。

饭局安排在宝安新区的金源大酒店。齐秦飞和齐秦亮五点钟到的时候天还亮着，金源酒店富丽堂皇的大厅里已亮起刺眼的水晶灯。穿过狭长的走道，服务员领他们进入"宏安"厅。齐秦亮让服务员按店里特色排了菜单，又拿出一盒茶叶交给服务员叮嘱泡上。两人这才坐下。到五点半，齐秦亮又拨通副部长的电话，寒暄一番后告诉他，为了避免引起不必要的麻烦，就由金主任接他过来，自己在酒店恭候。

开场很顺利。宋副部长一进门就说："省城领导来检查工作，今天必须喝我的酒。"他指指金主任，金主任拎着蓝色手提兜抬抬手说："部长今天安排了四瓶，一人一瓶，感情全在这儿了，齐主任今天必须不醉不归。"

齐秦飞刚要推脱，被齐秦亮用眼神制止了。齐秦亮说："到宝安必须向领导报告，部长这么客气，那就客随主便，我再推辞就是不懂规矩了。但部长也得答应，一个朋友寄了点特产，您带回去尝尝，从专业角度提提意见。"

宋部长笑着说："老弟你这是将了我一军，不拿都不行了！"

金主任拥着宋部长落了座，宋部长也不谦让，坐了主位。齐秦亮两边相互介绍一番，宾主就寒暄起来。他们从国家的大政方针谈到了近期兴起的微博，又谈论起西京的房价、子女的升学。宋副部长和金主任的孩子竟都在西京上学。宋副部长并没细说，金主任却不掩饰自己对西京高额生活成本的感慨。

生活的不易似乎是一种感情的黏合剂。推杯换盏之间，大家相互倾吐、彼此观察，遇到共同的困境难免多说几句，另一方面谁都没有失去清醒，小心地测量着表达的尺度。

酒兴正酣时，齐秦亮巧妙地把话锋转到了东华集团："宝安人谁不羡慕东华呀，它可是咱们市委培育的典型。秦飞毕业时想进东华没进去，现在想为家乡做点事，和东华结缘，还恐怕报国无门呢！"

酒桌上的齐秦亮让齐秦飞有些恍惚。他并不知道何时开始，哥哥不再躲在角落里。这样看起来几乎娴熟的你来我往一唱一和绝对不会是一天练成的。谈笑风生里，总是一本正经小心翼翼，齐秦亮渐渐模糊起来。

他应该为他哥感到高兴，却很难适应这种突如其来的转变。今天之前，齐秦亮几乎没有以工作的面貌出现在他面前。他总是那个温文尔雅的书生，孝顺的儿子听话的丈夫。突然"成熟"的齐秦亮让齐秦飞忍不住想，他是什么时候出发，又怎么走到今天的呢？

对于齐秦亮看似无意的话语，宋副部长笑而不语。金主任接过话头说："齐主任和齐总桑梓情深，东华这几年发展得很快，在宝安一枝独秀，在中西省也是数得上的。别的咱不敢说很清楚，不过他们的企业文化是一大亮点。这可是部长亲自抓起来的典型啊！"

齐秦亮拉起齐秦飞，一定要敬宋副部长一杯："部长是大胸怀、大格局、大手笔啊！"

宋副部长也站起来，微微伸手一挡："我是不胜酒力，今天齐老弟来，我高兴，多喝了几杯。但我赔个罪，再往后，老哥尽力而为，兄弟们多担待啊！"说着轻抿一口酒。

齐秦亮没料到宋副部长突然转变了态度，脸上掠过一丝尴尬。齐秦飞看他哥一时间怔住了，就对宋副部长拱起手说："领导您随意，咱今天为的就是宾主尽欢，咱们节奏放慢，您点到为止，我们干了。"说着便仰起头一饮而尽。

见宋副部长罢饮，金主任连忙岔开话题。四个人又天高海阔地闲谈一番。都是宝安人，又在一个系统工作，自然不至于尴尬。齐秦亮说起自己的老家，又说到小时候大家都羡慕宏安人，宏安有矿，比起其他县，宏安的日子要好得多。谈到宏安，宋副部长感慨一番，不急不缓讲起他小时候的故事和宏安的发展。言谈间，齐秦飞才领悟哥哥执意订下"宏安"厅的用意，这自然又是哥哥没讲明却提前安排的一件事。

夜有些深了，宋副部长显出倦意。金主任递过眼色，说今天开了一天会，部长肯定累了。齐秦亮适时提出时候不早，不敢再劳累宋副部长了。齐秦飞提起几样礼物递给金主任，齐秦亮把一件装着紫砂壶的小礼盒交到宋副部长手里，说："部长是真专家，讲起宏安的历史，我真没听够。改天一定要再登门，再求教。"宋副部长接过礼盒，在齐秦亮手上拍拍。又把礼盒交给金主任，再转身拍拍齐秦飞，交代了句："小兄弟也要常来常往啊！"便离了席。

酒这种东西，会使人产生飘然的愉悦感，那种愉悦使平日里暗自竞争钩心斗角的人在席间都能真诚地称兄道弟。但散了席，一切就又自动分明起来。齐秦亮在省城工作享受高配级别，行政上只比宋副部长低半级，但对方是部领导，他只是部室副职，还是个负责下苦的副职，这就是不可逾越的巨大差异。他恭敬又小心地提出要送一下副部长，让秦飞送送金主任。宋副部长摆摆手，示意他不必客气，就仍由金主任陪着离开了。

兄弟俩在酒店门口目送宋副部长和金主任乘车离去。夜深了，金碧辉煌的酒店门口迎来送往的人仍旧熙熙攘攘络绎不绝。偶有路过的人，都不免侧目或伸着头朝里面瞭望一眼，投去或者艳羡或者不忿的目光。有时候那些目光是没有内容的，仅仅是被生活挤兑得麻木的人探望一下另一个世界而已。

齐秦飞看着路上来往的人，看着刚刚在觥筹交错中巧妙应对，此刻却又恢复了言语木讷，只在前面默默走着、步伐甚至有些不稳的齐秦亮，心里涌起一阵热乎乎的感觉，眼眶竟然控制不住地有些湿润了。

中西省腹地的宝安从来是礼仪之邦而非多情之地，"互诉衷肠"，不论是夫妻，还是父子兄弟之间，都被认为是难于启齿之事。从外公到大舅高明远、父亲齐宝安，再到齐秦亮、齐秦飞，他们从不公开地彼此表达感情，齐秦飞甚至没有对于真说过"爱"字，以致他此时胸中溢满

酒后，齐秦飞搀扶着齐秦亮

了意外、不解和感动，却始终无法开口问齐秦亮一声，也无法小跑几步去扶着齐秦亮跟他勾肩搭背一起走。

齐秦亮像突然想起什么似的回身，齐秦飞赶紧低下了头。

等到齐秦飞一步步磨蹭到他跟前，齐秦亮摇晃着说："秦飞，机关的人，你打交道少，他摸不清你的底细，搞不清你的意图，没有十足把握……他不会，轻易答应事儿。今天本来就是投石问路，一会儿我给老金再打电话。"

喝了酒的齐秦亮脸有些红，吞吞吐吐说话时，眼神中有了明显的潦草。齐秦飞这时才伸出手扶住他。另一只手拦住了路过的一辆出租车。

兄弟俩挤进车里，齐秦飞让齐秦亮靠着。出租师傅嫌有酒气，按下开窗按钮。一阵寒风吹进车里，齐秦亮打了个寒战，酒有些醒。他抬起头，拍拍齐秦飞肩膀，又把头靠向椅背。

13

金主任来电话时，齐秦亮还没完全从昏睡中清醒。

金主任喜滋滋地说："齐大主任，宋部长今天一来就问你呢。"

齐秦亮拍拍依然沉重的脑袋，支撑起身体，努力唤回精神："谢谢部长和老哥挂怀啊，昨天一高兴，确实喝得有点多了。"

"你说平时滴酒不沾，其实还是谦虚啦！"电话里，金主任的声音却是丝毫听不出醉酒的疲惫，"部长安排，你什么时候有空了去东华的企业文化部调研调研。老弟，你可以呀！"

听到东华，齐秦亮陡然清醒过来。昨晚酒局结束后，他一直提醒自己要给金主任打电话，询问宋副部长的态度。但他下了出租车，又被齐秦飞架着回了房间,脸都没洗,就一头栽倒在床上。

金主任的电话使他有些意外。他曾刻意抛出了"东华"的话题,宋副部长显然表达了拒绝深谈的意思。送给部长的那把茶壶是前两年到宜兴考察时,从一个手作匠人那里买的,壶底刻着匠人的名字,但他实在算不得什么名家。买壶的时候,齐秦亮心里想的是岳父。他住在岳父家里,那位一生没有得过志的老工人脾气比他父亲好不了太多,唯一的爱好就是打纸牌,偶尔陪老伴看个电视连续剧,常常不一会儿就被繁冗的剧情聒噪地骂骂咧咧摔门而去。看到那个小作坊里整整齐齐摆着的壶,齐秦亮猛然想起岳父的牌友秦老伯整日把弄着一把沾满茶渍的紫砂壶,秦老伯对着壶嘴吧唧吧唧喝水的样子十分神气,显得牌技也高了一截。齐秦亮犹豫地摩挲了半天,最终狠下心花了八百元买下这把壶。匠人文绉绉地说:"这壶是上品,先生一看就是文化人,它不算明珠暗投。"

为这八百块钱,张晓红狠狠地骂了他一顿。岳父听了直咂舌,把壶放在手里端详了老半天,笑得拧起了脸上的皱纹对女儿女婿说:"是个好东西,肚子圆滚滚的,好看。就是太贵,老秦头儿那壶就五十块钱还天天拿着显摆呢。"第二天,岳父举着壶,在几个牌摊儿上轮流转悠了一圈,才坐到平时的位置上,狠狠杀了老秦头儿的威风,得意扬扬回了家,又小心翼翼擦拭一番,让老伴儿还是照原样包起来放好,给闺女交代说:"能也能了,美也美了,你们还过日子呢,留着看啥时用。"

宋副部长不是他的老岳父,当然不会为了一把壶转变态度。他为什么齐秦亮无从猜测,也无暇猜测。他连忙表态:"调研不敢,陪金主任去看看,学习一下。"

金主任哈哈笑起来:"老弟,你这是抓我的壮丁啊!"

"主要我们人生地不熟,东华那边还是看金主任的面子。"

金主任爽快地答应下来，齐秦亮趁热打铁，就把调研定在了第二天。

连阴雨淅淅沥沥下了许多天，第二天太阳出来时，冬天似乎也一下子来了。树上的叶子一夜之间失掉了水分，在寒冷的阳光里干巴巴地被风吹着，一些支撑不住的，任凭身体掉落下来，轻轻摔在地上，一会儿就碎得没了痕迹。

齐秦亮、齐秦飞一大早坐上宝安市委宣传部的商务车，窗外起了重雾，里面窗子上也聚着一股白气。金主任一脸笑容坐在车里，脸上满是油光，一路上讲着这些年宝安的变化，好像他们一行真是要去调研事关宝安发展的大课题。

东华集团的大楼就在开发区一处空旷的土地上矗立着，偌大空间里四目所及只有这座楼，周围道路修得宽阔体面，来往车辆不算多，几乎都是进了大楼附近的停车场，往来的人们脚步匆匆，偶尔不自觉地把衣领往上拉拉，试图抵御这突如其来的寒气。

大厅的电子屏上打着"大干一百天，创造新辉煌"几个红色大字。齐秦飞有些恍惚，他想起了机械厂门口的石头喷泉和条幅上"鲁冠球"的名字，那是很久以前的事了。

东华集团的企业宣传部部长唐小宁早就在大厅等待迎接，一见面，唐小宁熟络地拉起金主任的手，连声道"欢迎"。金主任介绍了齐秦亮，叮嘱唐小宁说："部长亲自安排我陪着齐主任来调研，你们把情况介绍得细一点，请省城领导给好好把把关。"金主任又指指齐秦飞，说齐主任的弟弟也是央企的领导，你们要多交流。

齐秦飞站在后排，欠身笑笑算是打了招呼。

三十三层的东华集团总部是宝安市最高的楼，内部装修得简雅大气，与辉煌的外观相得益彰。企业宣传部在三十层。唐小宁笑嘻嘻地说:"给领导报告一下,东华集团还是特别重视文化建设的,借部长的光,我们企宣部也算是身在'高层'啊。"

电梯里上上下下都穿着统一的制服,西装革履,暖气开得足,有些女员工穿着一步裙,画着淡妆,走起路来胸前的工牌一摇一摆,给办公大楼添了不少精致感。"一个地方企业,看起来比秦盛还要正规。"齐秦飞心里嘀咕。

三十层的电梯门打开后,引道两旁站着三五个人等候。唐小宁伸出手臂做了一个"请"的动作,引导齐秦飞他们进入办公区。

"我们部门人不多,几个主要负责的都在这儿了。左边是办公区,咱们一会儿过去座谈。这边是企业文化展览室,请领导们移步参观。"唐小宁和屁股后面跟着的人一对一地把齐秦亮他们分别引到展览室。

讲解员笑意盈盈地讲着东华集团是怎样从校办工厂变成国营机械厂,又变成今天这座颇具规模的国有控股公司的。讲解员用她那十分好听的声音着重介绍了集团近两年的情况:"新一届市领导班子上任后,东华集团也迎来了新的发展机遇。北京奥运会和上海世博会提振了国人士气,许多人不知道,我们东华的产品也为两个场馆的基建出过一份力。这是东华的骄傲,东华人也将继续在市委、市政府的领导下,在集团董事会的带领下创造新的辉煌!"

澎湃的声音恰在此时达到了高潮,唐小宁带头鼓掌,几个观众也十分配合地频频点头。这个占地几乎有两千平方米的展厅七回八绕地复述了东华披荆斩棘的发展历程,间杂着每一届党委、政府对东华的关怀。展览结尾处那堵照片墙上,还挂着建厂以来的每一任厂长,直至今天的东华董事长的照片。他们在墙上郑重地微笑着。每张照片的下面附着一段介绍主人光辉事迹的小字,勾勒出一幅传承有序、星夜兼程的全景图。

参观结束后，唐小宁领着他们回到办公区。东华集团的副总李国华已经在小会议室等待了。

金主任有些意外，快步迎上去和李国华握手，李国华说："宋部长亲自打电话安排，我一会儿还有会，但必须要和大家先见一下，欢迎各位领导，尤其是省城的领导来东华指导啊！"

齐秦亮和齐秦飞分别表示了感谢后，李国华说："刚才几位参观了展览室，集团的发展历程都知道了。这几年的工作一会儿小宁给汇报一下。我在这儿说几层意思，一是东华的发展离不开省里、市里，特别是市委宣传部的支持；二是东华的发展离不开朋友的帮助，今天来的各位既是领导又是朋友，希望以后多关心东华；三是既然是朋友了，有朋自远方来，不亦乐乎？中午小宁代表董事长、代表我，好好招呼朋友。"李国华说完，双手合十作揖，告了抱歉。金主任、齐秦亮和一屋子人都站起来还礼，又把李国华送到电梯口道别。

有了李国华的交代，唐小宁的介绍显然更加上心。齐秦飞抓住时机了解了东华的业务模块和每个模块的发展规划。唐小宁也都认真一一作答。搞政务工作出身的人，谈起未来眉飞色舞，谈及当下却总是显出乏力。关于商务合作，唐小宁显然知之甚少。

午宴上，齐秦飞又以国企同行的身份向唐小宁询问起他感兴趣的一些模块的运作情况，琢磨着怎么才能在东华的业务提升规划中占有一席之地。唐小宁转身对金主任说："部长和李总这么重视，齐总又这么专业，提的都是我回答不上来的问题，我这压力很大啊！"

金主任胖胖的脸拧作一团，对唐小宁说："可不敢啊唐部长，你是这方面专家，东华的账在你心里呢，领导们的关怀是重视和抬举，我们今天是诚心来学习问道呢。"

唐小宁或许是真不知道，或许是在打太极，总归也没有透露东华提升的具体规划。这当然是一个企业的最高商业机密了，有意与否，唐小宁的态度都在齐秦飞预判当中。但总算是进了东华的大门，算是给了他打开局面的可能性。

午宴结束后，金主任驱车送齐秦亮兄弟去车站。道别时，齐秦飞把一张购物卡塞到金主任手中，悄声说："老哥上班忙，侄女在西京，要是临时有需要跑腿的事，就招呼我，别客气。"金主任没多推拒就收下了。

上了火车，齐秦飞的心情突然舒朗起来。火车缓缓驶过宏山，窗外山野旷朗、草木凋零，懒洋洋的淡蓝色铺满天空，几朵云彩点缀其间，给冬天增加了一番遥远的生机。

14

齐秦飞敲开孙有权办公室的门时，孙有权没抬头，也没示意他坐，直到余光扫到他一直没有擅自落座，才慢悠悠地开了口："秦飞，最近业绩不错啊，湖滨区那几个项目都陆续回款了。"

昨天回到西京，武双明、张月和晁衡给齐秦飞接风时详细说过，湖滨区的财政和教务系统已完成部署，初验也合格，目前百分之八十的合同款已经打到秦盛科技账户，他们也将在下个月拿到提成。

湖滨区财政局的副局长是齐秦飞在外企做销售时结识的，那时吴局长还是吴科长。吴科长晚上加班时电脑突然黑屏，财会出身的科长不懂技术也不敢妄动，几经辗转联系上了供应商。财政局采购的几十台电脑并不是齐秦飞卖出去的，他也不是售后。仅仅是因为时间太晚售后已经下班，给大客户解决一些小问题纯属帮忙又没报酬，上门服务的任务就落在了刚进公司的齐秦飞头上。齐秦飞在夜色里骑着自行车到了财政局,刚交春,室外只有几度,他却骑出了一身汗。吴科长也急出一头汗,握着齐秦飞的手反复交代千万不敢弄丢了数据。

齐秦飞检测一番发现只是电脑显卡出了故障。做销售,他有随身携带公司产品的习惯,一边修一边给吴科长讲了平时怎么保养电脑。维修好后齐秦飞站在一旁没走。吴科长就问是不是需要付工费,齐秦飞说不是,是陪他加会儿班,等他忙完了把数据备份一下,就不怕再出问题了。吴科长这才停下来仔细看着他,询问他的姓名。

如果不是进入秦盛科技,如果不是感到自己已到了要背水一战的时候,齐秦飞不会去敲吴副局长的门。齐秦飞做上销售经理后,吴科长有意无意地照顾过他的业务。后来他成立了悦达公司,吴科长也提拔成了吴副局长,齐秦飞的公司规模小,单凭自己的资质去拿政府的项目显然不现实。除了年节的例行问候,他没有再登门给吴副局长添麻烦。秦盛是央企的分公司,副省长亲自揭过幕,实力摆在那里,拿下政府的项目没谁再会质疑。吴副局长十分爽快,亲自牵线助攻和齐秦飞签下了合同,又给他搭桥让他拿到了教育局的项目。吴副局长说了一句:"秦飞,项目交给你我放心。"让窘境中的齐秦飞大为感动。

湖滨区几个项目不算太少的提成鼓起了几个年轻人的干劲儿,他们追问着宝安的情况,想知道到底何时能接下一个大项目。

此刻,齐秦飞却没从孙有权脸上读出任何的兴奋。合同金额七百万,到账金额五百六十万,应该也是孙有权从来没有过的业绩了。他此时的态度令齐秦飞捉摸不透,武双明他们提到孙有权最近发过几次无名火,但有何不满,齐秦飞一时半会儿也没猜出来。他只好压低声音说:"都是孙总您指挥得当,我是马前卒,跑腿而已。"

孙有权抬起头,不掩饰自己的愠色:"恐怕很快就不敢当了,你这一走两周，招呼也不打，不知道的还以为你业绩做得好，我就管不了你喽。"

齐秦飞听出了孙有权的言下之意，销售出外勤是常事，况且准备去宝安时，他是给孙有权打过招呼的。孙有权如果不是忘了，就是故意立威了。他解释道："孙总说哪里的话，我到哪都是您的兵。这两周一直在宝安，上上下下地了解情况，没有很确切的消息才没敢贸然给您报告。"

孙有权靠向椅背，歪着头："这么说，是我拿捏不住分寸，着急了？"

"是我没体会到您对项目的关心，报告的不及时。昨天回来就想给您汇报的，时间有点晚，怕打扰您休息。"齐秦飞清清嗓子，看孙有权不作声，就接着说，"这两周找了些朋友，通过他们和东华集团联系上了。了解了一些情况，不太多，想着今天当面给您报告。"

孙有权的面色渐渐缓和下来，努努嘴示意齐秦飞坐下，浮起一个笑容。"秦飞啊，最近政府都在大规模地搞数字化建设，你的业绩好，张小光的业绩更好。政府那边是刘雅春的强项，咱不在这个节骨眼上弯道超车，就要功亏一篑呀！"

齐秦飞低头听着孙有权的一本老账。入职秦盛的第一年，他无暇顾及张小光或者李小光。迅速地站稳脚跟、跑赢利率、背起惠达的欠款活下去才是他的首要任务。对于孙有权的处境，他总体是知道的，连战连胜的刘雅春已经将他逼到了墙角，最多再有两年，更有可能是一年内，如果孙有权不能在业绩上翻盘或者至少追平，他就要在这个位置上退居二线，或许是回总公司当个部门副职，更有可能是给秦盛增设一位副总而把他彻底闲置下来，不管是哪一种，都会使孙有权黄粱梦碎，是他万万不能接受的结局。

"秦飞，刘雅春那边业绩现在几乎是我的两倍啊。我刚才也不是批评你，是着急，你还得加把劲儿。"孙有权正说着，有人在外敲起了门，来人不是别人，正是刘雅春。

孙有权对这位不速之客表现出了不悦，慢悠悠起身，请她进屋。

刘雅春一进门，满面春风地说："早上刚听说秦飞回来了，没见人，原来是给领导汇报工作呢！不打扰你们吧？"说着不用人请便欠身坐下。

齐秦飞起身，站在一旁。刘雅春笑盈盈地抬起头说："秦飞，都是一个团队的同事，别这么拘束。听说你去宝安出差，怎么样，带了什么大项目回来？"

齐秦飞笑笑，没有说话。孙有权面色难看地说："雅春的消息很灵通嘛，我派秦飞到处转转，看看能不能给公司找找商机，结果这小子一走半个月连个屁都没挖到。我刚还在说，让他好好向你讨教讨教。"他转向齐秦飞："小秦出去吧，刘总无事不登三宝殿，你就别杵在这儿了。"

齐秦飞点点头，没吱声，往后退时，看到刘雅春略显复杂的眼神。做销售，是要有眼力见儿的。多年的职业训练使齐秦飞滋生出某种细腻。客户从来不会告诉齐秦飞自己的想法，甚至他们根本没有想法。齐秦飞需要自己去读，从他们的行动和眼神中读出他们的意图或者倾向性。刘雅春的眼神不是在目送他，而是有内容的，是略带同情和抱歉的眼神。

她所表现出的过度的热情太不寻常了，很显然有刻意表现熟络的意思。孙有权当然也体会到了这一层，否则他不会支走齐秦飞。只是她的手段实在算不上很高明，与她那种高不可攀的优雅格格不入。

齐秦飞还没回到工位上，张小光就凑了上来："秦飞，胜利归来啊！"张小光的脸上堆满笑容，齐秦飞第一次仔细观察起他，短发碎齿，三角眼小山眉，几粒雀斑因为过度的假笑聚作一团，从五官到表情都流露出精明。

齐秦飞也报以微笑回应，并不多说。落座时，张小光尾随过来："没听说东华有什么大动作啊，我在宝安还有几个朋友，有什么用得上兄弟的地方，尽快开口！"张小光说话时，眼睛眯成一条缝，齐秦飞心不在焉地敷衍了几句，张小光讪讪离开了。

齐秦飞闷声不响地带着一个小团队，用大半年时间，搭上多年积累的人脉和经验做出了几个像点样的项目，刘雅春当然不会再忽视他。他走了整整两周，张小光坐不住了，急于打探消息。齐秦飞之前的公司是首访负责制，外企人情淡薄，销售之间楚河汉界划得很清，几乎不会出现同公司内部竞争的情况。刘雅春和张小光到底想做什么，是单纯地嘲讽奚落？还是试图挑拨孙有权对他的信任想破坏项目？

穿过格子间，他向武双明和张月的工位望了一眼，两个人似乎都在专心整理自己的项目资料，谁也没和张小光打招呼。晁衡很清高，应该不会和张小光暗通款曲。

盯上东华集团完全是偶然的，不仅仅因为齐秦亮那个无法判断准确性的消息，还因为他心里始终认为，自己与宝安有某种命运的关联。如果说哪一块地方能够在他走投无路时垂青他，他更相信是故乡故土，可"第六感"只能放在心里，齐秦飞并不习惯到处宣传没有十足把握的事情，因此张小光猛然说出"东华"两个字时，还是让齐秦飞心头一紧。

一时间难以理出头绪，齐秦飞靠在椅背上闭起眼睛。不一会儿，就听到刘雅春踏着高跟鞋一步步靠近。平心而论，齐秦飞对孙有权和刘雅春之间的争斗没有兴趣，既然已经成为公司一员，于公于私他都希望把业绩做好些，给公司带来价值。

齐秦飞已经感觉到刘雅春停在他身边，他不想再徒增误解，没有睁眼。

刘雅春走近一步轻轻拍了拍他。他微微睁开眼睛，刘雅春轻启朱唇，说："秦飞，出差几天肯定累了，其实不必这么急着跑回来上班的。咱们做销售的，吃苦受累都是人后，老板看不到也难免，别介意。"她放下一盒西洋参片，不等他答话就走开了。

齐秦飞望着她的背影，有些恍然。刘雅春太聪明了，只用淡淡几句话就击中了他。他敏感又格外看重尊严，那也许是耕读传家的几辈人已经浸入血液里的一种本能。

刚到西京像流浪汉一样走街串巷做地毯式推广时，再小的店主只要稍微流露出一丝不悦，齐秦飞就会连忙拿着大包小包的行头逃跑一样狼狈而迅速地退出对方的地盘。在外企的几年，他沉默地观察那些名校毕业的洋气同事，从一个没有受过系统训练的新人一步步做到销售冠军，的确也有不少曾经的合作伙伴怀抱着不可告人的需求找上门，但他从不允许自己使用卑劣的手段而沦为那些本就有些瞧不起他出身背景的人口中的"野路子"。开公司，当然妥协得要多一些，但他并没从过去杀伐决断、所向披靡的销冠角色中彻底地解脱自己，反而常常提醒自己"士不可以不弘毅，任重而道远"，为了在像他一样的小老板群体里形成对他人品的认可和敬重，他也确实丢掉过一些生意，惹得朋友笑话于真抱怨。他却这样一直执拗着，那似乎就是他引以为豪的底色了。

孙有权的确缺乏共情心，甚至缺乏一种对人的尊重。但对于齐秦飞，孙有权一向是留有余地的。他现在已经非常确定，孙有权今天的奚落更多是对可能失去对他控制力和自己渴望的总经理宝座的恐惧。对于齐秦飞的处境和目标来说，孙有权的态度和他那种不软不硬的小钉子原本无关宏旨，仅仅是让他有些轻微的不适。可就在他消化这种轻微不适的瞬间，刘雅春就敏锐地觉察到了。

刘雅春的话说得那样得体，丝毫没有提及孙有权的言行。她又那样熨帖，竟让他生出了一种被理解的愉悦感。

那种理解是于真给不了他的。于真曾和他一起打过工，那是他刚到西京的时候。他跑市场她做内勤。那种小公司一个人要当几个人用，自然十分辛苦。于真和绝大部分女人一样，隐忍着，为了生存而工作，并不投入过多的精力。她当然是体贴的妻子，她的全部兴趣就在于照顾好诺诺和丈夫，攒下齐秦飞挣的每一分钱，从存折上不断增加的数字中获得一种满足感。做销售、开公司，都没有时间上的自由，抱怨无果之后，于真不再有兴趣过问他的行踪，而使他滋生出一种自由感。

但是于真对他的照顾仅仅只能在衣食范畴，她并不知道他的需求。很久之前的"崇拜"被日复一日的生活消磨掉之后，于真对他的鼓舞就停留在"钱"的层面了。她反复讲起菜市场门口的房产广告、诺诺同桌的妈妈炒股收益几何，并且从不放弃提醒他追查赵健的行踪。她偶尔也会说"你累了吧？"，给他盛上热汤端到面前，但再往后不会多出一句，也绝对无法从他的表情中观察出他的情绪。和刘雅春相比，于真像是隔着镜子看他，总看不透，更无法和他交流稍微有些深度的话题。

他回味起她的话。或许对于刘雅春来说，那仅仅是对一个下属的一种关心而已。她的表情、她的声音，都有着准确无误的分寸感，温情而不失礼貌。

也许她就是凭借一种女性的细腻和温情赢得客户的，齐秦飞想。谁不喜欢这样的熨帖呢？何况是来自这样一个女人。

15

孙有权不阴不阳的态度持续几天之后，突然燃起了对东华的热情。

他开始通过各路朋友打问东华集团，又像发现新大陆一样，把七七八八的散碎消息告诉齐秦飞，并郑重地叙述一番得来这些信息多么不易。"秦飞，拿下这一单，我去北京给你请功"，孙有权每每这样说时，都挤出笑容露出牙齿。

他头顶的头发已经所剩不多，也似乎越来越失去了对例会的热情。有时他甚至坐在椅子上表情凝重一言不发，任凭刘雅春处置会议。刘雅春布置完工作，请他"讲几句"。他摆摆手，说雅春讲得很到位，我没什么要叮嘱的，大家好好干，你们的表现乔总都是知道的，滕总也知道，年底我去集团给大家请功。说这些话的时候，孙有权常常扶着头，微闭着眼睛，没精打采，好像头疼病犯了的样子。

这种状态使人极度不解，不少人暗中打探，或者传递着不知从哪来的关于孙有权的小道消息。只有齐秦飞清楚，对业绩，孙有权心里是有了些底。心里没底的人才喜欢扯虎皮做大旗，有底的只会闷声办事。他在演一出自以为的障眼法。

年底的时候，孙有权去了一趟北京。走的时候只叫了齐秦飞去送。在机场，孙有权拍着齐秦飞的肩膀说："我去乔总那里汇报一下工作，谁都没说，东华的项目你盯紧，有消息随时给我报告。刘雅春那里，千万提防，别透露我的行踪。"

孙有权的担心完全是多余的。他走的当天下午，刘雅春就踩着高跟鞋轻快地走到齐秦飞面前，笑吟吟地说："秦飞真是敬业，孙总去北京了你也不休息一下。"

齐秦飞尴尬地笑笑，不答话。刘雅春也不在意，拍拍他的肩膀示意一下便走开了。

孙有权是在元旦假期的第三天回西京的。齐秦飞去机场接他时，远远地看见他站在风口。风吹起他头顶潦草的几根头发，把他的脸吹得有些变形。他的皱纹显得更深更多了。

车上暖气开得足,上车后,孙有权还是把衣领紧了紧。他闭着眼靠在椅背上,一直沉默着。齐秦飞安静地开车。快下高速时,齐秦飞问孙有权是不是直接回家,孙有权才睁开眼,仿佛刚才真睡着似的,虚弱地点点头。

进了市区,孙有权开了口:"乔总的日子也不好过。"齐秦飞知道,老板的话只说了一个开头,便没作声。

"集团上层形势很复杂,我看乔总可能也萌生了退意。这次进京,本来想看看乔总能不能活动活动,帮咱们把东华的项目拿下来,或者别的项目也行。不过乔总听了汇报,只说了几句鼓励的话。总共就和我谈了不到半个小时吧。"孙有权说话时,声音很低沉。

齐秦飞当然明白,孙有权拜访乔正军的真正目的不是为了拿一个项目,他顺着孙有权的话说:"乔总贵人事忙,您也别太担心,东华我一直关注着。其他几个项目进展也比较顺利。"

孙有权叹了口气:"秦飞,很多事是要上面使劲儿的。他们动动手指,比你撅着屁股一锄头一锄头挖强得多呀。我是为你考虑,明白吧!"

齐秦飞点点头说:"谢谢孙总,您这一趟辛苦,具体的事交给我,不到最后我肯定不放弃,您放心。"

孙有权也沉重地点点头,自言自语道:"是啊,很多事,不到最后是不好说,不到最后是不能放弃。"

送孙有权到家后,齐秦飞在后视镜里看到他像棵秃树似的呆站在楼前。路边树影不断退后、缩小,孙有权站在风里,始终也没挪动一步。那样子竟让齐秦飞产生了恻隐之心。

孙有权再出现时,原本鼓胀的眼睛更加突出,像两只杏核似的挂在皮肉松弛的脸上。

他有时在大会小会上莫名其妙地对某个人某件事指点训斥一番，过后又有悔意似的拉着齐秦飞细数自己的贡献和压力，鼓起十分力气说让齐秦飞"好好干"，然后掏出手机，给齐秦飞翻看以往和宝安市里一些"老领导"的来往短信，吹嘘许诺一番。

有时他待在自己的办公室，头上敷着一条毛巾。齐秦飞给他送水时，他缓缓地取下毛巾，搭在手上，说一声："啊，秦飞来啦。"就努努嘴示意他把水放桌上，便再没有话。向他汇报工作，他默不作声地听完，然后无关痛痒地叮咛几句："秦飞，我是不靠这点业绩了。你也看透些，没啥意思。"

地位暗含着一股神秘的力量，足以使一套机制中的人被它裹挟。孙有权的患得患失很明显地传导给了他管理的员工。许多人不自觉地患上了和他一样的"狂躁症"。

这股"颓丧"给齐秦飞带来了意想不到的不良影响，湖滨区教育局的教务管理系统到了第二次运营调试阶段，几个工程师突然休假了。

消息是张月带回来的。"除了晁衡，剩下三个人都说要休年假。项目就要最后验收交付了。齐经理，这怎么办？"她的脸因为焦急泛起了一些潮红。

原本就是孤军奋战，以为孙有权的"停摆"对自己的工作并没有太大影响，却没想到那股无形的力量会对自己构成这样大的影响。

"刚一开年就休年假吗？"齐秦飞问。

张月咬着嘴唇，点点头。

齐秦飞找到晁衡。晁衡依旧我行我素，一脸无所谓地说："齐经理，这个系统前期做得算是扎实，一测也按客户要求做了修改优化，二测应该没太大问题，我一个人也可以搞定。"

即便有吴副局长暗中助力，教育局的项目依然来之不易。和秦盛科技实力相当的中字号企业有不少，方方面面早有不少关系渗透和建立。齐秦飞能拿到订单，一方面是和吴副局长多年交往积累下的信任，吴副局长又掌控着各部门的预算与支付进度。另一方面，还是得益于"天时"。中西省教育厅提出了建立完善全省中小学电子化教务系统的要求，西京市分管教育的副市长亲自督战，选中了新建的开发区湖滨区做试点。新上任的副市长意气风发，在动员会上痛陈当前教育系统的弊端，责问区长们教育为什么办不到老百姓的心坎上，逼着各区立下"三年初见成效五年焕然一新"的军令状。既然是百年树人的工程，自然不是说提升就能提升，这里面渠渠道道恐怕干了一辈子教育的人都说不清。被选成试点的湖滨区教育局一时间像抱了一窝烫手的山芋，不知所措。

诺诺就在湖滨区上学，于真天天絮叨着上学那点事，听着听着，湖滨区的哪所学校设施好、哪个老师教得好，乃至几个学校作业是多是少，课后社团有什么他都一清二楚，女家长们聚在一块儿讨论什么关注什么抱怨什么他也略知一二，不知不觉也就成了半个"民间教育通"。"学区房"是西京许多家庭的"天字一号工程"，赵健携款潜逃后，齐秦飞硬是没有卖房还债，为的就是孩子上学。但湖滨区又和其他区不一样，准确地说，西京的十三个区，入学政策教学体系各不相同。如果教务系统只是把目前的纸质资料电子化，一是实现不了区长们制定的目标，二是工程太简单，任何一家小公司都能做，他们即便中标也赚不到什么钱。他和晁衡讨论过，两人都认为，想做湖滨区的教务系统，就得针对湖滨区的具体情况，不能贪大，也别想搞全市一体化推广，那行不通。

齐秦飞就是这时候走进教育局的。他穿着于真熨好的藏蓝色西装，拿着前些年置办的擦得干净油亮的皮质公文包，特意理了发剃了须，还特意摘下手表用袖子遮住了手腕上的表盘印。吴副局长已经给教育局的姜局长打过电话，姜局长和牵头负责系统建设的副局长一起接见了他。齐秦飞一向重视初次拜访，甚至形成了自己的一套出访理论，怎样自我介绍，怎样建立联系都在心里装着。

这一次却不一样。握手寒暄之后，他明确说今天是带着双重身份来拜访两位领导，首先是湖滨区的一名普通学生家长，其次才是秦盛科技的代表。话一出口，姜局长怔了一下，随即说原本是吴副局长亲自介绍了，他要见一下，既然是学生家长，那就在他办公室谈谈，他也听一下。"老郑，项目还是你牵头，你说了算，我只是听一下老百姓的真实想法。"姜局长说得十分郑重。

局长亲自参加，当然是意外收获。双方落了座，齐秦飞便开始谈他对湖滨教育的看法。于真和全职妈妈们那些冒着新鲜热气儿的车轱辘话齐秦飞当然不会如实复述，他仅从普通家庭遇到的实际困难和他们的迫切期盼条分缕析地谈了几点。当然，他是充分肯定湖滨区的教育工作的。"不过，湖滨有湖滨的特点，设立开发区不过几年时间，居民大部分是年轻人，对教育特别重视，自然期待会高一些。"他小心地观察着姜局长的表情，姜局长不时记录下他的话，点头或者沉思。齐秦飞又转向说："这个项目很有意义，做好了不仅是一项民生工程，更是办到我们家长心坎上的民心工程。不管是不是交给秦盛，我都有几条建议，是我和我们的工程师团队讨论多日的想法，也许不成熟。"齐秦飞沉静地讲着，湖滨区应当怎样建立一体化的教务管理和教育信息系统，如何实现数据的共享和开发应用。"如果用互联网思维来解释，那就是从数据收集和数据开发的角度谈改进教学方式，从数据和经验共享的角度谈共进工作方式，培养更好的教学队伍，创造更大的价值，或许是惠及每一个家庭的办法。"

从始至终，齐秦飞都是沉稳低调的，他讲得内容很实在很中肯。姜局长和郑副局长都记了满满几页的笔记。齐秦飞的想法并不复杂也没什么深度，政府的套话也是他哥帮他琢磨的，只是人在事中有时难免雾里看花，他作为"学生家长"的一套"互联互通思维"把两位被"试点"折磨得几周无法入睡的局长吸引住了。

后面的事顺理成章，有了印象分加持，再加上"学生家长"苦心孤诣的建言，秦盛科技顺利拿到了湖滨区教育系统的项目。

晁衡带几个工程师，加班加点地搭建好系统。项目交付那天，晁衡搭着齐秦飞的肩膀说："齐经理，你其实挺懂教育的。"齐秦飞哈哈大笑说："兄弟，你年轻呢，当几年家长你也懂教育了。"

晁衡不以为意地说："做系统就和盖大楼一样，想法和理念是最重要的，砖梁装修什么的都是填充。想法就是对这个事的认知，要有思想，做出来的系统才是艺术品。"

齐秦飞看着晁衡，没有说话。他在宝安技术学院学计算机和数控时，有些老师激情澎湃地讲技术、讲操作，就好像他的学生将来都能成为工程师。齐秦飞也有过当工程师的梦想。后来工作，跑销售，他才知道小小的宝安技术学院计算机班并不是培养工程师的地方。晁衡说话时，语气有些激动，这种激动无形中感染了齐秦飞，如果他也坚持读书，上大学，也许会和晁衡一样，成为一个专注的完美主义者。

"秦盛终于做了一个拿得出手的项目，"晁衡沉浸在自顾自的情绪中，"一味地模仿，没有思想和灵魂，没有自己的理念，钱挣得多有什么用，还是没有业界的声誉。"他转头对齐秦飞说："齐经理，你做了件有意义的事。以后你的项目，算我一份。"说这话的时候，晁衡完完全全是一副工程师不被外界干扰的严谨神情。晁衡平时话很少，就比如今天，面对团队其他成员的集体休假，晁衡除了说"我一个人也可以搞定"外，再不多说一句。

齐秦飞说："事情不是这么个办法，我得找到原因，解决问题。"听他这么一说，晁衡耸耸肩不置可否，接着埋头写他的代码，不再搭理齐秦飞。齐秦飞知道从他这里不可能了解更多的信息，也知道他的态度不是针对自己，拍拍他的肩膀说："那就拜托兄弟了。"晁衡也不回头看他，微微点一下头算是送客。

还是武双明打听到的，几个工程师是被张小光"动员休假"。"狗日的张小光太不地道了，想挤对死咱们啊！"武双明愤愤地说。

张月也重重点头说："张小光怎么能这样呢，太卑劣了。"

齐秦飞思忖着，张小光虽然是正式任命过的销售经理，但他只有权利管自己手下的几个销售，技术人员和他没有隶属关系。况且，湖滨区的项目虽然是他签的，但业绩属于公司，张小光一个人应该不至于有这么大的能量和胆量使绊子。是技术部的负责人见风使舵想踩"孙派"，才和张小光合作，还是刘雅春直接授意呢？无论是哪一种，都需要刘雅春来解扣。

16

雨舍咖啡在锦程路的背巷。店门口两棵成年柳树映着白墙，十分婀娜。咖啡店离商务区有些距离，工作日多数时间都很幽静。休息日有不少"探店"人群，主要是年轻人。

齐秦飞是几经考虑之后，约刘雅春在这儿见面的。在办公室，太正式，也没有立场。休假是个人权利，没有人规定年初不许休假，也没有人规定同一个项目的工程师不许同时休假，那完全是一种职业操守层面的要求。贸然地向刘雅春提，她大可通过规章制度堂而皇之地搪塞他，也显得他在质疑她的磊落，那就有可能使谈话陷入僵局。况且，孙有权的"颓丧病"时好时坏，这种在明面上无法言说的交流他并不想过多让他知道。

齐秦飞不会和女人打交道，尤其在漂亮女人面前，他几乎犯了所有理工男的通病，思维迟滞言语木讷。他的女客户手中多半有些权柄，自然就有些年纪了，往往姿色匮乏。他从来不当她们是"女人"，而保持着一种合理的距离和公事公办的态度。女下属和合作单位的同事更不必说，那都是他避之不及的角色。社会上流传着各种各样关于销售行业的绯闻，当然大部分是误解，他的职业自尊使他条件反射似的自觉维护着这个行当的体面。刘雅春和她们不同，她既不是那些一板一眼的客户，随时端着硬邦邦的架子，又不是初入职场的小姑娘，用飘忽不定的眼神躲躲闪闪地欲拒还迎。甚至她的漂亮不是在脸面上的。那种"漂亮"齐秦飞说不清，大约来源于她的出色。

咖啡店门上的风铃响起一串声音，齐秦飞抬头，正遇上刘雅春走进来。她穿一件黑色水貂毛外套，裹着黑长裙。虽然开了年，时气还像深冬，她脚上却仍穿着双单皮鞋。

刘雅春走到他跟前在对面坐下，脱下外套露出白皙的脖颈。她戴着一条V型群钻项链，配一对小号的V字钻石耳坠，头发松散地用水晶发夹夹着，红色唇膏将她映衬得十分明艳，显得既慵懒又妩媚。

环顾一圈后，刘雅春轻启朱唇，微笑着说："难得今天天气好，工作日出来坐坐，很清静，很舒服。这儿我还是第一次来，真是要感谢秦飞的精心安排。"

他原本准备以请教为由，向刘雅春暗示他无心内斗。刘雅春的开场白使他的请教变得十分自然。他叫来服务员，又把菜单往刘雅春手边推了推。刘雅春一笑，说："请这位绅士帮我点吧。"服务员转身看他，使他有些尴尬。他给刘雅春点了招牌手冲咖啡和蛋糕。

齐秦飞说："刘总是行业翘楚，我一直想请教，不过平时您太忙，不敢打扰。"

饮品端上桌，齐秦飞撕开糖袋给刘雅春加了一些，刘雅春翘着兰花指拿起小勺搅拌起来，眼睛一直看着咖啡，并不说话。

齐秦飞接着说："今天也是很冒昧的，说实话，我有些惶恐。"

刘雅春拿起杯子，慢悠悠抬起头，看着齐秦飞说："你没有打扰我。"

齐秦飞说："谢谢刘总。"

刘雅春仍不作声，显然是要观察他接下来的表演。

齐秦飞不想深究，便开门见山："刘总，我到公司也有一年了，湖滨区教育局的项目算是第一个像样点的项目，现在也快收尾了。项目要善始善终，想向您请教有哪些地方需要注意的。"

刘雅春仍然挂着她招牌式的礼貌微笑，目不转睛地盯着眼前这个男人，见齐秦飞停下来，她悠悠地开口："项目算不算善始善终，我说了不算，客户说了才算。那要看你给客户承诺什么了。"

齐秦飞说："给客户的承诺，得由公司兑现。都写在合同里了，完成应该是没问题的。不过，刚过完年，项目上几个技术人员家里多少都有事，不知道会不会影响进度，技术部那边我还是想拜托刘总帮忙周全一下。"

刘雅春放下杯子，定定地看着齐秦飞。她的沉默令他始料未及。她来之前，齐秦飞想过很多对话方式，最终还是决定坦诚相见。此前刘雅春有过几次示好，甚至释放出一种深沉的意味，但他不能判断那种意味对于一个职场老手来说代表着什么。从内心深处来说，他是欣赏刘雅春的，甚至有些佩服。她三十七八岁，保养得宜使她看起来比实际年龄年轻不少，又有一种成熟的风韵。常年在国有公司工作，刘雅春却有着和那些混日子的人完全不同的雷厉风行的做派。齐秦飞十分肯定，如果没有刘雅春，秦盛科技完全不会有现在的局面。一个在职场上这么成功的女人，自然有她敏锐的理性，齐秦飞不想拐弯抹角地暗示。或许她会直言，这个项目就是她和孙有权你死我活局面的牺牲品。又或许她会否认，只消说这符合公司规定即可。

但她既不承认也不否认，就那样一直默不作声听他说，似乎也不在乎时间滴滴答答地流逝，或者又很笃定齐秦飞会说出更多沉不住气的话。

齐秦飞默默起身，去吧台告诉服务员把空调温度调高一些。又回身坐下。

刘雅春说："怎么不和孙总说？听说孙总身体不舒服，最近怎么样？"

齐秦飞不回答关于孙有权的话，只说："项目不分彼此，都属于公司，技术部归您管，按规矩，我当然是给您汇报。"

天色渐渐暗下来，服务员放起了音乐，清澈的女中音缓缓唱着"Moon river, wider than a mile..."，歌声让四周的空气松弛下来。

刘雅春将身子往后靠了靠，翘起嘴角笑着说："秦飞，这是小事，你既然开了口，明天他们就找你报到。"齐秦飞道了谢。她又说："不过，虽说项目是公司的，业绩却是孙总的，和我无关。我只是，看你的面子。"

齐秦飞点点头说："刘总，这个我知道，所以我是真心感谢您的。"

刘雅春眉头一蹙，微微歪着头："那你怎么感谢我？"

齐秦飞没料到她会这样问，有些尴尬。他摩挲着双手答道："您有什么指示，我尽量照办。"

刘雅春嗔怪地说:"又不是拜访客户,'您'啊'您'的,你不累吗?"

齐秦飞沉默一会儿,说:"不仅是敬称,是我对您的尊重。"

刘雅春表情凝固了一会儿,缓慢地敛起笑容。齐秦飞端起咖啡壶给她续了杯。

她缓缓端起杯子说:"我很欣赏齐经理的能力。坦白说,张小光是我一手带出来的,能力强,但人比较呱噪,不如你稳重低调。齐经理你做生意讲究的规规矩矩,在他那儿都不是事儿。既然长期在一起工作,以后这样的事情,恐怕还难免,小光是我的手下,我不可能次次给你说话,打他的脸。"

齐秦飞说:"您说的是,刘总会调教人,张经理的确能力很强。我是觉得,在这里一天,就是一天的同事,像您以前说的,共同为公司创造价值。"

刘雅春笑笑说:"其实销售部本来就是我分管的,既然孙总不舒服,可能也没太多的工作安排,齐经理可以参与我团队的一些工作,既是双赢,又免得内耗。"

齐秦飞拱手谢了:"刘总看得起我是我的荣幸。您是副总,原本您定的事儿我应该马上执行。不过,来的时候是孙总安排办的手续,要搞这个内部调整,牵扯到我本人,不管出于礼貌还是情分,我都应该给孙总报告一下,再请两位领导定。"

刘雅春微微点点头,说:"看不出来,齐经理很讲情义啊。孙总的脾气我是知道的,不懂业务瞎指挥,好大喜功不容人,在他手底下做事,少不得明里暗里受气。你挺有良心。不过,"刘雅春话锋一转,"做销售,最终要靠业绩的,孙总搞行政出身,恐怕介绍不了什么资源给你,有好的机会,也不懂把握。"

她说的是实情。对于许多解决了基本生活需求问题的人来说，希望或许是最重要的东西。他们的精气神是依靠希望提振着的，即便那种希望十分庸俗，比如当个处长、经理。一个人一旦失去了希望，就像一棵被吸干了水分的树，会迅速地干瘪、扭曲、变形、枯朽。即使它头顶还残余着几根枯枝和树叶，也都是一派脆弱凋敝的景象。孙有权现在就这样凋敝着。即使他不如此，也确实无法给齐秦飞任何助力。

不管是从理性的角度，还是从公司规章上来看，眼下投靠刘雅春都是最合理的选择。秦盛只有一个销售部，齐秦飞和他的团队实际上就是孙有权趁公司初创，制度尚不完善而组织起的一群"雇佣兵"。在此之前，他们依靠着孙有权和刘雅春的博弈拉锯在夹缝里生存，理论上是销售部的一员，实际上向孙有权汇报。总公司或许不知道，又或许知道，只是不愿为些小事打破某种平衡。公司慢慢走上正轨后，这支队伍的归属问题迟早要解决。或许现在就是一个好的时机，刘雅春收编这支队伍合情合理。

但情理上，齐秦飞不愿参与这个过程。通过胡宝柱，他和孙有权结成了一个同盟，虽然孙有权这个"老板"一直都只是名义上的，对他的接纳也只是出于在秦盛权利失衡局面下的"自救"，但齐秦飞还是对孙有权有着感恩之情。刘雅春说得很客观，入职不久齐秦飞就发现，孙有权确实有着非同一般的掌控欲，即便是他这个销售经理权限范围内的小事，他也会事无巨细地盘问，动辄"作指示"。在关乎项目成败的大计上，孙有权实际是很无知的，常常会下达一系列令他窝火的错误指示。最令人不堪忍受的是他对员工肆意辱骂，有时那辱骂并不是对齐秦飞，而是对武双明、张月，甚至是他未曾谋过面的郝四维，但依然令他不适。可归根结底，对于在自己陷入困境时给过一个平台的孙有权，齐秦飞不忍心弃之不顾。

他看着刘雅春，她的笑容十分淡然，坦诚而自信。"刘总，我只想和大家一起认认真真做些事。"

刘雅春说："你和我想的一样，还很理想主义。不过我还是那句话，业绩为王。你现在的局面，如果没有我全力支持，靠吴副局长一个人，恐怕持续不了太久。"她顿一顿说："特别是，东华集团。"

齐秦飞猛地一震。刘雅春今天的赴约，在企图招揽他无果后又毫不遮掩地直指东华，和她之前有意无意地关心试探，连同张小光无事献殷勤地窥伺、趁着孙有权不醒事的暗中搅局，这一连串动作的目的清晰起来。

刘雅春知道张小光联合技术部让几个工程师回家休假的事，但她并不在意。在相持的局面中露出败象的孙有权使刘雅春更加毫无顾忌地排挤他所剩不多的空间。她已经言明，在胜者为王的销售界，张小光的手段不论体面与否都没有人在意。

谈话不算不欢而散。

刘雅春起身离开时，脸上依然有妩媚的笑意，她回过头，意味深长地问："为孙有权，值得吗？我和他共事有段时间了，他要稍微正常一点，也不至大家都难受！"顿了顿，轻甩了一下头发："幸存者偏差，像他这种人，太不值得。"

齐秦飞摇摇头："不是为他，是为我自己。"

刘雅春拍拍他的肩膀，叮嘱一句路上小心，便转身离开了。

齐秦飞陷入了长久的沉默。咖啡厅里此时正唱着"Dance me through the panic 'til I'm gathered safely in"。黑夜完全覆盖下来，咖啡厅陆续进来两桌客人。他在脑海里回放着刘雅春的话语，以及她轻飘飘的声音。

"为我自己"，齐秦飞不知道自己为什么在恍惚间说出了这句话。父母老去、孩子年幼、妻子无业、债务缠身……他实在没资格说出这样的话。如果重来一次，他或许不会这样说，他应该就着刘雅春给的台阶溜下去，像张小光那样，背着鸟枪，迅速地捕捉商机、猎杀对手，挣到更多的钱，活下去。

17

金主任是因为正在上初中的女儿迷上了网络游戏匆匆赶到西京的。女儿小金学习成绩一般，但宝安有些头脸的人把孩子送到西京读书成了一种潮流。金主任的妻子隔周来西京一次，住在学校旁边的小旅馆，给女儿洗洗衣服。他则不定期地跟着单位的顺车，叨空来看看。

小金和老金不算亲密，也不疏远。他来了带女儿在校门口的小饭店点几个菜，改善伙食。吃饭的时候，父女俩没太多话，确切地说，是小金并没有太多话和他说，走的时候他再丢下一百块钱，换小金一个笑脸。

齐秦飞替老金给小金送过一次东西。学校离齐秦飞家不远，吃完晚饭遛弯儿的工夫就能到。之后不用金主任再吩咐，齐秦飞每隔一个月准时往小金学校去一次，送些吃喝。

关于东华集团，宋副部长、金主任都没有透露太多的消息。于真就时不时抱怨，问金主任是男的女的，怎么齐秦飞这么上心。

齐秦亮给齐秦飞打电话的时候，湖滨区教育局的项目刚刚正式交付，余款如期付给了秦盛，孙有权恢复了点儿精神，在例会上大赞齐秦飞。刘雅春不动声色地坐在旁边一言未发。例会结束后，齐秦飞快步走到主席台，说项目进展顺利还是要感谢两位领导的支持，刘雅春淡淡一笑，昂着头走了。孙有权也不在意，拉起齐秦飞的手说："秦飞啊，好好干吧。"

齐秦飞来不及和武双明他们庆功，匆匆赶到湖滨一中。

金主任夫妻俩带着小金站在路边。小金看到齐秦飞，龇着牙挤出一张笑脸。金主任斜眼看着女儿，把齐秦飞拉到一边说："秦飞老弟，添麻烦了。"

"老哥见外了，我哥从北边赶过来，要晚一会儿，我先带你们去休息。"齐秦飞接过金主任的行李，领他们去酒店。

金主任和小金妈神色不佳，小金却是一脸不在意。

齐秦亮赶到酒店已是傍晚，金主任握着他的手说："齐主任，这娃在西京不好好学习，闯这么大祸啊！"

对老金来说，小金迷上网游实在算不上大事，宝安城里一样网吧林立，进进出出的青年一拨接一拨，大部分在他看来"很正经"。因此，小金的班主任前几次打电话反映这个问题时，老金都是派小金妈来解决。小金态度倒也积极，承诺"只是玩儿玩儿，不影响学习"。这次老师电话里劝小金考虑转学，是老金万没想到的。

齐秦亮拍拍金主任的手，递上一支烟："可怜天下父母心，老哥把孩子送过来是尽心呢。孩子小，贪玩儿难免的。"

说是"劝"，其实就是通知。老金垂头丧气、长吁短叹，已经顾不得形象架子。小金妈着急上火，也顾不上给老金留面子，絮絮叨叨地埋怨。

齐秦亮说："秦飞和湖滨区教育局熟悉，他试着联系，看能不能说上话。我也找找湖滨区的人，咱们宣传口和政府部门打交道毕竟少点，这事儿我和秦飞一起跑。"

老金给小金妈使个眼色，小金妈会意，从包里掏出一个信封交给齐秦亮，齐秦亮摆摆手说："需要了再说。"

齐秦飞在姜局长和郑副局长之间犹豫了很久，最后决定去找郑副局长。当初，教育局的项目，姜局长虽然说过"还是郑副局长牵头，郑副局长说了算"，但却用态度表明了对齐秦飞和秦盛科技的支持。郑副局长会意，来了个顺水推舟。系统试运营没出过大的问题，姜局长去检查工作时，也着实赞扬了一番，说："郑局长这个工作做得好，既稳健又有开创性，为我们下一步抓好工作打下了坚实的基础。"实际上是对自己的决策很满意，连带着也夸了齐秦飞和秦盛科技。

姜局长是一把手，对齐秦飞又十分欣赏和尊重，如果去找他，再从"学生家长"的角度恳求领导给学生多一些宽容和关爱，也许就是一句话的事。但郑副局长分管的就是教务工作。绕过他去找姜局长，他不会觉得是给他省了事，而会觉得齐秦飞恃宠而骄，拿局长压他。那样的话，就算办成了小金的事，也会彻底得罪郑副局长。

拿定主意后，齐秦飞敲开了郑副局长办公室的门。项目做得扎实，郑副局长的确露了脸，对待齐秦飞也比从前客气了一些。齐秦飞说明来意后，郑副局长沉默了一会儿。齐秦飞明白，许多事情在政策规定的基础上，还有一个裁夺空间，但不能说破，得给领导一个台阶。

他倾身上前给郑副局长点上烟，试探着说："这孩子家在宝安，这么大老远送孩子来西京上学，家里还是重视教育的。不过她父母也都是公务员，和局长您一样，也是天天在单位加班，顾不上孩子。在政府工作，说实话，很不容易。"

郑副局长点点头。

"局长，您一直讲，教育就是立德树人，孩子都有个成长的过程，这孩子本质还是不错的，您看能不能缓一缓，给她一个机会看看有没有改进，也是您对咱们基层公务员的关怀。"齐秦飞说。

郑局长笑起来，说："小齐，你还真是，算了，我给他们打个电话。"

小金的处分从退学变成了留校察看。金主任缓过一口气，从校领导到班主任上上下下感谢了一番，小金妈对着齐秦亮、齐秦飞连声道谢。

齐秦飞开车送金主任和小金妈回宝安。进了宏山，车速缓下来。山地的春天来得晚一些，远处的树上刚刚开始抽芽，小股山泉不经意从薄薄的冰层下冒出来，有了几分生机。金主任说："你说咱宝安多好啊，背靠着宏山，这么一脉大山，钟灵毓秀的。干吗非往西京跑。"

小金妈瞟了他一眼，反问道："你的意思是我不该送娃去西京上学了？她不好好学习是怪我了？"

金主任呵呵笑着，也不在意，对齐秦飞说："老弟别笑话啊，你嫂子人是好人，就是嘴不饶人。小雨的事真要好好谢你和齐主任，这是帮我大忙了。事情解决得顺利，你做了不少工作吧？"

齐秦飞扫了眼后视镜，见小金妈嘴上嘟嘟囔囔，表情却不像真生气。齐秦亮说过，宋副部长摸不清他的底细，不会轻易帮忙。人与人之间的信任是需要通过共同经历来建立的，或许现在就是一个和金主任他们建立信任的机会。一股脑儿地说自己做了多少工作肯定不妥，有邀功之嫌，也显得太过刻意。

齐秦飞便云淡风轻地说："宝安确实是好啊，不过把孩子送出来看看，也是好事。教育局的姜局长和郑副局长我都熟悉，他们也都很乐意帮忙，老哥和嫂子不用操心。"

小金妈表情活泛起来，接过话问："秦飞啊，你和教育局的领导熟？"

齐秦飞点点头，说还行。

金主任侧过脸问："秦飞，你看需要怎么感谢一下几位局长？小雨玩儿心重，这次是长了教训，但还是得好好管教啊！"

齐秦飞说："这个老哥不用操心，湖滨区教育局的教务系统项目是我对接的,现在系统运转得不错,上上下下都很满意。教育局两位领导人都很好,我们也是在合作中建立的信任,处得非常好。该说的话我都说过了。"他又对着后视镜说:"嫂子也别太担心,小雨是个好孩子。我一个同事小武,上学时也爱玩游戏,很会玩儿,后来考上大学,现在工作也很不错。回头我叫他一块儿去和小雨聊聊。咱们苦口婆心,孩子不一定信,偶像现身说法,她准能听。"

小金妈狠命点点头,用手戳戳坐在副驾上的老金说:"你看你当爸的,还没有秦飞想得周到。"

老金若有所思,并不理她。过了一会儿,老金说:"秦飞啊,我早就觉得齐主任和你都是实在人。能和客户处成这样,看来我的感觉不错啊。咱宝安还是出人才。"顿了顿,又接着说:"宏安县是地灵人杰,宋副部长就是宏山人,李国华李总也是。"

小金妈在一旁说:"你不也是宏安的嘛,你闺女也是,怎么没见你们那么出息呢!"

这是金主任第一次直接向他透露信息。齐秦飞听出了金主任的意思,便对小金妈说:"嫂子谦虚了,金主任是宣传部的一支笔,多少事都仰仗他操心呢。孩子在西京,有啥事您吩咐我,是一样的。干销售的没别的长处,就是服务意识还行,我时间也自由。"

到了宝安,金主任拍拍齐秦飞的手说:"秦飞,孩子这个事还是要感谢你,以后你的事就是我的事。"

齐秦飞说:"老哥真不用放在心上,回头闲了,少不了向您和宏安的几位领导请教。"

金主任点点头。

爬宏山

18

从春天到夏天,齐秦飞跑了无数趟宝安。凡去拜访宋副部长,齐秦亮一定要陪着。他们一次次从宝安界内的各个峪口、梁道去宏山。宋副部长爬山的兴致很浓,常常一溜烟儿甩下后面的队伍。齐秦飞给一行人置办了全套登山装备,他到底年轻些,紧跟着宋副部长的步伐。

歇脚时,宋副部长常指着某一道山梁,或者泛着莹莹绿色的植物,兴致勃勃地讲着其实生物的出现还要早于宏山很多,银杏这种植物就十分古老,到白垩时期,银杏开始减少。到第四纪冰川时期,几近灭绝,只在中国奇迹般地保存下来。

山里的微光从一道道山脊向阳面铺开,树和草就泛着温柔的光泽,阴面像背着一顶大云彩,呈现出深绿、墨绿的颜色。山和光构成像折扇、像水波那样多变的图景。宋副部长有时出神地望着远方,对着齐秦飞和跟在后面气喘吁吁的小分队说:"人生一世,须臾瞬间啊,就这宏山是万古永存的。"齐秦亮就慷慨地和宋副部长讨论起汹涌沉浮的历史和那些命运与宏山多有勾连的大起大落的人物。大家也一同感慨几句,天南海北、国际形势海聊一番,观赏了宏山的景致后,再找户农家随意吃喝,兴尽方归。

胡小宇对齐秦飞殷勤地赶赴宏山显得十分不齿,他不齿于宋副部长的油盐不进附庸风雅。他躺在办公室的沙发上跷着二郎腿说:"飞,你咋还研究上宏山了,这陪吃陪喝陪玩儿的日子要到啥时候?咱就不能问问项目到底有门儿没门儿啊!"

齐秦飞笑而不答。湖滨区的教务系统成功升级被写进了市教育局的年终工作总结,教务系统升级工作今年将在西京的十三个区县全面铺开。如果都参照湖滨区的建设标准,这些项目的总预算将近七千万。

对于这批订单，按齐秦飞的设想，比较好的结果是秦盛能拿下一半。

谁都不愿做第一个吃螃蟹的人，甚至第二个。即便湖滨区已经先行试水，即便市教育局几番把建系统列为年度工作重点并且几番催促，各区还是没有行动。他们工作的节奏永远是来湖滨区调研座谈。像这种调研，对方先来个副局长带队，去姜局长的办公室聊半天，再由郑副局长陪着，齐秦飞和晁衡带着参观讲解。过一两个月，局长再来调研座谈一次，不同的是，局长来了不用去办公室，直接由姜局长陪着参观听讲解。再过一两周，对口科室的负责人再来调研，这次姜局长、郑副局长都不陪了，由局里信息中心或者教务科的李主任张科长陪着，还是齐秦飞、晁衡带着参观讲解。

局长们来取经的时候，不免恭维一番。姜局长无一例外地赞扬一番郑副局长的工作，顺带指着几个工程师，说干部和工作团队确实都尽力用心了。局长们自然顺着姜局长的话称叹大家敬业肯干、年轻有为。

有少数时候，对方跟着局长一同来调研的工作人员会要一下齐秦飞和晁衡的电话。齐秦飞的名片永远恭敬地躺在西装的上衣兜，等着来人的召唤。当然，不论对方有没有要电话，齐秦飞都会根据调研的节奏主动去拜访。

他让武双明和张月发动亲朋好友或者干脆假装成学生家长站在学校门口刺探信息。他们先默不作声听着别人的谈话内容，再和其他家长们一起怨声载道，互相推荐附近的培训机构，共享某某重点中学特招的"内部消息"。往往在交谈几天之后，其中一两个家长会感叹"你俩看起来好年轻啊！"。张月脸刷地一红，武双明嘻嘻笑着说："长得显小。"

功课做好，齐秦飞就带着团队敲开潜在客户的门。有了调研时的照面，他们起码获得了和客户交流一次的机会。节奏是要掌握的，第一次拜访，主要就是真正建立联系。他们是国企的代表，又有了前置性的好印象，礼貌之余，衣着打扮、举止谈吐大可从容自信些。偶尔也有对方爱答不理心不在焉的时候，但你来我往相谈甚欢是常态。半年下来，四个真正启动了项目建设的区，齐秦飞拿下两个。一个是老局长准备退休，主管副局长想顺利接班。一个是局长刚上任，要干几件漂亮事表现表现。齐秦飞的功夫做得足，两位决策人就不约而同地照着湖滨区的标准誊抄一遍，安全省事。

十三个区，一个开发区。已经开展工作的五个区，秦盛的版图占了一大半。有这一半打底，剩下的区要谈起来就省力些。齐秦飞这才有了爬山的闲情和底气。

对于东华集团的事，宋副部长并没主动谈过。齐秦亮沉浸于和宋副部长的谈古论今，似乎也忘了要帮齐秦飞实现什么目标。倒是金主任，一边十分殷切地忙前忙后，一边安抚着齐秦飞，让他千万不要着急，用他的话说就是"不可在领导面前暴露你的心思"。

撇去业绩不谈，齐秦飞倒也十分享受一起爬山的乐趣。他能感觉到，宋副部长和哥哥有些像，都是有些真性情、真理想的人。他们这种人，一直受书本那一套教育，礼义廉耻刻到了骨髓里。社会上的摸爬滚打、机关里的尔虞我诈或许也懂，不过放不下自己的面子、尊严，凡事要讲个体面，用他们的话说，叫"风骨"。倒还不是附庸风雅，是真觉得自己风雅。宋副部长讲起宏山的历史，齐秦亮频频点头不时插话，甚至有时观点交锋，不过谁都不把思想的冲突当回事儿，下了山仍然会依依不舍地"再约"。

他们和齐秦飞的生存状态是不同的，这些站在宏山顶上挥斥方遒、为了遥远的人和事操碎了心的人，其实只挣着并不很多的工资。但他们有社会地位和身处体制内的安全感。只有这样的人，才会花那么多时间去凝视远方。晁衡只会在一行行代码里沉醉，武双明、张月则要和他一样，时刻为自己的饭碗警惕和负责。当然，他比他们还多了一份对家庭的责任。

听哥哥和宋副部长谈天说地，拖着一大堆装备耗尽体力，看着一脉一脉的山随着太阳和云的移动变换颜色，伸手感受指尖吹过的风。这种体验让齐秦飞暂时忘了数据和业绩，忘了于真和惠达的债务，忘了孙有权和刘雅春，似乎他也变成了和他们一样的人，安稳从容。

背过人，金主任夸他："秦飞，你的表现堪称稳如磐石。"金主任的话仿佛是对他丢了一颗石头，猛然砸醒他。他才又拾起目标。

按宋副部长的安排，八月的最后一个周末要去徒步子午岭。那天正是于真的生日。齐秦飞和齐秦亮说好，开车送他们到山口，但不上山了。回家陪于真吃个午餐，到傍晚赶到山下去接。剩下的事儿就由齐秦亮负责。齐秦亮欣然同意，让他代问于真好。

齐秦飞又给金主任打电话请假。金主任沉吟一下说："秦飞，按说不应该为难你，不过有个情况我觉得得和你通个气。下周爬山，宋部长约了李总，李国华。你知道李国华也很忙，平时他们约，不会叫其他人。我拿你当亲兄弟，你为东华的事也忙了不短时间了，看能不能周全？"

万事开头难，销售开头更难。和有一定身份的客户建立联系，没人牵线搭桥几乎是不可能的。齐秦飞不能多想，只得先答应下来。

周日一早，齐秦飞准时出现在宋副部长小区门口，接上宋副部长，又去接了李国华。车上，他把备好的早餐递给李国华，李国华顺口说了句"小伙子很细心啊！"，宋副部长自然而然夸赞他一番。

到山口，齐秦亮他们已经等着了。齐秦飞帮李国华穿好装备，一行人开始爬山。

都说秋季宏山最美，各色植物五彩斑斓铺满一架架山丘，不像人间。齐秦飞倒觉得，夏季的宏山才美，绿茵茵的一片，看着干净养眼，呼吸都带着清凉感。

事情顺利的有些让人意外。一路上，宋副部长和李国华都在谈东华的事情。齐秦亮和金主任走得慢，落在后面。齐秦飞面前，他们并不刻意避讳。李国华有一句没一句地讲着东华的架构和发展方向，集团党委近期的关注点和决策事项，甚至仿佛无意地透露出东华的决策体系和那位神秘的董事长周长民。

谈到周长民，李国华只是蜻蜓点水。这种话，李国华自然不会多说。和政府打交道多了，尤其是听齐秦亮叨念单位的事，齐秦飞对一个组织里权力架构和运作方式的复杂性也有了一些体会。他明白在一个大体系里，权力分配的微妙。

他们也谈互联网对实体经济的影响和实体如何转型。李国华突然转头问道："秦飞，这个你怎么看呢？"

齐秦飞摸不清他的想法，不敢多言，就说东华发展走过了几十年，卓越的表现是有目共睹的。实体经济和互联网是什么关系，还不好说。不过说到底，互联网是工具，君子不器，企业也是一样，善用工具，可能会有意想不到的收获。

宋副部长点点头，李国华沉默了一会儿，笑着说："小伙子很有见解啊！"

他们三人爬到山顶，向下望去，宏山连绵不绝。这座山里蕴藏着无限广阔的空间，目光随意凝聚的一个点上，那棵树或者那块石头所经历的，都比普通人的一生更多。齐秦飞平素给人印象还算开朗，但站在这样的地方，他有种天地壮阔，而个人孤独和渺小的感觉。这种感觉使他疏朗，同时使他沉默和内敛，不敢高声言语。

宋副部长对李国华说："秦飞的确很有见地，办事也牢靠。今天可能是因为见到你这个大人物，有点紧张吧，话少了。"

李国华哈哈笑道："部长的玩笑开到我头上了，不过，沉默的人更值得信任啊！"

往下走到山腰，齐秦亮和金主任已经在一个农家乐备好了饭菜。上山下山耗尽了体力，一行人吃罢饭，齐秦亮和金主任由何志强安排邱淼负责接走。宋副部长和李国华由齐秦飞开车送回。

宋副部长下车后，李国华在车上小睡了一会儿。快到家时，才睁开眼睛悠悠地说："秦飞，你的观点不错，我们集团也有一两个单位有试水的想法。不过想法离落地还有段路要走。你可以写个有针对性的方案，相关情况我回头安排人发给你。"

李国华的话说得很艺术，仿佛是为了集团发展的宏旨而搞的一些研究，并不涉及具体的工作。齐秦飞有些意外。仍旧搞不清他的意图，只点点头，恭敬地说了声好。李国华又闭上眼睛，直到下车，没再多说一句话。

19

李国华提供的资料很详尽，看得出是做了精心的准备。尽管资料是以第三方的口吻撰写，又是由金主任递到齐秦飞的手上的，但内容已透露了足够的讯息。

东华的确是要做一些提升的，但最初不是东华集团党委或者某一个领导的想法，而是东华所属一家合资公司的诉求。那家叫"东裕医药集团"的公司，齐秦飞是有印象的。在宝安城闲逛时，"东裕医药"的招牌就曾出现在许多小区的门口，少说有几十家。那是港商在宝安投建的，投资方为了手续的便利和后期争取地方最大限度的支持，提出与地方合资建厂。宝安政府就动员东裕集团合资。东裕是大股东，但港商拥有的股份是私产，自然也上心。去年，港方派驻的副总经理杨凯到任后，提出了一系列的改进建议，其中一条，是如何用互联网提升东裕医药的服务水平，提高业绩。

东裕医药在东华集团的板块中占比虽然不大，但东华集团依然牢固地掌握着决策的话语权。杨凯在董事会上抛出建议后，周长民没有立即表态。建议书递到集团后也像投到了海里的棉花球，连个波纹都没有荡起来。另一边，东兴商场仿佛被杨经理点醒似的，也提出要模仿电商的购物节搞一些促销活动。当然，商场经理老道一些，表功似的先跑到集团党政办公室，找到副主任——周长民的秘书林宇，在那里讨教一番，林宇没表态，只说先了解一下。

那本资料最后写着，周长民，广东清远人，中西大学90级毕业生。爱好天文、茶艺。有一女，在读大学。

金主任说："秦飞，你大胆地考虑。我这儿也配合做一些工作，主要是按照部里的职能搞些面儿上的调研，也算是个策应。"

李国华此时已经给出了一个重要信号——对于这种方式的变革，他是暗中支持的。只是在山上他也侧面透露过，东华集团的事，周长民拥有绝对的话语权。

周长民不表态，并不能说是不支持，也有可能是没有考虑成熟。齐秦飞大略有了方向，收起资料说自己要好好深入研究。

金主任点点头，又问："弟妹怎么样？没和你闹别扭吧？"

齐秦飞摆摆手说没事。

金主任说："要是能顺利拿下这个项目，你可要好好感谢弟妹的通情达理啊！"

齐秦飞笑起来，和金主任握握手说："当然。不过最要感谢的是老哥和几位领导的点拨，这个我一直铭记在心。"

金主任抽出手，朝齐秦飞的手轻拍两下，转身走了。

齐秦飞选择了东裕医药。

资料里对杨凯没有过多着墨。他只是凭借本能感知到东裕医药比东兴商场，或者巨人般的东华集团更具突破的可能性。

张月按他的指示，认认真真对东裕医药和杨凯做了背景调查。武双明看到她的电脑页面停在杨凯的照片上，取笑她是不是迷上了年轻帅气的企业家。张月瞪他一眼，朝张小光努努嘴。武双明赶紧捂着嘴回到自己工位上。

不需要齐秦飞过多交代，大家对于正在进行的项目已经有了保守秘密的共识。

在东华集团商业版图中并不起眼的东裕医药像黑土地上偶然长出的一棵笋芽，虽然因为是边缘品种，几乎无人问津，但它从2007年成立后，竟然一直在兀自生长。东华委派的三任总经理都是快到退休年龄时安置到东裕医药解决待遇的。三人不约而同地以不懂医药行业为由不理事，任由港方派驻的副总经理折腾。

经管模式确立后，因为体量太小，加上员工中有一半是宝安市和东华集团的各种"关系户"，东华集团对东裕医药的大致定位是稳定后方，也就没有什么大事需要纳入集团的决策视野，只需每年一次提交业绩报告，再象征性地在集团股东大会上用五分钟汇报年度工作。

到了去年，港方派驻的副总经理任期届满调任他处。离任时，副总经理按规定书面报告了在任期间的经营情况。从设厂投建开始，副总经理用前三年收回了港方和东华集团的投资成本，又用两年为资方赢得了近五亿的销售额，利润率大约百分之十，东裕的员工数也超过了五千人。

不起眼的东裕医药利润率竟也能和主业持平。这引起了周长民的兴趣。他在广东长大，身边有很多香港人，对港商颇有好感。因此宝安市政府牵线搭桥，让东华投资药企时，周长民是比较情愿的。对他来说，那不仅仅是拉动投资、解决就业和与各方面搞好关系的问题，也是他事业版图的某种扩张可能。周长民看了报告，对副总经理给予了高度评价，又破天荒地"接见"了继任者杨凯。在外界看来，这就是东华集团重视东裕医药的信号了。

杨凯所说的"互联网提升"究竟指什么，齐秦飞并不清楚。他让晁衡帮忙分析，晁衡扶一扶眼镜，说："第四次工业革命早就开始了，现在的问题不是要提升，是要换血。""信息技术完全有能力对现在的用工模式和商业模式做系统性提升，就看他们怎么想了。"晁衡信誓旦旦地说如果东裕医药找到他们的团队，将会实现一次质的飞跃。

齐秦飞、武双明和张月都听得一头雾水。他们仿佛触碰到了一个大房间的边缘，但又不能完全厘清它的形状。

万事俱备的商机不会属于他们。

武双明说："哥，要不我和张月先去东裕拜访一下，打个前站。"

齐秦飞摇摇头。改革的想法虽然是杨凯主动提出来的，但没有得到明确支持。从他的反应来看，这个香港人很讲规矩，并没有擅自动作。有可能他会就此放弃，也有可能，他在抛出这个想法的时候，只是出于直觉，而并没考虑过执行层面的操作办法，所以他正在继续酝酿。

那样的话，首次拜访就必须要了解他的全部思路，包括那些他自己意识或者没意识到的。甚至，要给他指出一条解决方案。这需要敏锐的觉知和妥善的推进节奏。仅凭武双明去客气一下是不行的。齐秦飞需要亲自拜访杨凯。

金主任对他的拜访需要口头上十分支持，但明确表示无法牵线搭桥。齐秦飞知道，这是隐藏在幕后的李国华暂时还不愿浮出水面。他让张月在网上整理了有限的资料，又托何志强找邱淼打听杨凯的消息，之后，就出发去了宝安。

东裕医药的办公区在远离总部的城郊。既然没有引荐，齐秦飞便使出了老办法——自报家门。

他恭敬地给门卫递上一支中华烟，门卫大叔撇撇嘴说："不抽。"门卫操着一口宝安土话，年龄不大，脸上皱纹却深。只有常年在原上经历着风吹日晒，才会有这样的脸庞。

齐秦飞递上名片用土话说："老叔，我是安东的，也在一个国家单位上班。是来拜访杨副总经理的。"说着拿出公文包里的一叠资料。

门卫朝他瞅了一眼，问："你哪个原的？"

齐秦飞连忙说："陇原。"

门卫哦了一声，说陇原好地方，又自报家门说他是龙马沟的。宏山的山域面积有几十万平方公里，里面有多少山梁沟崩谁也说不清。山里人说到家乡，说的不是行政区划的名字，而是那些不知名的山沟和河流。在他们眼里，那才是那片土地的名字，是他们亲亲的、热气腾腾的家。

陇原上似乎没有一条龙马沟。齐秦飞当然也就不知道龙马沟在哪。门卫也不在意，从上衣兜掏出一根土烟，放在鼻子下面狠劲地闻了闻，又塞回去，对着齐秦飞说："家里好是好，不过挣不下钱，现在娃们上学结婚花费大着哩。"

齐秦飞点头说是。

门卫抬眼问："你找杨经理，和里面说好了没？"

齐秦飞如实摇摇头说:"叔,我也没啥事,就是他刚来,给他介绍一下我们单位,说不定以后咱们两家单位会有啥合作。"

他要说个谎,门卫也就顺势放他进了。齐秦飞大约是不想欺骗门卫。他有些像他父亲,如果他和齐秦亮兄弟俩再小上十岁,父亲肯定也要背上行头进城打工。除了种地,父亲没有手艺。他进城的话,最好不过也就是找个像门卫这样的工作了。

他叫他"叔",又说"咱们两家单位",这话给了门卫一些重视和体面。门卫往里瞅一眼,大厅里的人行色匆匆,谁也顾不上谁,便自言自语地嘟囔着"国家单位,应该没啥"。抬抬手,指着电梯的方向,对齐秦飞说:"那你进吧,上三楼。"

齐秦飞迅速把资料装回公文包,又从包里拿出一盒烟,塞到门卫上衣兜里,朝他点点头:"谢了老叔,烟留着下班了抽。"

门卫朝他一笑,露出一排烟熏黄的牙齿。

对于齐秦飞的突然到访,杨凯并不反感。齐秦飞表明身份和来意后,杨凯放下正在看的资料,兴致盎然地请他坐下,亲自倒了茶。

齐秦飞开门见山地说,自己作为一个宝安人,这些年感觉宝安的变化很大。大街小巷开着的许多"东裕医药"的门店给宝安人的生活提供了很大便利。

杨凯来了兴致,起身搬过椅子,坐到齐秦飞对面。与关注程序的北方人不同,南方人做生意往往更讲求实际。齐秦飞没有再说更多的客套话,转而说道:"不过,现在的信息技术早就有能力改变经营模式了,外国也有应用。"

"是的,东裕医药有五千人,年利润只有三千万,很多方面是需要改进的。"杨凯说话的时候,上身微微前倾,表情十分专注。齐秦飞感觉到,杨凯应该不是那种随便提出想法又放弃的人。或许眼下就是深入交流的时机。他有些后悔没叫晁衡一起来。

人数和利润比，杨凯说出了自己的关注点。这个问题十分宏观，不占有足够的资料和数据，是无法深入分析的，更无法谈具体的改进方向。他试着引导杨凯多透露一些想法："是可以改进。以东裕医药目前的基础，完全可以创造更多的价值。"

杨凯点点头："内地一些搞BTB的企业现在也在搞BTC了。他们那么大的交易量，才用多少人啊。东裕的人数远大于那些企业。"

齐秦飞猛然意识到，顺着这个方向聊下去，杨凯接下来可能就会提出"裁员"，这是地方政府绝不可能接受的方案，也是东华集团绝不可能接受的。他顿顿说："杨经理的理念很新，不要说东华集团，就是宝安市、中西省，恐怕还没有太多国有企业关注到这些。"

杨凯点点头。

齐秦飞说："信息技术可以从几个方面帮企业做提升，您刚提到的商业模式改进是一个方向，员工和内部运营的管理是一个方向，还有一个，我觉得比较适合东裕医药的，就是数据的开发和应用。中西省还没有像东裕这样既有生产线又有门店的医药企业，现在宝安应该全是东裕的门店了，这个数据量不小。"

杨凯若有所思地说："数据应用，我还没有深思过。我们好好聊聊。"

齐秦飞讲了他在秦盛科技做的一些案例，特别是被晁衡称为"艺术品"的湖滨教务系统。那个通过大量收集和简单运算就能排出一套标准化教案的系统被当作湖滨教育的"神器"，在湖滨的几所学校统一推广。

"数据是可以反过来影响决策的。"齐秦飞说。

杨凯一拍手，兴奋地说："没错！科学决策能帮助我们做大。"

两人你一言我一语地相谈甚欢。在客户面前，齐秦飞的表态一向是比较谨慎的，尤其是初次拜访，主要目的就是先联系起来，试探客户的需求，展示自己公司的背景和实力。贸然表态是坚决不可取的，因为不了解客户的深度诉求和决策机制。

但齐秦飞大约是被杨凯的热情感染了。面对这个仅仅用一张名片敲开门的初次见面的销售员，杨凯毫不避讳地和他大谈自己的想法，不掩饰他的商业野心，也不掩饰已经在董事会上被拒绝一次的事实——齐秦飞甚至怀疑，杨凯有没有意识到那次被拒绝的事实。

杨凯坦诚地说着他对东裕公司的看法——他的前任，那个广东人艰辛创业，守护了公司的资产，在宝安站稳了脚跟。现在他想要更进一步，把宏山这个优质产地产出的好药材推广得更远。但是，东裕医药的人就好像是一堆湿木头，任凭他几次敲开总经理的门，那位"老先生"，事实上他只有五十九岁，都是一脸笑容地对他的创业激情肯定一番，再告诉他要"稳中求进"，怎么都点不燃。

齐秦飞看着他，这个比他还要大八岁的人，目光十分透彻，面庞上棱角分明，讲话时脸上的肌肉有节奏地律动着，短发苍直立在头上。他衣着讲究，戴着名牌手表。似乎还用了些香水。他的思维十分活跃，即便是面对全新的思路，也能够迅速地处理信息、跟上节奏——他和齐秦飞曾经接触过的那些大腹便便、深谙中庸之道的一些国企高管大为不同。

在他的带动下，齐秦飞也说了很多。天色暗下来，杨凯看看表，摊开手说："齐经理，今天晚了，我们都回去消化一下，尽快再谈？"

对于他，齐秦飞感到没有邀请共进晚餐的必要，就点点头说："杨经理今天讲的内容，我要整理一下。如果你需要，我会尽快给你一个成型的建议。"

杨凯郑重地点点头说，当然。

20

齐秦飞连夜返回西京，整理了几十页的谈话记录。第二天又召集团队开会。教务系统的项目在秦盛科技挂了重点，晁衡作为首席工程师，也自然成了齐秦飞团队的半固定成员。

按照齐秦飞的理解，东裕医药的主要决策人应该是杨凯。虽然他初来乍到，但从各类信息来看，包括现任在内的四任东裕医药总经理都是来"混待遇"的。这在大企业中并不鲜见。他们在职业生涯的最后一站，往往以"不出事"为目标，所以对不影响自身的"改革"，一般不会否定，但也不愿管事担责。

杨凯的改革愿望是迫切的，这个人满腹激情，对他的母公司有强烈的使命感，又想要干出一番事业。他几乎已经认定，东裕医药虽然在盈利，而且盈利率还不算低，但养活五千多名员工的事实还是跌破了他的效率底线。

要实现信息化管理，减少员工数并不算太难。杨凯说过，除去东裕药厂的一千三百人之外，剩下的三千七百多名员工分布在全宝安市三百六十多家药店里。东裕医药的店面采用的是最传统的售卖方式，大部分的药师知道每一款产品的用途和摆放位置，门店里只有结账是用电脑。只要把现有的管理系统稍微改进一下，把药品的功能类别和存储位置输入到电脑系统里，门店的效率就能提高一倍，那就意味着，在不增加门店的情况下，可以节约一半人力。

张月绞着手指，小声说："齐经理，按那个杨副总的意思，是不是这个想法？"

齐秦飞不作声，看着他们，说："大家讨论吧。"

武双明挠挠头，也不吭声。张月又说："咱们去宝安时，我也注意过，东裕药店里员工确实无所事事。不过，很多国企都那样的。一下子这么多人失业的话，他们的生活会很艰难。"

齐秦飞点点头说："如果要拿这个项目，门店管理系统的优化是必须要做的，就算咱们不做，别的公司也会做。杨凯自己恐怕也会。但减少人除了省下人工成本，并不能给他带来额外的利润。东华集团的根基在宝安，员工关系盘根错节，东华集团也不会同意。"

宝安的城市化开始得并不算早，除了最早修铁路到达的一批人之外，周边几个县一代代农民进城构成了城市中最早的居住群。这些居住在宏山不同原峁上的人往上翻几辈，往往是亲连着亲，故带着故。两千人可能牵扯出两万人的关系网，如果一个系统让两千人失业，带来的动荡将不可预估。

二十世纪九十年代末，中国曾有过一次下岗潮。老牌重工基地宝安也身在其中，经受过一通山呼海啸后，破破烂烂的城区更加落寞了，一城人在泥泞里艰难地徘徊。时隔虽久，那种酸楚的集体记忆在老一辈宝安人的心中却并没有变得模糊。

周长民的顾虑是不是这个？是齐秦飞一直暗中思索的。

他理解那些人。他外婆家的张河村，和他自己的村子里，也有许许多多这样的人。这些年，土地再也留不住人了。齐秦飞在老家的村巷里闲逛，常遇上没出五服的叔伯姨娘。他们拉住他叨念那些他熟悉的玩伴。齐小康去了矿场，齐飞跃去了拖拉机厂，齐耀祖去了肉联厂……许多人家搭上一辈子的关系，在宝安市或者附近的县城给孩子找下一份这样的"体面"工作。还有更多的人，虽然念了书考了学，也只能蜗居在城市的一个角落，在各类公司里打着临时工，干着村里人眼中的"体面"工作。

失去工作，失去的不光是"体面"，更是他们的活路。因此，当杨凯毫不遮掩地表达"东裕人员太多"时，齐秦飞并没顺着他的思路继续说下去。他明白，在杨凯的计划中，门店优化势在必行，但他想找出一个更好的办法。

"如果谈管理的优化，应该从整个的运转系统去考虑，不仅仅是门店。"晁衡说，"按现在的技术水平，东裕药厂，连同他们的行政部门，都是可以很快实现信息化的。这种优化门槛不高，很多人都能做。"

"问题就在于，"齐秦飞说，"剩下的人，放到哪里去创造更大的价值？"

武双明、张月看着他，晁衡点点头。

齐秦飞说："晁衡说得很对，按照现有的技术，匹配到门店和药厂，不算难。从现实层面考虑，这种馅儿饼恐怕不会落到咱们头上吧？"他喝了口水，接着说道："况且，咱们都是普通人，能理解普通人的生活。失业，对于他们来说，是灭顶之灾。咱们再想想，有什么好的方向。"

对自己的团队，齐秦飞说不出要"讲道义"这样的话，他也并不想通过修辞展现那种莫须有的悲悯。在他看来，那只不过是人与人之间最起码的关怀。从他介绍完昨天和杨凯交谈的细节，并让他们各自谈看法的时候，他就相信他们和他的想法是完全一致的。

留给他们的时间并不算多。一方面，周长民虽然没有肯定杨凯的提议，但既然李国华能够找到他，自然不能排除其他人也盯上了东裕医药的可能性。另一方面，张小光似乎把他当成了假想敌，虽然不能公然开战，暗地里的小动作却没断过。他不能保证张小光何时会摸清他们的方向，又会怎么出牌。

几个人几乎是不眠不休地讨论了三天。从扩大生产到增开门店的可能性，到如何帮助杨凯一举打动周长民。

减员不是目标，提升效率才是。在这一点上，杨凯和周长民没有利益冲突。杨凯代表港方，减员对他来说没有太大阻力，周长民却不同，他从中西大学毕业后就一直留校工作，后来以技术主管身份进了东华集团，一步步走到现在。李国华的资料里虽然没有提到更多的幕后消息，但齐秦飞知道，没有地方政府的支持，周长民无法到达东华的权利之巅，更没法在四五年的时间里全面掌控东华。

周长民不会同意大规模减员，因此，如果仅仅有一个想法，而不是全套落地方案，杨凯取得他支持的可能性极低。

最后他们提出了一个十分大胆的构想——把东裕医药的员工和客户资料同步数据化。

"减员没什么挑战，"晁衡说，"我觉得优先考虑应该是客户资料的收集和开发。东裕药厂也就生产十几种药。他们的客户都买什么药？这个数据对于生产的品类，甚至后面广告重点推广内容都有参考价值。"

现有条件下，要收集这样大量的资料，需要投入许多人力和很长时间。而这件事，至少在中西省范围之内，似乎只有东裕才能做到，才有必要去做。

国外早就流行的"咨询公司"大致就在做这样的工作——市场分析和战略建议。除了晁衡之外的其他人大概都没有通过技术手段明确开发出一套创造性商业模式的野心。

他们又用一天一夜，把讨论出的改进思路写成简单的商务计划书。计划书写得不算精细，甚至措辞都充满了梦想感。他们拿着粗糙的计划书，红着眼睛，分角色反复推敲，提出质疑再做调整，使它看起来具备起码的逻辑性。

齐秦飞来不及回家洗澡，又和晁衡一起，风尘仆仆地返回东裕医药公司。门卫大叔看到他，远远地招手，亲热地说："杨经理在呢！"

齐秦飞又从公文包里掏出一盒烟。门卫推着他的双手说："上次给的还有哩。"第一次拿烟是老乡感情，一而再，再而三拿人家的东西，就有些"吝人"了。齐秦飞知道，山里人十分看重这种面子，就又用力把烟推向门卫："老叔，留着慢慢抽。"说着匆忙进了门。

从门卫处得到鼓励，齐秦飞便获得了一种积极的心理暗示。他抬手敲杨凯办公室门时，杨凯几乎同时打开了门。

他尽量稳住节奏，从容阐释了他们对东裕医药改进提升的思路和理念。晁衡又从技术角度做了补充，解释了需要投入的成本。

杨凯认真听着，不时提问。

齐秦飞说："杨经理，我们很认同你的想法。东裕医药的事业版图可以做得更大。我就是宝安人，我要坦诚地说，你们是地方政府招商引资过来的，裁员的思路很难得到政府的支持，现在的方案，是港方和东华集团共赢的思路。时间周期会长一些，但效果一定会胜过单纯裁员很多。"

杨凯惊异于他们竟然在十分有限的资料基础上，提出了这样的思路。他有些激动，却没有失去商人的冷静："齐经理，这个想法对现在的东裕医药来说很宏大。我需要好好思考你们的方案。我马上把之前的一些资料给你，如果可以，你们再做一些细化吧。改革迫在眉睫，我不想等。但是，"杨凯咳嗽两声，"我必须要说明的是，和你交流很愉快，我到新公司后，还没有和任何人进行过这样深刻的交流。可我还不能做商业上的承诺。"

齐秦飞笑着说："交流本来就很有收获了。如果能到商务阶段，我们希望是公平竞争。"

返程路上,晁衡闭着眼睛休息。他执拗、木讷,不会说话,也不懂得妥协。齐秦飞突然很羡慕他,如果可以,大部分人都会选择这种单纯的活法。是的,许多的创造介乎梦想和骗局之间,区别就在于是否等到了成功的结局。晁衡看重的是创造,而不在乎结局。齐秦飞却希望,他们的努力有一个美好的结局,那不光会帮他卸下一身债务,实现一次自信层面的绝地反击,还是这些年轻人梦想的慰藉。

或许他心里的火也从来没有熄灭。

过了宏山隧道,天上陡然挂起许多星星,它们在幽深的大山和城市相接的边缘闪烁着。

21

杨凯在周长民门外等待接见时,像个小学生那样紧张得直搓手。这是不常有的状态。

周长民和他见过的所有人都不一样。他身材并不高大,相貌也不出众,头发已有些掺白。不论什么场合,衣着总是朴素。他曾多次仔细观察周长民,发现他的思路十分清晰,说话时永远保持着不急不缓的节奏,显示出一种内在的从容。周长民几乎从不发怒,却表现出一种威仪的沉静。如果在路上擦肩而过,他大概会认为他是一个大学教师,而不是一个掌管百亿级公司的企业家。

秘书林宇打开门,伸手做了个"请"的动作。杨凯侧身走进办公室。听到他的脚步,周长民点点头,示意他坐下。

杨凯拿出项目计划书,递到周长民面前。

这次会面，周长民安排了半个小时。时间很短，但已是其他子公司的副总经理从没有过的待遇。

周长民十分看重程序。子公司的工作，除了在董事会上做例行汇报之外，平常只向分管的副总汇报，有极端特殊情况，也要由分管副总提请，再陪同他一起听汇报。东裕医药的分管副总是李国华，自然应当李国华听汇报。但李国华仿佛体察到他的某种心思，接到杨凯要汇报东裕医药如何启动信息化项目的汇报要求，推说自己病了，要请假三天。让杨凯同林宇联系。

上次和齐秦飞谈话后，杨凯虽然有一种周长民对他的想法态度有些暧昧的感觉，也预感到推动此事必须要说服周长民，但接到林宇的电话，还是十分意外。他连夜叫来了齐秦飞，和他讨论谈话策略。他承认自己初来乍到，虽然有老前辈毫不保留地给他讲了企业的情况以及他所了解的一切关于合作伙伴的情况，但他对内地的现实情况和职场文化仍然缺乏足够的了解。

周长民翻开不算很厚的项目计划书——这显然是杨凯为了让他迅速了解自己的想法而刻意提炼过的。里面除了基于东裕医药现实的各项提升规划外，还有一些电子信息商务的实践案例——齐秦飞巧妙地将西京教务系统的案例美化一番安插进去，与其他国内外那些先进又光辉的案例相比，稍显弱小和突兀。

周长民露出一丝不易察觉的笑容，仅仅一闪而过。然后抬起头，温和地说："你可以简单阐述一下。"

杨凯微微调整了坐姿，打开自己那份一样的资料，但并不去看。

那些内容，从齐秦飞第一次找到他开始，就不断地重复并且植入他的脑海。他先是讲了当下的商业模式，这两三年，网络BTC、CTC迅猛发展，美国的贝宝在中国也有了第一代的模仿者。"算力的提升将带来两方面的变化,一是给客户提供更便捷的服务,二是大量的数据采集可以帮助我们更科学地决策。就像古人说的,知己知彼,百战不殆。"讲到自己的宏图壮志,杨凯放松起来,但他时刻提醒自己,不要提到"裁员"这个敏感词汇。他努力回忆齐秦飞的用词,说:"董事长,我们东裕医药作为一家连锁药企,如果实现信息化管理,那会把一部分员工从现在低端重复的工作岗位上解放出来,这些人可以在新布局的板块发挥作用。我们的版图增加一倍,但不增加员工工资部分的支出。"

周长民若有所思地点点头,鼓励他继续说。

周长民的态度并不像上次在董事会上那样刻意回避,也不像他们预判的那样不置可否。杨凯受到了鼓励,接着阐述了自己从香港到宝安的种种观察——这里实在太落后太迟钝,以至席卷了半个中国的商务热潮到了这片地方像是强弩之末,没有一点波澜。"董事长,现在不是八十年代了,我实在没想到内地和沿海的差距仍旧这么大。"

如果要进行某一种实验,东裕医药无疑是最合适的选择。它不是东华集团的拳头产业,收益在整个版图中占比也不是很大。

当初成立东裕医药,就是不得不买市政府的账,当然,这些年东裕医药顺带解决了很多问题,比如宝安市那几个地处宏山山区又没有矿藏的县——不少农民依靠种植中药找了份生计;比如各级领导那些需要照顾的关系——相对于东华的其他板块来说,医药公司就像块吸水海绵,提供了无穷无尽的几乎不需要门槛的工作岗位。东裕医药发展得不快不慢,却成了周长民摆平各种关系的稳定"大后方"。

从五年前当上董事长开始,周长民就敏感地觉察到了一些变化。一些网络营销平台在血战几轮后终于找到了各自的大方向,最早受到冲击而在网络上大声叫骂的小企业主敲响的仿佛是一座丧钟,让一千四百公里之外的周长民内心不由得震颤。他不仅从小被浸透了清远那些小商贩的机敏,还被中西大学学富五车的教授们赋予了治学者的远见与沉稳,他知道在他执掌东华期间,或迟或早都会和这个时代最先觉醒的商业狙击手遭遇。

周长民用五年时间完成了他的权利确认,但现实仍不能允许他去叫醒其他人。这些年,东华集团渐渐习惯于依赖自上而下的"特殊关照"而获得市场竞争的先机。对于东华集团来说,"居安思危"多数时候只能停留在口头上,很难在集团发展计划的层面得到充分的讨论和落实。

杨凯的出现给他提供了一个机会。这个香港人看似贸然的建议没有引起更多的讨论。周长民的确利用自己的职务权威刻意压制了讨论的空间。他不愿打无准备之仗,即便副总们表面上支持,他也不可能妄动。对于他们来说,那不过是一次成功或者失败的"改革",对他周长民来说,却可能是失去控制力和权威性,甚至失去上层的信任。

子公司主动请缨再好不过。周长民在东裕医药和东兴商场中间没有太多犹豫就选定了目标。东兴商场的计划只是模仿电商购物节提升一些业绩。他很清楚,那种提前释放的消费潜能不过是昙花一现,解决不了他的根本问题。

杨凯的陈述暗自契合了他的想法。对他来说,当务之急是找到一艘容易操控又能够随时掉头的小船,全方位地铺开他的"实验"——那将为他积累全新的经验,使他的东华集团始终立于不败之地。他知道市场不会留给他太长时间去做准备。

周长民不动声色地听着杨凯侃侃而谈。他听得出,杨凯已经系统性地考虑过东裕的课题。他认真观察着杨凯的举动——他在尽力克制自己,尽力用周长民喜欢的节奏推进着谈话,但眉宇间仍然流露出难掩的急迫和热烈。

周长民几乎可以确认,这个本身就具有改革主动性的人,正是他需要的执行人。现在他要做的，是给他一个台阶。

杨凯的"演讲"快到尾声时，周长民合起了那叠资料。他挂着那种淡淡的学者式的笑容说："杨经理的想法很有新意，只是，"周长民略顿一下，等杨凯蹙起了眉头，随即才说，"你应该把项目书完善一下，先去找李总汇报。如果李总同意，他会提请董事会讨论的。"

自始至终，周长民几乎没有打断过杨凯的话。杨凯向他汇报的时候，他听得专注甚至津津有味。但他最后的话却让杨凯迷惑了，一时搞不清，他是不是又在婉拒。

周长民低下头，按了通向林宇办公室的叫响铃。杨凯知道是离开的时候了，不情愿地起身告辞。走到门口，他听到周长民仿佛自言自语地说"年轻人确实是有想法"，声音很轻，轻到他多走出几步就听不清。

周长民当然不会公开表示对杨凯的认同，作为从一线摸爬滚打到东华权力巅峰的职场老手，他娴熟地掌控着重大事项的局面。他安排杨凯去找李国华，这样的流程符合他所倡导的"制度化"。

在东华集团，如果谁会对他的权力构成冲击，那极有可能是李国华。李国华年龄比他大两岁，是从宝安本土成长起来的，在这个闭塞的城市树大根深，在集团内部的关系盘根错节。杨凯的提议，李国华如果同意，那就无形中分担了可能存在的风险。如果不同意，那他会安排林宇给东兴商场一些积极暗示，由东兴商场再度引起话题，再趁势彻底收服杨凯这个干将，让他死心塌地地认定自己。他知道潮流是人力所抵挡不住的，只要不断有人提出改革诉求，这项诉求就迟早要提上集团的议事日程。

"年轻人确实是有想法"是周长民最后的话。杨凯从周长民的办公室走出来时，这句话一直在他脑海中盘旋。他本能地拨通了齐秦飞的电话，让他速来宝安相见。

齐秦飞一直在焦急地等待着杨凯的消息，表面上那种淡定只是展现给武双明他们看的。作为负责人，他需要给自己的团队坚定不移的信心，实际上他十分清楚，一直以来，他几乎是被一种可能性支持着开路架桥一往无前，走向不知是不是存在的彼岸。至于杨凯的"战果"，他完全是无法预判的。

对于两个心怀渴望的人来说，这是一个极其重要的时刻。电话上三言两语就能交代的情况，杨凯憋到见面时才说。

听到周长民安排杨凯去找李国华，齐秦飞暗自欣喜。但他既不能在杨凯面前表现出这种欣喜，又要迅速评估周长民的真实用意。他顾不得身份，详细询问了周长民的一举一动。一个销售所必备的素质，对于杨凯来说着实是个挑战。他的表达似是而非，齐秦飞不能判断，杨凯是不是选择性地接收了正面信号。他也把注意力放在了周长民最后那句话上——对于一个十分严谨的人来说，那显然是故意透露的信号。他们的提议，周长民应该是接受的。让杨凯去找李国华，大概只是因为李国华的病假而必须补上的"程序"。

尽管从李国华那里获得支持有十拿九稳的把握，齐秦飞还是按照周长民的要求，要来了东裕医药公司的各种资料，又和杨凯一起，通宵加班修改方案。他几乎是被一种亢奋笼罩着，强迫自己忘记李国华，忘记宋副部长和金主任，忘记曾经那些来往，而只以一个单纯的第三方的身份全力以赴。

夙夜赶工，终于在两周后拿出成品时，杨凯激动地和齐秦飞击掌相庆："兄弟，我有一种预感，能成功！"

齐秦飞也仿佛完成了某种使命似的，对他报以笑容。过去的经历使他不具备杨凯的乐观，因此他只享受竭尽全力之后的快乐，并不多言。

第二次拨通李国华的电话时，香港人杨凯已经有所体悟似的学会了宝安人的说话艺术。他声明自己已经按照李总的要求给周长民董事长做了汇报，周长民董事长非常支持，让他"再给李总汇报一下"。

杨凯巧妙地运用了春秋笔法，选择性地将周长民的态度作了一番包装传递给李国华。

李国华先后三次让他去办公室详谈。杨凯拿着计划书，一本正经地把他的计划重新复述给李国华，并告诉他哪些部分是周董事长"特别关照要修改的"。

李国华正襟危坐，每次都提出一些不痛不痒的疑问或建议。他巧妙地说："既然董事长支持，我一定拥护。我提的只是建议，杨经理还是按董事长的要求办。"

杨凯并不知道李国华话里所蕴含的那种和周长民一样的老道。

李国华并不关心项目具体怎么干，他对如何做一个"二把手"，如何韬光养晦的分寸拿捏得丝毫不差，并且永远巧妙地回避为"重大改革"决策承担责任。

直到最后一次，李国华不再犹抱琵琶半遮面，说道："杨经理，你的想法很大胆，可以说对于东裕医药是全方位的变革。你的预算大致是多少，资金来源是什么，应当补充到方案里。"

22

董事会是在李国华的动议下召开的。

李国华去找周长民时，一脸虔诚地说："董事长的眼光真不错，杨凯确实很有想法。"

他的话使周长民一震。周长民眯着眼睛，并不作答。

周长民小时候，常跟在一些半大孩子的身后捕鱼。北江下游湖泊散布水流湍急。湖田大部分分属各家，只有很少的部分是无主的。捕河鱼，靠的是运气；捕湖里的野鱼，就要付出十分的耐心。等待那些狡猾的鱼耐不住深水的孤寂稍稍浮出，两艘小船分头挂着大网再迅速动作，起网要快，眼尖的孩子头儿下令，先由两个高个孩子立即用竹竿把网挑高，让鱼无处遁逃，再慢慢把船划进，靠在一处，形成合围。

那是水边孩子们最乐此不疲的游戏，虽然所获无多，却训练了他们的耐性、机敏和合作精神，为他们长大后成为一名合格的渔民打下基础。

李国华就像一条狡猾的鳗鱼，字里行间都埋着风险和隐患。周长民淡淡一笑说："国华你病了，我就代劳随意听听，具体还看你的意见。"

李国华并不计较，如实把杨凯如何找他如何分析汇报的情况说了一遍，然后一本正经地说："港方对东裕医药的改造计划是全方位的，这么大的事，我想还是要提请您和董事会决策。"

周长民漫不经心地问道："项目预算大概是多少？资金来源呢？"

李国华说："总预算是四千万，目前的方案是东裕出资，港方同意了，咱们这边看您的意见。"

周长民站起来，走到沙发旁拿起水壶，往水杯里续了些水，又回到座位旁，用眼神询问李国华，李国华摆摆手说："满着呢。"

周长民轻轻吹散杯口的雾气，说："这饼茶存的时间不短了，尝一尝。"

李国华端起水杯抿了一口，点点头说："挺圆润，董事长的茶果然不同。"

周长民摆摆手笑起来，说："一会儿让小林给你送一饼，秋冬多喝红茶，养脾胃。"他又喝了一口，抬起头说："下面同志有冲劲，咱们还是要鼓励的。东裕一年盈利也就几千万，拿四千万出来，账面上恐怕有困难。我的意思，国华你再辛苦一下，好好考察几家做得好的单位，看看把这个事儿办好到底要花多少钱。既然是子公司，母公司该支持的要支持。你是分管领导，你的态度是董事会决策的重要依据。"

杨凯在董事会上代表东裕医药做的提案，没费太大周章便得以通过。终稿中，预算由四千万提高到了五千万。东华集团慷慨地承担了一半费用，港方自然十分欢喜。

发标日定在九月三十日。金主任透露，时间是李国华精心选择的。公告期十五天，放假七天，动作稍慢一点的公司很难做好准备。这实际上是给齐秦飞制造了一些便利。

即便再小心保密，递交投标资料的事还是传到了刘雅春耳中。

国庆收假后，刘雅春踏着小高跟鞋走进例会会场。落座后一脸笑容地对孙有权说："孙总也真是的，带着大家办这么件大事还闷声不响地做幕后英雄。"

刘雅春的笑分明带着一种质疑和不满。不明就里的人面面相觑。张小光坐在人群中间用人人能听到的音量"窃窃私语"道："都不知道吗？咱们公司投了东华集团的项目。"

会场里几个知情人埋了头。孙有权抬起下巴，趾高气扬地说："是秦飞他们最先看到了招标信息，这几天加班做的。事情我给乔总汇报过，为了保密先简化一些流程。"

这件事上，孙有权是理亏的。以公司名义应标，既没召开领导层会议讨论，又没知会分管销售和技术的刘雅春。按他原来的想法，刘雅春不会这么早得知消息，他千叮咛万嘱咐了行政主管，盖章材料不留底、内容不泄露。又给乔正军打了电话，说明项目对于秦盛集团立足中西省的重要性和现在的成算，故而需要万分保密。言语中当然省略了齐秦飞，又夹带了许多他为推进项目所做的"努力"，也巧妙回避了他的"保密对象"中还包括同公司的刘雅春。

他没想到刘雅春这么快就得到了消息，并且丝毫不给他留面子，直接在例会上打了个措手不及。

孙有权的话使齐秦飞一下子成了众矢之的。众目睽睽使齐秦飞很不自在。此时，他已没有辩解的空间，只好面无表情地坐着。

刘雅春开了口："原来是秦飞的项目啊！秦飞低调，又是做具体事情的，没来得及说也是正常的。既然以公司名义投了标，就是公司的事情了。宝安市的领导给我来电话我还不信。既然确实是咱们的项目，那我就安排小光帮忙打打下手吧。"

孙有权连忙说："雅春给他们指导一下就行了，具体的事情还是交给秦飞做，年轻人，要多历练。"

刘雅春不理会他，开始谈后面的话题。

齐秦飞就是在这种阴影的笼罩下接到中标通知的。

张小光频繁而活跃地游走在公司的角角落落，调侃地问道："知道他们即将中标五千万吗？"他用的是"他们"，而不是"咱们"，人为地把齐秦飞团队划分到了其他人的反面阵营。

齐秦飞一直爱惜声誉，原本是团队奋力推进的一个项目，被刘雅春的突然发难和孙有权的推卸责任演绎成了一件偷偷摸摸的事儿，好像是他为了谋取私利而刻意不让公司其他人参与，这使他有种说不出的难堪。

招标代理公司打来电话，程式化地通报之后，要求他尽快去东裕医药商议合作细节，签订合同。孙有权似乎忘记了自己面对刘雅春的发难推齐秦飞出来顶缸，一脸油光满面笑容地对他说："秦飞，胜者为王，合同签好后，我会替你给乔总请功的。"

齐秦飞看着他，心里有些不屑，没有说话。

武双明长出一口气说："哥，这下咱扬眉吐气了。有了这一单，今年咱们的业绩碾压张小光。那些说闲话的都是墙头草，现在风向一变，马上又开始阿谀奉承了。"

他们站在天台上，从高处望去，能看到宏山辽远的轮廓笼罩在薄雾里。事已至此，即便他不在乎公司同事怎么看他，也无法忽略刘雅春的态度。那番笑里藏刀的明讽暗喻之后，刘雅春安排张小光和他们寻找的联合体持续接触，他不知道那些行为背后的含义。

往宝安去的路上，一场寒雨突至，先是星星点点，后来淅淅沥沥地下了起来，山里腾起白雾。齐秦飞的手机短信声响起，杨凯问："你在哪儿？你们公司的人已经到了。"

齐秦飞猛地一个激灵，脑海中蹦出了"张小光"三个字，不由生出一种不好的预感。

齐秦飞和武双明、张月、晁衡走进会议室时，张小光果然坐在里面。从道理上说，刘雅春参与他的项目无可厚非，但从道义上说，张小光此时的出现无异于一次"剽窃"。他不顾齐秦飞他们表情的难堪，若无其事地走过来亲热地拍拍齐秦飞，说这下人到齐了。

商谈细节，是很多项目签订之前的必要流程。合作的框架不会有太大变化，只是把前期的应标材料取出有用的信息条款化，再由乙方补充一些服务的细节，双方就存疑的部分达成共识即可。

商谈即将结束时，张小光突然咳咳两声，然后站起来，恭敬地向李国华鞠了个躬，这个看起来有些多余的动作让齐秦飞心头一紧。

李国华问："张经理有什么意见？"

张小光说："意见不敢。齐经理代表我们公司投标，前期方案已经考虑得十分细致了。不过,我们刘总和发改委的雒主任是朋友,之前和咱们宝安也有一些合作。齐经理来我们公司时间不长,有些合作他参与的不多,刘总亲自协调,硬件方面可以再做一些升级,费用不变,这个可以写进合同。"

对于横生出的枝节,杨凯有些意外。李国华却默默点了点头说:"雒主任十分关心东华,专门请刘总多关照。周总和我都很感谢。"

张小光是有预谋的!李国华对这样的变化未置一词,说明他在会前已经和张小光接触过。张小光不论是不是假装自己和齐秦飞是同一阵营,都一定给了他满意的承诺。

合约的细节商定后,齐秦飞一刻不停地回到西京。他压抑着怒气走进刘雅春办公室时,刘雅春并没理会他。

等他站了一会儿,刘雅春才缓缓抬起头说:"东华的项目,你之前给任何人的承诺,后面都会兑现。奖金也会按照你的贡献,如常发放给你,但是,"她的目光慢慢冷下来,放缓了声音说,"这次的业绩是属于公司的。孙有权的事情,后面我会慢慢处理,我希望以后,你能按规矩办事。"

刘雅春的最后通牒丝毫没有拖泥带水。她已经亮明了自己的态度。例会上的发难,利用投标的时间差和宝安以及东华的接触,在商谈中出其不意地派出张小光,却又没有直接对他赶尽杀绝,都是她的警告。齐秦飞有些恍惚。这个女人用她的干练、职业,甚至妩媚和柔弱一步步释放着杀戮的信号。

签约仪式是刘雅春代表秦盛科技出席的。她穿着一身暖红色的套装出现,给沉闷的会场增添了一抹亮色。齐秦飞的心情却是晦暗的。

合同签订后,刘雅春掩口对李国华说了几句话,便一同上车离开。

如果用电影的镜头来聚焦,只需要用一束暗光照向齐秦飞,就能抵达他内心的无助和失落。其乐融融的午宴像一个明媚的舞台，张小光倒酒布菜，跑得勤快。李国华有盆满钵满的喜悦，杨凯洋溢着心愿达成的快乐，宝安市发改委的雒主任稳坐中央接受着四方敬贺。而刘雅春依旧保持着她过人的职场魅力，像一只舞动的花蝴蝶周旋其中。席间，周长民匆匆赶来，向在场的人一一敬酒致意。

他们在席间殷勤地推杯换盏，尽职地扮演着自己的角色，相谈甚欢。谁都没注意到暗光下的齐秦飞。

走出酒店，刘雅春完成她最后的礼貌表演后，让张小光安排车辆送客，齐秦飞和她一起回西京。

天色暗沉。车窗外风声呼啸，阴森肃然。

趁着酒气，刘雅春眼中露出些荡漾的波光。她凑近齐秦飞，开口时带着些醉人的酒气："秦飞，你大概不知道，孙有权在集团汇报，说的都是他自己，根本没提过你的名字。他想从鱼头吃到鱼尾，以为别人都看不懂这种把戏。他的新任命很快就会宣布。"

不知不觉中，寒冬已至。他的项目，无形中竟帮刘雅春完成了最后一击。

孙有权那微胖虚弱的背影在齐秦飞眼前渐渐模糊起来，他的阴晴不定、他无数次的莫名羞辱和发火、他说要去请功的声音也消逝渐远。

深重的暮色中，刘雅春收起了她的铁腕，带着些撒娇的口吻，微微靠在齐秦飞肩上说："秦飞，你的问题就是为人太正派。才干我还是欣赏的，以后你就帮我吧。"

孙有权败局已定，齐秦飞失去了保有任何态度的资格。他只是条件反射似的正了正身体，小声说："刘总，你喝醉了。"

到了和刘雅春住所的分岔路口，齐秦飞有些狼狈地跳下了车。

寒风里，火光闪烁。他漫无目的地步行。北方风俗，寒衣节要祭祖。岔路口上，摆放着许多供人烧纸的火盆，不熟识的人们表情悲戚，三五成群地围拢在那些火盆旁，释放着各自的悲伤。

他被一种巨大的空洞感包围着，似乎无所失、无所得。火光闪烁的人群里，他猛然看到一张熟悉的脸。

呼吸在一瞬间被扼住了——那是孟瑶月。

23

孟瑶月的出现让齐秦飞辗转难眠。

接连几个月，于真不可能没注意到他的变化。

东裕医药的合同款到账后，奖金如期打进齐秦飞的银行卡。除了让张小光分走百分之十的业绩，其他的，刘雅春都如数算给了齐秦飞和他的团队，给项目相关方的承诺，也都由齐秦飞出面兑现。孙有权被一纸通知任命成秦盛科技的党委副书记后，刘雅春又兑现了孙有权当初许诺齐秦飞的底薪，并在晨会上宣布，明年将向集团建议，任命新的销售总监。销售总监将在全年业绩最好的团队里产生。明眼人都知道，这是给齐秦飞留出了机会。

在于真看来，还清了惠达的债务，就再没什么烦心事了。她拾回了面子，恢复了和张晓红原先那种亲密的妯娌关系，与远在宝安乡下的公婆的走动又殷勤起来。她还再次暗中做出了再过一两年重新给母亲和弟弟买房的打算。此时的于真偷偷思忖，齐秦飞对赵健的轻信败光了他们的财产也不完全算是坏事，他那种愧疚感现在成了她理直气壮扶持弟弟的依仗。

一切都很好，除了齐秦飞。

齐秦飞像被霜打了似的，对一切事情都失去了兴趣。她让他看给婆婆买的新衣服，他哦一声，说挺好。她对他说新生快入队了，是不是该给诺诺老师送点儿礼，他没精打采地让她自己看着办。连她主动拨通齐永安和高凤香的电话，婆婆那边关切的询问声传来，齐秦飞也只是敷衍着说几句，然后就把电话给她。

　　于真悄悄观察过，齐秦飞的应酬并不见多，钱也没少。夜里她几次温柔地往他怀里钻，他大多数时候假装睡了，极少数时候应付着草草了事。

　　他的无视让她怒上心头，她先忍着性子阴阳怪气地问："谁把你的魂儿勾走了？"齐秦飞不搭理她。于真不罢手，掰过他的身体继续追问："是不是那个刘雅春？是不是那个小姑娘？"

　　齐秦飞用力背过身，说了句"有病"，便抱起被子往客厅走去。

　　女人的第六感是那么不讲道理而又准确。

　　不论他怎么否认，不论刘雅春的翻手为云覆手为雨如何压迫他的尊严，他心里都十分清楚，是孟瑶月把他的心给搅乱了。

　　那张被火光映亮的脸一而再，再而三地浮现在他脑中。再后来，竟然一刻不停地悬在那里。她的眼睛里有点泪痕，几缕头发散在面颊上，白生生的脸写满了悲伤，蜷缩在角落的身体清瘦又单薄。"她在给谁烧纸？"他满腹狐疑。

　　齐秦飞时常站在窗前，努力朝很远的地方望去。整个城市笼罩在苍茫的白雾里，又朦胧又晦暗。他的呼吸潮乎乎的，连同他心里也是潮乎乎的，总被一种东西揪得很紧。

　　他第一次见孟瑶月是十多年前的事儿了，那天李校务在宿舍楼下喊他的名字，他探出头唉了一声，连忙跑下楼。

　　李校务说："齐秦飞，孟副校长家要往楼上搬些蜂窝煤，给十五块钱，你叫上两个人帮忙去搬一下。"

那是他第二次走进学校的教工楼。孟副校长家在顶楼，他和赵健把一摞蜂窝煤抱在怀里，哼哧哼哧地蹭上楼时，孟副校长的爱人正打开门迎他们。没有工具，半车煤，两人徒手搬了大半个下午。

煤全都码好时，已经到了晚饭时间。孟副校长从书房里走出来，对师母说："小伙子们辛苦了，晚上加个菜，吃实诚点。"

师母点点头，转身去厨房端菜。

一个声音从孟副校长身后传出来："妈，你慢些，我来帮你。"她露出脸，一跃走到他们面前。

教工楼那时还没有暖气。因为冷，那张白净的脸有点绯红，两条细辫子搭在胸前。她有一双漂亮的桃花眼，眼神很亮。

那一瞬间，齐秦飞感到有一股热流哽住了喉咙。他下意识地把手缩到身后，继而马上意识到那件破衣服上也沾满了煤灰。他往后退了一步，语无伦次地对孟副校长说："不吃饭了。"

孟副校长没注意到他的窘迫，径自走过去坐在餐桌旁。师母招呼一声，失去了意识的齐秦飞被赵健推着也坐了下来。

她把一个白馍递到他手里时，他感到自己的大脑和身体都被血胀满了，只是机械地接过来。

那一餐，除了听到孟副校长和师母叫她"瑶月"之外，他再没有听到一个字。师母给他钱的时候，孟瑶月就站在身旁。他囧极了，低着头不肯伸手，赵健接了过来，又拉着他下了楼。

那天晚上，齐秦飞瞪着眼睛躺在上铺。胡小宇他们嗑着瓜子，听赵健讲孟副校长的女儿如何漂亮时，他憋着劲儿一言不发。胡小宇戳戳他的床问："你咋了，发啥癔症？"

他猛地坐起来大喊一声："别说了！"

赵健和何志强没了声。胡小宇一摆手，说："狗日的发啥邪火呢？"又一转头，挥挥手让大家散了。

细心的赵健是第一个看破他的"秘密"的。

孟瑶月每天一大早由她妈陪着从教工楼出来，骑上自行车去宝安二中上学，晚上再骑着自行车回来。她上下学的点儿，齐秦飞总找各种理由躲在操场边张望，他有时跑到教工楼后面，在那片堆满破叶子还掺着许多狗屎的空地上站很久，看着顶楼孟家的书房灯灭了，才颓然地回到宿舍。

齐秦飞买了一兜苹果两瓶罐头，提着往李校务家去，感谢李老师给他介绍了这样的好活儿。

赵健搂着齐秦飞说："飞，总共没赚多少钱，你给老李买东西花了一半，后半个月生活咋办？"

齐秦飞不理会他。

那个冬天，李校务又让齐秦飞给孟副校长家搬过一次煤。这次齐秦飞算准了时间，想赶在孟瑶月放学时搬完，既能正大光明地看她，又不打扰她学习。快到放学，好像就快听到孟瑶月自行车的铃声时，他又紧张地加快了节奏。那天的煤少，在她到家之前就全搬完了，师母多给了他两块钱，说："秦飞，我们一会儿要去瑶月姥姥家，就不留你们吃饭了，到灶上加个菜。"

赵健看他失神的样子，叹了口气说："飞，孟瑶月和咱不是一路人，人家住在单元楼里，以后还要上大学的。"

齐秦飞的自尊被孟瑶月和他之间那种明晃晃地差距挫伤了，他沉默着收起了自己的心思，又开始和胡小宇他们侃天说地。

再和孟瑶月说话，已经是第二年夏天了。

那是个周日，孟瑶月到宿舍楼下，打问齐秦飞。齐秦飞被人从宿舍里喊出来时，看到孟瑶月被人围在中间，样子十分窘迫。他的血涌上了脑门儿，急匆匆地冲下楼梯，轰赶围着孟瑶月的人群。

四周的人开始起哄，有人趁乱把他推向孟瑶月。他怒喊一声"滚！"，把同学吓了一跳。胡小宇他们紧接着跑出来，驱散了围观的人。

他尴尬又抱歉地问孟瑶月有什么事。

孟瑶月还没从惊慌里回过神，低着头小声说："秦飞哥，我妈让我来找你帮忙搬钢琴。"

她的"秦飞哥"再次击中了他，但他不能表现出任何异样。他定定地说了句"行"，便让她先回去。

那天琴调好后，孟瑶月坐在琴凳前试音。齐秦飞看到她坐在光里，音乐从她指尖流出来，他觉得好听极了。房间里还有个书架，上面塞满了书，钢琴摆进去后，房间几乎被占满了。

孟瑶月一脸幸福地说："妈，以后我可以每天练琴了。"

那是他关于孟瑶月最鲜活的记忆，她笑得那样舒心。齐秦飞的意识或许有些混乱，他觉得孟瑶月自己也在发光。

孟瑶月考上大学那年，他也从宝安技术学院毕业。毕业后疲于奔命的日子让孟瑶月的影子渐渐模糊了。只在偶尔聚会时，他听到有人提起孟副校长的女儿考上了研究生、结了婚、当了大学老师……年岁一久，谁都不再关注那些没有交集的人，孟瑶月便再没有更多的消息。

车轮那样日复一日转着的生活让他的触觉渐渐不那么灵敏。于真是个好女人，她和他一样来自穷苦家庭，从未养尊处优也没什么背景，只考虑那些生活层面的问题。吃饱穿暖之外，如果说还有什么渴求，那就是攒钱、买房子了。她的喜怒都写在脸上，除了对娘家的责任，一心就都在他和诺诺的身上了。她把家里打理利落之后，就看看偶像剧，为剧里的人物哭笑一番。然后算着诺诺放学的点儿，乐呵呵地做饭。这个女

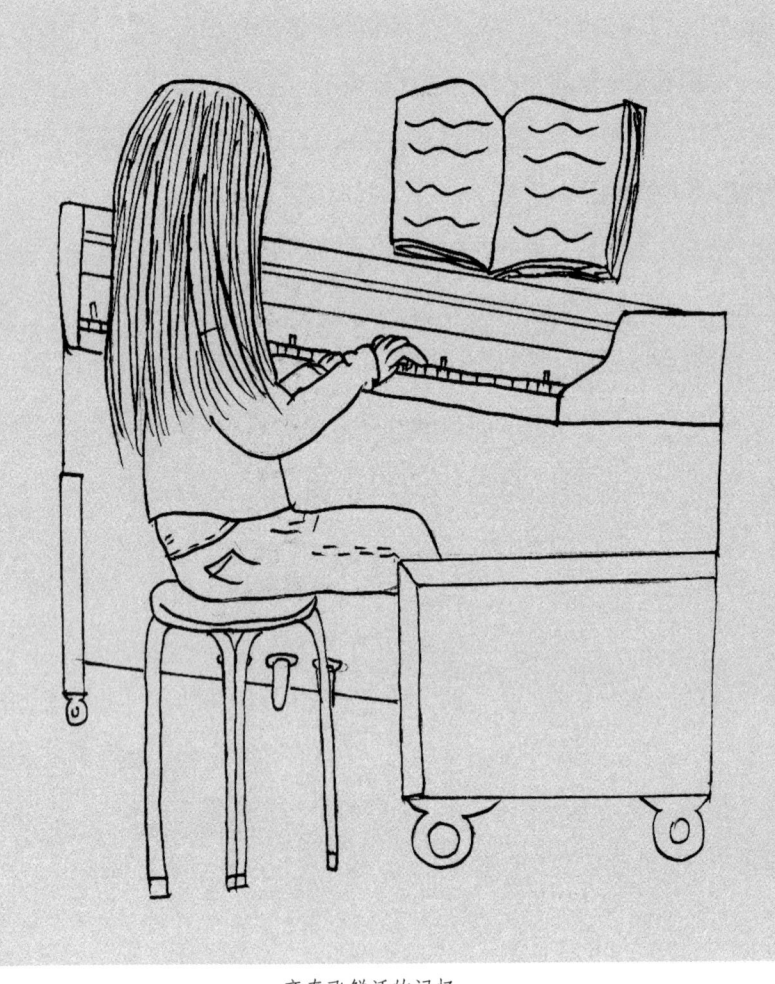

齐秦飞鲜活的记忆

人几乎没有太多需要他关照的，更不需要他费尽心思地和她风花雪月，反而一直在默不作声地照料着他。

很久以来，他以为除了工作中那种成就感、满足感，已经没有什么能够引起他的关注。但孟瑶月似乎点亮了他的某种渴望，让他对自己的判断变得含混起来。

他曾在某种潜意识的指引下，踱步到那个路口，远远望着她驻足过的地方。

他知道，烧纸的人不会走得太远。她一定就住在这附近。

他来来回回在那条路上走着，怀抱着一种莫名的渴望。她是独自烧纸，他看得很分明。"她怎么是一个人呢？又怎么那么伤心？"

他疑窦丛生。武双明他们的捷报也再难引起他的关注。张小光发现自己拉开的决战之势在齐秦飞看来似乎像个笑话，完全不以为意。他气急败坏地在茶水间堵住齐秦飞，低声又愤恨地说："齐经理，一招鲜吃遍天的日子很不错啊！但不知道教育局和东华的项目你还能吃多久！"

齐秦飞已经全然丧失了和他决战的兴趣。他发现自己的内心出现了一个巨大的空洞，那里幽暗深远，总有一个声音呼唤着"孟瑶月"，那名字控制着他的呼吸，使他对凡尘琐事失去了兴趣。

终于在于真一次歇斯底里的吼叫之后，他拨通了胡小宇的电话，说："帮我找个人。"

24

每个夜晚，他都像等待星星降临那样准时开始想象着和孟瑶月的重逢。他甜蜜而理性地谋划着一些不期而遇的方式，要对她说些什么，她又会怎样地回应他。

胡小宇没太费周折就查出孟瑶月在凤和路上的交通学院当老师，家就住在凤栖路的交通学院宿舍。

"飞，"胡小宇吞吐着说，"她可能过得不太好。她的户籍是两年前迁回学校集体户的，之前在附近的一个商品房小区。"

胡小宇的话暗合了他的某种猜测——她独自蹲在路口、神情悲戚——他已经感觉到她过得不太好。

如果她过得很好，齐秦飞或许会自惭形秽，不允许自己再出现在她面前。但她的落寞让他无法忽视，他给自己下了最后通牒，必须尽快了解她的全部信息，尽快去见她。

他是在她的课上出现的。老同学们说得不准确，交通职业学院只是一所大专，而不是大学。孟瑶月站在讲台上，亭亭玉立。她讲的是大学英语，顺便讲些英语文学作品。除了前排几个女生，认真听课的没几个人，有些低头玩儿着手机，还有几个交头接耳。孟瑶月也不计较，径自讲着。她穿着一条浅蓝色长裙，长发披肩。齐秦飞坐在最后一排，等下课后学生们散了，一个扎着高辫子问问题的女生也走了，才慢慢走上前去。

"孟老师，讲得真好！"齐秦飞微笑着说。

孟瑶月微微歪着头看了一会儿，惊奇地叫出了声："秦飞哥！是你。"

她的话让他有些满意，她认出他了。孟瑶月根本没问他怎么会出现在学校，但他还是一股脑儿说了许多。他知道她要去学校的餐厅买咖啡，便边说边往餐厅走。到了餐厅，他给孟瑶月点了抹茶拿铁，自己要了乌龙茶。

孟瑶月还是一个问题都没有，也不问他怎么知道自己的口味。齐秦飞暗自想："可能她习惯了被人暗地里关注吧。"他不在意，她还能认出他，他就很满足了。

齐秦飞独自说了老半天，说自己是怎么偶然间得知她在这所学校教书，怎么一直不得空，今天又是怎么"临时"有了空又恰好在这附近的。

孟瑶月微笑着安静地听他说着。他觉得无趣了，问她："瑶月，你好吗？"

孟瑶月点点头说："我爸去世有三年了，我离婚也有两年，现在我和我妈还有孩子一起生活。"

她的表情没有太大变化。齐秦飞暗地里怪自己的问题提得莽撞。那些消息胡小宇给他说了几遍，他已烂熟在心里了。他想问的是她的工作怎样，他看到她在讲台上侃侃而谈，恍惚想起教工楼窗子上那个身影，觉得她像以前一样。没想到她三言两语就把生活状态交代了，毫不在意的样子。

齐秦飞有些尴尬。按他的设想，这些内容要等到几次见面，让孟瑶月充分感觉到他的关心，对他有了依赖和信任之后再慢慢说出来。

他提着她的布包，顺着凤和路往教工宿舍走。到了楼下，齐秦飞说："瑶月，咱们留个电话吧，我哪天来看看师母。"

孟瑶月拿过他的电话，输进自己的号码拨出去。他看到她拿出自己的手机，存上刚拨进来的号，满意地点点头。

孟瑶月接过布包，转身进了楼。

几十分钟一瞬间就过去了。站在宿舍楼下的齐秦飞有些沮丧。他原本想象，这次见面应该是"他乡遇故知"，孟瑶月至少应该问问他现在在干什么、过得怎样，走的时候至少应该约定下一次见面的时间。

但是什么都没有。好像他出现与不出现，对孟瑶月来说都没有什么特别。

研究生毕业之后没多久，孟瑶月就和她的同班同学结了婚。那个男人家在中西省的另一个县，比安东县还要偏远很多，父母也是农民，家里排行第二，一姐一妹。对于这桩门不当户不对的婚事，孟副校长和师母应该没怎么反对，孟副校长退休后就卖了技术学院家属楼的房子搬到西京，和师母一起带孟瑶月的女儿。

　　"早知道你的梦中情人不问英雄出处，执意嫁给爱情，还不如当时让你去追她呢！"胡小宇在电话里说。

　　他们有什么矛盾，她又怎么会离了婚，胡小宇说不清。但是离婚后的孟瑶月一无所有，带着一老一小借住在单位的宿舍里却是事实，那里住的都是刚入职不久的辅导员，她恐怕是唯一的教师了。

　　孟瑶月的冷淡没有使他望而却步，反而让他觉得她真的很难。"只有经历了很多痛苦的人才不愿逢人便提及往事吧。"他暗地想。

　　和孟瑶月正式"重逢"之后，齐秦飞好像又获得了奋斗的意义感。

　　他迅速通过姜局长结识了市教育局的郭局长和王督学，有几个区战绩打底，加上姜局长现身说法，郭局长、王督学很快达成了尽快完成全市系统部署的共识。督办单迅速下到了还没完成的区县。

　　齐秦飞一边催促张月去剩下的几个区县轮番游说，一边忙着帮姜局长总结前一阶段的工作成绩和体会，经验文章登上了省市的教育工作简报。姜局长拍着他的肩膀说："秦飞，吴副局长说得不错啊，你确实心细，工作很扎实。"

　　领导对你点一下头，是修养；和你握一下手，是尊重；拍你的肩膀，那就是拿你当自己人了。和机关里的人打交道多了，齐秦飞明白那些细节中的差别，也能准确把握说话办事的火候，便说："只是给您提供点参考素材。再说，领导看咱们湖滨做得好，我去跑业务也有底气。"

话不用说得太透。你识抬举，领导心里是有数的。

张月在教育系统连战连捷，刚开始，秦盛科技和其他公司平分秋色。后面有了比较大的领先优势时，就势不可当了。

刘雅春倚在三楼栏杆旁喊齐秦飞，他应一声，快步上楼去。

东裕医药的项目，看似是刘雅春在最后关头摆了他一道，虽然没有直接拿走，让张小光在座谈会上耀武扬威一番后，又把订单留给他，软软地打了他的脸。但实际上，蕴含着两个团队之间，实力和能量的差距。刘雅春终究留了余地，只是有限度地给他提了醒，没有把他和孙有权一起推上绝路。

他当然不会把那种心慈手软解读成刘雅春对他的温情。和孟瑶月见面后，他仔细地盘算了自己的"家底"，外企五年打下的人脉基础，他在经营悦达时没有动用太多，不同的公司需要的资源是不一样的。那些科长和办事员们有的郁郁不得志，有的升了处长局长，还有些出人头地已经走了很远的。东裕医药的项目，使他打入了宝安，和杨凯建立了非同寻常的信任，杨凯单枪匹马而来，却是青年企业家协会的成员，那无疑也是一张大网。

或许刘雅春早在他自己意识到之前，就看到了他的背景和潜质。刘雅春不是于真，她对他的情义带着几分引诱的成分，那里面不排除有一部分和他所能带来的业绩有关。两次示好没有获得积极地回应，她也没有恼羞成怒，反而迅速调整了策略，用一种半打半压的方式"收服"了他。

张小光，他是不放在心上的。对于他这种职业销售来说，张小光只是一个不吝下作手段的小丑。如果真要在公司内部与谁一决高下，那他的对象不是张小光，而是刘雅春。

齐秦飞突然信起了鬼神。他坚信是上天安排他出现在孟瑶月家的那个路口。上天安排他看到她的光芒，又看到她那凄惶的样子，他胸里堵着一团气。

"业绩"对他来说不一样了。他现在有一种强烈的冲动,要以一个更有能量的形象站在孟瑶月身边,要扫去她那些阴霾,包括那个男人,不论是以什么理由离开了孟瑶月,或者是孟瑶月离开了他,都要让那些糟心的往事离开她。

想要救赎孟瑶月的念头使齐秦飞忽然变得豁达起来,他突然恢复了开疆拓土的兴趣。杨凯给他来电话,让他联系一个叫梁博的人,他立即让武双明去做背景调查。

他的状态被秦盛科技的人解读成"投诚"。孙有权没再出现过,而齐秦飞的投诚就是刘雅春彻底统一秦盛的里程碑。

中秋节前,齐秦飞拨通了孟瑶月的电话,说想去看师母。

他精心选了礼物:师母是一些保养品和一件真丝羊毛披肩,孩子是一套乐高玩具,孟瑶月的是一个电子阅读器。

他跑了两个商场,在几个楼层的柜台来来回回转悠。老人和孩子的东西很快选好了。给孟瑶月的礼物却让他犯难。

他在护肤品区徘徊几趟,所有品牌都是他看不懂的外国字。柜员热情地向他推销:"帅哥,给女朋友选礼物吧?"他为她们不明就里地把孟瑶月称为他的女朋友暗地高兴,但她们的夸张和卖力让他落荒而逃。他在首饰区相中了一条项链,上次见面时,孟瑶月穿着一条蓝色裙子,脖子上空空的,如果戴条项链肯定更好看。要刷卡时,他又想,虽然不会给她发票,但孟瑶月肯定能对价格猜个大概。他害怕走得太勤会让她反感,硬是憋了两个月才给她打了电话,两万块钱的项链送出去会不会适得其反呢。

最终他还是买了一款阅读器。孟瑶月爱读书,阅读器既是她需要的又不算太贵,不会给她造成心理负担。

他对自己的选择十分满意。

赴约那天，齐秦飞拿着衣服在镜子前比来比去。于真说："去见谁这么重要，还刻意打扮一番。"

他不作声，拿了包便出门。

孟瑶月在宿舍楼下接了他，除了礼节性地笑笑，还是一副淡淡的样子。倒是师母，亲切地说"秦飞来了"，便拉着他往屋里走。

学校关照孟瑶月，分给她的宿舍是一室一厅。师母带孩子住里面一间屋子，孟瑶月的一张单人床就摆在客厅的角落，连同一个写字台，两边用书柜围着，剩余的地方勉强摆着餐桌和几件家具，干净却十分拥挤。

师母说："秦飞，来就来，拿这么多东西干吗？太浪费了。"说着，去厨房端菜。

齐秦飞在餐桌的客席坐下，孟瑶月和师母陆续端了饭菜上桌。

"孩子去她爸爸家了，咱们吃吧。"孟瑶月说着，给齐秦飞添酒。

师母唉地叹一声气，说："平时也不管，过节了就来接孩子，把孩子当成哄他爸妈的玩具了。"

"妈，快吃饭吧。"孟瑶月制止了母亲，给齐秦飞布菜。

席间师母不停地问东问西，还问了孟副校长过去学生的情况，与齐秦飞拉家常。孟副校长退休后，他们一家搬到西京，鲜少与人往来。孟副校长去世后，大概更没几个能同师母说话的人了。

师母感叹地说："秦飞，你如今也出息了，要好好给瑶月说说，她一天上班也勤恳，但和她爸一样，倔脾气，不会逢迎，我怕她吃亏。当初要不是为了那个男人，瑶月就能留校当老师，哪会像现在在交通学院，也教不上主课。"

齐秦飞看着孟瑶月，笑笑说："瑶月和孟校长一样，是文化人，文

137

化人有文化人的风骨和清高。"

吃完饭，师母让孟瑶月送他下楼。

他们沿着凤栖路往车站走，孟瑶月说："秦飞哥，谢谢你今天过来看我妈。她年龄大了，见了认识的人，忍不住念叨，你别介意啊。"

风有些凉了。孟瑶月双手环抱在胸前。

齐秦飞看着她说："瑶月，我看师母还是放心不下你。孟校长不在，她一个人，操心多，心里难受。"

孟瑶月说："谢谢你秦飞哥，我知道我妈心里……"

她欲言又止。

齐秦飞停下来，站在她面前："瑶月，有没有什么事我能帮你？"

孟瑶月笑笑说："除了教书我也不懂别的，我学的法语，翻译些资料或许还可以。"

齐秦飞问："我还能找你吗？"

孟瑶月一笑，说："当然可以，只是别耽误你工作。"

月光下，齐秦飞看清了她。那张脸比小时候瘦了些，也更清秀了些。看着她的背影在夜色里变得模糊，他心里涌出一种想冲上去牵住她的手的冲动。

25

梁博是杨凯陪着齐秦飞去见的。

一见面，杨凯就说："梁总和我可不一样，他年轻有为，自己就是精诚矿业的一把手，可以一言定乾坤。"杨凯很快贯通了内地的称道艺术，三言两语把梁博抬举奉承一番。

齐秦飞上前握手时，梁博拍拍他的手说："杨总说笑了！"

杨凯说："梁总可不要谦虚！秦飞是我好兄弟，我那个项目是他从头到尾谋划的，做得很好。还要请梁总多关照多提点。"

放眼整个中西省，精诚矿业的规模在私有企业中也是屈指可数的。梁博的名字齐秦飞在电视上见过，在报纸上见过。报纸的商业版曾用半个版面报道过精诚矿业，不过这位负责人十分神秘低调，除了记者关于矿山本身令人叹为观止的描述外，梁博接受采访的寥寥数语自始至终都是在夸赞地方政府如何支持如何高效。

善于从电视和报纸上读取社会信息的人，只知道煤炭大省中西省国企林立的山头中，还耸立着一座私企，而且规模不小、盈利不少，却无论如何想不到它的掌门人竟是这样年轻。

梁博约莫四十岁，几道眼纹分布在眼角，双眼炯亮。他请他们坐下后，开门见山地说："听说南方的服装厂今年在全国关了几千家门店。现在做生意光靠等客户是不行了。杨总的眼光还是独到，提前有了动作。"

杨凯谦虚一番，说很多思路是齐秦飞提的。

梁博说："齐经理，我对你们的行业非常感兴趣。说信息技术已经完全引领了商业趋势和生产模式一点不夸张，不知你有什么见解？"

齐秦飞说："两位都是企业领导，站得高看得远，我的一点儿浅见算是抛砖引玉。梁总说，信息技术影响了商业趋势，我赞同。同时我觉得，信息技术影响的还有商业逻辑、管理成本以及安全生产等方方面面。怎么利用信息技术影响客户的生产系统，构建新的生产模式，引领一种趋势，也是很值得深思的。"

梁博吩咐送茶水点心的秘书，让中午在办公室安排就餐。然后对齐秦飞点点头，又对杨凯说："杨总，你说得很准。齐经理到底是专家，一语中的，令人豁然开朗。如果你们中午没别的安排，就在我办公室用个简餐，咱们好好交流一下。"

杨凯欣然应允。

在梁博的办公室用餐是一种特殊的待遇。传闻梁博每天工作十四小时，极重效率。今天初见，虽然只有短短几句交谈，齐秦飞也已经感受到了他的精明睿智与雷厉风行。

梁博总是围绕关注的问题抽丝剥茧逐步深入。他不苟言笑、博闻强记，能从许多散碎信息中读出事物背后的逻辑和蕴藏的信息。和优秀的人交谈，齐秦飞发现他们身上有一些共同的闪光点，专注、坚定、善于学习、目的性强，还有那种言谈当中的笃定和自信，让人十分舒服、酣畅淋漓。

中西省整合煤炭行业之后，小煤矿关停合并是大势所趋，大大小小的能源企业自然而然经历了一番洗牌，加上煤炭开采、洗煤原厂和其他原材料煤矿，大大小小有几百家。几百家企业中，产能超三百万吨的就有十几家，每一家的归属、体量、产品、市场优势都在梁博心里。

这个年轻人雄心勃勃地打算在煤炭开采行业闯出一番天地，"这不是在中西省这个小圈子里竞争，是全国甚至全世界层面的。国内未来的主要对手会在陕西和山西。我们有优势，但是人家起步早。"

"起步晚一点不见得是坏事。中西大学的王大华教授谈到关中的崛起与衰落，提出过一个'第三文化'的概念，大概是落后地区更容易吸收和接纳先进文明的成果，从而产生超越性的发展。放诸各行业或许都有一定适用性。"齐秦飞说。

"秦飞很有见地啊！你是中西大学毕业的？"梁博问。

"很向往，不过遗憾，我是中专毕业，宝安技术学院。"齐秦飞说。

进入外企后，对于自己的求学史，齐秦飞曾有过很长时间的适应期。周围的销售同行几乎都是名校毕业，那是外企的门槛。但他既不是科班也不会英语，完全是依靠"扫街"式的推销积累了原始的经验。最初的一年，那种与众不同的低学历给他带来了某种神秘感，还有一种类似于同情的优待，谁都愿意以好为人师的姿态指点他一下。后来，当他依靠业绩杀出一条血路时，所有人的态度又变成了一种暗地的不屑和防备。他们猜测这个草莽出身的人一定使惯了"野路子"，才这样异军突起。再后来，刚被破格晋升为销售经理的齐秦飞给外国老板递上辞职信时，竟然引起了不小范围的愤怒——给他这样的人工作机会已经是格外开恩了，他竟然不知恩图报，还敢辞职，将来势必要反过来和老东家抢饭吃的。

说放弃上高中和大学没有遗憾，那不是真话。创业之前，齐秦飞从没主动提过自己的学科出身，那里面有没有一种朦胧的回避，齐秦飞没想过。创业之后，他就是齐老板，当然没人会问齐老板师出何门。到秦盛，美其名曰是"人才引进"，出身就没那么重要了。

齐秦飞逐渐认识到，随着人生阶段的变化，不同的标签价值也在变化。到了现在这个阶段，拥有的实力和掌握的资源才是最重要的。

果然梁博随口说道："英雄不问出处，商场由是如此。"

杨凯说："是啊，秦飞的策划能力，十个博士未必比得上。"

他们的话云淡风轻。除了齐秦飞自己，这个小插曲没在任何人心里激起波澜。每个人都很忙，无暇凝视路边树上的新芽，也无暇关注他人乃至自己的情绪。

连带午餐，他们在梁博的办公室谈了五个小时。梁博抬手看看表说："一会儿还有个会，今天只能到此为止了。"

杨凯和齐秦飞起身告辞时，梁博又说："这个话题，我和华天的徐明沟通过，现在一直在保持联系。我的项目没有固定的时间安排，厘清需求和前景、酝酿成熟了就发标。你们有兴趣的话，咱们还可以再接触。"

齐秦飞点点头说："一定的。"

徐明的大名齐秦飞是有耳闻的。张小光一直在公司宣称，他要成为秦盛的徐明。徐明业绩好，在华天之前也有过外企工作经历，几乎是中西省电子信息行业销售员们的集体偶像。

以往，悦达分包到的项目，也有一两次是徐明操刀拿下的。那时齐秦飞是齐总，和他有过一面之缘，却没有太多交流。

煤矿不同于齐秦飞以前的项目，市场门槛高，硬件设备为主。尤其现在安全生产要求越发严格，智慧矿山的概念逐步提出，虽然也算是系统集成的概念，但是涉及电力、监控、软件、专业的井下设备等等，非常专业，要懂得煤矿生产运营的业务。这种模式下，系统和产品品质的稳定是首要诉求，也就是着力于生产系统的提升，齐秦飞一直坚持的客户数据收集利用反而意义不大。

华天是本土企业，从给大厂做代理设备起家，逐步延伸壮大，在硬件集成方面深耕多年。在招徕客户方面，私企又有私企独到的灵活性。相比而言，秦盛虽有央企背景，看似架子很大，但自上而下几乎都以软件和服务为主，特殊行业硬件设备的合作经验不算多，也没有这方面的案例和专家储备。况且公司是国家的，但凡有大的动作，自然得慎之又慎，销售裁夺空间小，不敢轻易承诺，层层上报，放不开手脚也是正常。

杨凯不明就里，但从齐秦飞的沉默里感受到他的顾虑，便宽慰他别太忧心，虽然有竞争者早下场，但今天梁博的态度显然是积极的，有机会。

齐秦飞摇摇头，笑着说："杨总不必担心，你那么忙，原本透个消息给我就行了。今天特地陪我过来，就是给我站台，我当然有信心。"

杨凯说："其实，做甲方的，肯定希望在项目上有充分的竞争，他的利益才能最大化。就这点来说，我觉得梁博是希望刻意制造竞争局面的。"

齐秦飞也认为梁博的做法十分精明，只是作为乙方，他要权衡利弊，考虑公司的利益。在这个项目上，和华天相比，秦盛的实力着实一般，赢的可能性不大。

客观说，刘雅春一头独大的局面形成后，对他是多有关照的。西京的政府资源有一半分给了他，东华的客户也都由他联系。财政、教育系统都是自上而下的铺设，在中西省，西京最早起步。他出手算是早，占了先机，加上刘雅春许多人脉上的助攻，后面的商机接踵而至，仿佛春天一来，一河水都化开了似的。

放在以前，他的重点就是守住之前攻下的堡垒，全省一百多个县，稳扎稳打拿下半壁江山不是问题。这时候他决不会再把精力放在没把握的生意上。但现在不同了，孟瑶月若蹙的眉尖和少有笑容的脸总出现在他脑海里。

他记得她讲到自己的婚姻，为了和那个一无所有的男人在一起，她放弃了留校资格，放弃了自己的专业，去了一所大专教英语，而他竟然在她父亲死后不到半年就背叛了她并且毫不留恋地离了婚。

"父亲是文人，骨子里把面子看得很重。住在我家里，明里暗里受了不少气。如果当初不是为了我，他们不会卖掉自己的房子。离婚后，我对钱有了一种执念，想挣钱买房子，让我妈心里好受点儿。"说那些话时，孟瑶月的表情那么平静，好像在讲一件很远的事。有一些不易觉察的瞬间，她的眼里有温蕴的雾气。他知道她是有情绪的，但她不是于真，不会也不能随意地大哭大闹，因此她只能把自己的情绪隐藏起来，假装不在意。

那些沉默又柔弱的隐忍让他心疼，他不知道怎样让她宽慰一点。客户眼里能言善辩的齐秦飞在孟瑶月面前始终还是那个笨口拙舌、不知所措的农村男孩，始终带着那种遥望星星的仰视和自卑。钱，或许是唯一能让他感觉到自己在她面前尚且有些力量的工具了。

一条煤矿的生产线的投资规模可能比五十个县的教务系统还要大，他要用尽全力迅速攻城略地，同时也要在这个新战场上有一番作为。

送杨凯回宝安后，齐秦飞没有多待，连夜开车回了西京。

杨凯开玩笑地说："秦飞，什么人让你这么放心不下，连和我喝场酒都没时间了？"

齐秦飞竟然有些脸红。

他几乎是凭借潜意识的引领，把车停到凤栖路上，摇下车窗往宿舍楼上望。挨着路边五楼的灯都灭着，他知道那是一排卧室的位置。七八点钟，正是一家人其乐融融凑在客厅看电视的时间。

路灯昏黄，天骤然一冷，几粒雪花盘旋着落下。

路边的人行色匆匆，齐秦飞坐在车里，一会儿觉得空落落的，一会儿又生出一些温暖感。他感受着自己的呼吸，似乎在路灯下的车里坐着，就是他和孟瑶月的独处时间。

26

刘雅春听着齐秦飞的汇报，起初平静，不一会儿便皱起了眉。

她说得坦诚。煤炭能源是一个高度专业和封闭的行当，不仅秦盛科技，连整个中盛集团都少有涉及，没有成功案例，没有人脉资源，需要大量联合体，可能面临高额垫资以及安全生产等诸多问题，还有一个已经提前介入的强大对手。况且，这样的案例就算成功，也很难复制推广，全国煤炭企业虽然多，但是规模大小和企业分属的资本各不相同，在这个行业，央企实际并不具备特别好的口碑效应。

齐秦飞听她分析完，平静地说："刘总说得都有道理，我也反复考虑过。不过我觉得，这个项目前期成本不算太大，基本上就是学习和调研，尽快了解煤矿行业的厂矿设备，熟悉上下游的硬件及软件格局。成则好，不成也没什么损失。"

刘雅春不作声。齐秦飞接着说："刘总，咱们目前有成熟经验的项目，我会继续派人盯着，力争再下几城。精诚矿业的项目，我还有一个考虑。"

看到刘雅春询问的眼神，齐秦飞往前略倾身体，压低声音说："您主持工作眼看就一年了，公司各方面都在向好发展，业绩自然不用说。精诚矿业这个项目，体量很大，如果成功，对公司来说，经济效益倒是其次，最大的收获是声誉。毕竟，能拿下这个项目，是咱们作为一流公司实力的体现，也是公司进入能源行业并且能够在全国叫响的拓展案例，对公司意义非凡。"

刘雅春陷入了沉思。她主政一年，秦盛的业绩是有增长的，这其中有齐秦飞的功劳。当然，张小光也十分卖力。年初她曾承诺过，谁的业绩最好，她就推荐谁为销售部总监。但她的话语权也是由自己的地位决定的。这一年，总公司迟迟没有任命她为总经理，她暗地分析过，也跑过北京，却始终没弄清楚个中缘由。

销售这条线的直属上级是乔正军，他表面上一直支持孙有权，但暗地里也希望她和孙有权能相互制衡，这刘雅春是知道的。因此，东华一役，刘雅春虽然出了手，却始终不敢压价或者做得更过分。她不能落下

"内斗"的口实。

她两次想拜见滕静澜，秘书来电话，都客客气气地回绝了："滕总十分赞赏秦盛和刘副总的工作，今后有空了会听你汇报。"

做销售，了解对方在想什么是必修的功课。齐秦飞知道，刘雅春和孙有权一样渴望当上总经理。这个女人在工作上杀伐决断从不手软，但却似乎少了些机遇，也不懂"政绩"的逻辑。他刻意抛出这个话题，不需要点明，以刘雅春的心计，一定会立马想到"在全国叫响"的意义。刘雅春的沉思说明他的判断不错。

齐秦飞站起身，恭敬地说："刘总，如果您决定支持我跟一跟精诚矿业的项目，我立军令状，不论这个项目成不成，我团队明年的业绩，提升百分之二十。"

刘雅春眼睛一亮，说："我考虑考虑。"

齐秦飞便退了出来。

有了业绩上升百分之二十的承诺，刘雅春一定会答应。但她需要时间来确认。女人就是这样，即便心里已经认可的事情，却仍需要时间去消化、去确认。

齐秦飞不能等。精诚矿业的背景调查几乎不需要再做，他回西京的第二天，梁博已经叫人发给他。华天的背调张月已经做完，有了东华的经验，武双明和张月再做背调，也养成了明暗双管齐下的习惯。一边通过公开信息搜索整理华天的概况，一边通过三朋两友四处打探了解公司的内情。

武双明甚至开玩笑说："华天长子和次子闹得正凶，他们自己内部说不定就把徐明给搞掉了。"

"那是天意，咱不能坐等天成。"齐秦飞说，"财政和教育两块儿，小武和张月盯紧，该是咱们的业绩，谁放掉了是谁的责任。我最近去外地跑一跑,了解一下煤矿的情况。晁衡在网上找煤矿行业的资料,有空了也给我上上课。"

分完工,齐秦飞回家收拾了几件行李就出发了。

路上,他给梁博发了短信:"去调研。"

梁博打来电话,得知他专门去摸底几家生产煤矿公司的情况,便说资料都有,跑一圈是不是太麻烦。齐秦飞说:"都说中国最值得看的是运城、韩城和榆林,权当走走。"

梁博发了个"胜利"的表情。

铁路有很长一段与大河的走向重叠。隆冬时节,许多河面冰封,还有一些河段因为枯水,裸露出干裂的河床。车停靠后,齐秦飞伸手拍了张"定西站"的照片,发给孟瑶月。

微信真是个好发明,它在人和人之间建立起一种自由的联系。这种"自由",不仅仅是想联系时随时可以联系,还有不想联系随时可以沉默,想分享随时可以分享,想隐藏随时可以隐藏。

孟瑶月的微信朋友圈空空如也。大部分时候,齐秦飞只是点开她的朋友圈,看着那张封面图。他的封面图是一个行者,独自走在无尽沙漠中。孟瑶月的封面图是在深邃背景中的一颗星星,有种遥远的孤独。

到了晚上,孟瑶月回复他:"渭水汤汤,蒹葭苍苍,溯洄而上,注目关中,渭源、泾源、陕北……那是中国文明最值得关注的地方了。"

孟瑶月很少发这么长的一段话。平时他发微信问候她或者师母,她总是回复:"谢谢""还好"。她总那样沉默着,惜字如金。偶尔他们一起在凤栖路上行走,她也很少主动挑起话题,还刻意保持着距离,遇到认识的老师,她会说"这是我哥",大致是怕人误解。他问话,她的回答也是有一搭没一搭的。

他很兴奋。孟瑶月完全是针对"定西"这张照片的答话,但他不在

147

路过定西站

意。对着对话框左思右想，不知如何答话。她的话说得真美，把他白天看到的那种荒凉、萧索和壮阔都说出来了，又赋予那些景象以深沉的文化意味，让它们又跳跃到他的眼前。

他有很多话想和她说。火车上的人用熟悉的土语互相交谈，入了冬，火车上都是从外地打工返家的人。归途上，大家互相谈论着当地彩礼的价格。皮肤黝黑皱纹如刻的老农砸巴着烟嘴唉声叹气地盘算着自家儿子相亲的时间，感叹现在"女子真贵"。

仔细去看那些手，指甲缝中塞满了黑色的泥垢，手背上的皮干皱着。一年四季，他们除了在土地上劳作，就是出门打工，没有歇脚的时候。火车上你永远能分清真正的劳碌人、下苦人——他们有着同一副苦焦面孔。

他还想告诉她，陇山的另一边和宝安的风俗相差无几。吃食、话语，甚至那种冷硬的风。

但他不知道怎么表达，这么晚了，她会不会在备课，会不会已经累了。

最终他发了句："瑶月，你说的话真好听。"

等了很久，孟瑶月都没有回复。他又发了句："早点休息。"

按了发送键，又疑心自己是不是打扰了她，半宿没睡着。

到了榆林煤矿，齐秦飞才知道一个煤矿厂和他理解的工厂完全不一样。荒凉的山脊上，几栋布满尘灰的大楼，山沟矗立着圆柱形巨大的建筑，站在附近山头上，可以一览整个矿区，安安静静，没有熙熙攘攘的工人走动，但是看得见，门卫是很严格的，比一般企业工厂的安保要严格很多。

他没有找人引荐，而是径自在矿区门口转悠。夜里十一点，上大夜班的工人穿着军大衣带着钢帽从宿舍楼鱼贯而出，一窝蜂拥进厂区门口的夜市加餐。

两个卖菜夹馍的摊子被围得水泄不通。馍热气腾腾菜品种丰富，工人们手捧着夹馍，有的要杯豆浆有的带着军用水壶，站在摊边三下五除二把夹馍吃完，再三三两两骑车进厂上班。

十二点，摊子冷清下来。再过半小时，小夜班的工人交完班，就会又一群群凑到小摊上买夹馍。饥饿的长龙来不及把夹馍带回宿舍，就地解决后才满足地回去补觉。

两个摊子相距不远，一个是一对四十岁左右的年轻夫妻掌管，一个是一对七十岁上下的老夫妻。齐秦飞观察了两三天。上去和老夫妻攀谈。

老人的儿子或许和齐秦飞一般大，对他的搭腔也就多了一些耐心。熟悉之后，他一问才知，老人竟然还不到六十岁。他们在矿区门口摆摊已有近十年，小夫妻是"新来的"，也就三四年。

"那俩是关系户，"老人说，"亲戚在兰化上班呢，还是个车间主任。"

老人一月竟能挣一万块钱，让齐秦飞十分意外。"菜夹馍五块，夹鸡蛋七块，夹肉十块，现在煤矿效益好，工人不问价。嘿嘿，这几年他们涨了三次工资，市场上给我这摊费涨了三次，夹馍也就涨了三次。娃，"老人眼中忽然闪过一丝精明，警惕地问，"你不是想开夹馍摊儿吧？"

"不是，大爷。我想进煤矿厂。"齐秦飞说。

"对，你穿得体面，我看也不像，"老人说，"你有门路吗？"

齐秦飞说："没有，所以才在摊子旁边听听，看他们都咋上班，咋招人。"

老夫妻好心地给了他一个小板凳让坐着。他们做的是夜市，实际上齐秦飞也坐不住，天太冷。他就围在老两口儿的摊子前帮忙，扯个塑料袋啥的。顺便听听工人们说话，看看他们的工牌。碰到热情话多的，就聊几句天。

榆林煤矿规模庞大，煤矿项目也是前一年才上线。产品供不应求，市场很好。对技术人才的保护也做得到位。用一位工人的话说："煤矿的人金贵得很，走路昂着头眼里没人，牛逼哄哄的。"

齐秦飞说："那我想去煤矿咋去？"

那位工人说："你认识长江实业或者国资委的人不？你要认识，那立马能进。"

齐秦飞明白了，资金是长江实业投的，国资委也是股东。虽然煤矿行业投资巨大，但煤是能源型的产品，属于稀缺资源。

在老夫妻的夹馍摊儿上蹲守了几天，齐秦飞和洗煤车间的几个工人喝过一次酒，和运输车队的几个人吃过一顿涮锅，又刷他们的卡，在食堂与电气组的工程师同桌吃过饭。

世上有万般苦。他的父母在山沟的土地里刨了一辈子食，靠天吃饭饥饱难料，如果没有他和齐秦亮，那到如今，他们连瓦房也不会有一间。他少小离家，口袋空空时忍着没去找齐秦亮，在打工那家小公司门面房的房檐下裹着破被子住过两个晚上，后来又被赵健骗的身无分文负债累累。那对老夫妻深夜在这座工厂门前坚持了十年。还有那些穿着工服黑白颠倒的工人们，两夫妻若都在厂子，为了照顾孩子就必须分在不同的班组，你上白班我上小夜，你上小夜我上大夜，一年到头一家人没有团圆的时刻……但这都是生活。

连续的夜战，让齐秦飞突然发起了高烧。他破天荒地拍了医院楼道的照片发朋友圈，配文是："深夜漠北，别有味道。"

于真的电话立马打过来，问清情况后起了哭声，非要他立即回家，否则她就要马上到榆林来照顾他。他安抚几句让她照顾好诺诺，最后无奈说自己病情不重，只是因为第二天要启程去山西才匆忙打了吊瓶以图快好。于真才渐渐收了声挂了电话。

杨凯来了短信，问他："兄弟，怎么了？"

梁博来了短信，叮嘱他："漠北苦寒，秦飞保重。"

刘雅春来了电话，关怀一番提出让武双明马上去找他，齐秦飞感谢一番后婉拒了。

武双明、张月甚至外星人晁衡都来了短信关怀。电话每次响起，他都立马点开，却始终没有期待的信息。打完针，他昏昏沉沉地在医院楼道里的加号病床上睡着了。

到了半夜，他猛地醒来，下意识地摸过手机看了一眼，心一下子提了起来，微信里孟瑶月问："怎么了？"

他看看表，已经三点。如果他很清醒，会告诉自己：不应该打扰她了。但此刻他像个小孩般委屈，像等了很久才等到了妈妈的询问一般地回复："发高烧了，难受。"

手机又一响："现在怎么样？"

"好多了，你怎么还没睡？"

"帮人翻译一个资料，快完了。"

她在工作。他心疼极了，委屈也立马消失，似乎立即就清醒过来，恢复了自己全部的力量，恨不得马上到那个宿舍楼下。他又有些甜蜜，她在忙，却还是抽出时间来关心他。

他叮嘱道："别那么拼，快点睡吧。"

27

西京的街巷挂满了"安康"字样的路灯时，齐秦飞结束了他的调研，回了家。

他给梁博发了短信，说方便时见个面。梁博很快回复说"好"。过了一会儿，又说："方便的话就明天，徐明也来，我想直接听一下你们双方的想法。"

实际上是有些为难的。梁博的意思，显然是双方在场，交流的同时摆开擂台。在农村买卖牲口，都要盖着布子捏手谈价，何况生意讲究商业机密。开标之前把所有的条件摆上明面，不符合常理。齐秦飞犹豫了几番，还是答应了。

走了大小好几个矿井，看过几个项目，和不少工人交流过，他才了解了煤矿生产线的复杂。从项目设计、采购到施工，没有两年下不来。具体到精诚矿业，哪些基础设施可以继续使用，哪些需要新建、重建，都很大程度上影响着报价。煤矿项目的供应商几乎是透明的，那么秦盛和华天之间的竞争点，除了先入为主地赢得梁博的信任，剩下的大概就是持久盯住项目的耐力和细节上的响应服务了。

离开三个多月，齐秦飞原本想赶紧去看看孟瑶月。一则他在外这段时间，不知是不是因为他生了一场病，孟瑶月对他的回应积极了些，偶尔还能聊上几句，甚至会不时关心他一下。逐渐频繁的联系使他更迫切地想见她。二则马上就是农历春节，他想提前拜访师母，给她们送些年货，再问问孟瑶月要不要陪她去祭拜孟副校长。三则春节有七天假，他想约孟瑶月带上师母一起出去转转，潜意识里，他想占有情人节那天。

梁博说明天，他只好把见孟瑶月的安排往后放。拿出手机，给孟瑶月发了微信，说已回西京晚些拜访。隔了许久，孟瑶月回复了一个"好"字。隔着屏幕，他说不出自己是安心，还是担心。

理论上来说，精诚矿业这次才算是和徐明的正式初见。在他们的行当，徐明算是明星了，名校毕业、科班出身，还仪表堂堂，手上有不少精彩案例。

见他，齐秦飞还是做了一番精心准备的。

给两人做了介绍后,梁博说:"两位都是业界大咖,可真是高山流水遇知音啊!"

徐明握着齐秦飞的手说:"齐经理的大名早有耳闻,之前也有过合作,不过当时角色不同,匆匆擦肩,一直想着什么时候能好好交流一下。"

齐秦飞说:"哪里的话,交流不敢当,感谢梁总创造机会,我向徐总学习。"

寒暄过后,就可以进入正题了。齐秦飞先表了态,说来学习,自然是徐明先讲。

煤矿的工艺流程,徐明了解得一清二楚。难点、堵点在哪儿,设计施工要注意什么,分析得头头是道。对前后几个阶段的供应商,他已经有了比较系统的梳理和掌握。听得出来,他已经和煤矿领域的专家沟通过,有成熟的思考了。

既然是打明牌,藏着掖着显得小气了。梁博就是想充分听到各种意见,也让他们两家的竞争提前升级,最大限度地降低他的成本,他是典型的实用主义者。敞开胸怀谈自己的想法、表现出不拘小节的风度恐怕会最符合他的心意,也最有利于争取支持。

齐秦飞坦陈:"徐总的想法都非常好,功课做得扎实,思考得深。我都赞同。徐总对供应商做了系统的研究,我觉得设计阶段还有一个因素需要着重考虑,就是新老衔接时的系统稳定性。特别是可以共用的旧设施,是不是要梳理一次,包括稳定和兼容,几个方面的因素都要考虑一下。前期可能增加一定的工作量,不过长期有利。有个矿山的生产线停车,有一半是上了负荷以后旧设备的稳定性问题。"

如果完全依照目前的局面,秦盛的胜算很小,齐秦飞已在心里盘算过多时。在地方深耕多年的企业都有盘根错节的关系网,精诚矿业虽是私企,也不可能例外。

讨论还是按照梁博的一贯风格进行。结束时，梁博说："两位的风度我很赞许，煤矿项目我们已经考虑得比较成熟，过了年就要实施。到时希望你们都来支持。"

徐明先同梁博握了手，又和齐秦飞握手告别。齐秦飞小跑两步，到车上取了些东西塞给徐明："山西四件套，太谷饼、陈醋都挺不错的，回去尝尝。"徐明推辞一番，说肯定是给梁总带的，他就不掠人之美了。齐秦飞说："知道今天来能见到你，特意给你的，梁总那份在车上，我再搬一趟。"

送了伴手礼，显然是告别，徐明只好拿了东西先走。齐秦飞又取了给梁博的一份，另有一对石狮子。梁博摩挲着狮子，说："秦飞，干吗这么客气，跑一趟还带这么多东西，多不方便。"

齐秦飞曾在梁博办公室的书架上看到过四五对形态各异的石狮，猜测他应该是喜欢这些。在山西的时候，专程又往晋北一带跑了跑。那里民间遗存众多。他在繁峙见到了这对狮子，拍照给孟瑶月看。她说："造型古拙可爱，很有北魏遗风。"他又问："是古代传下来的吗？"孟瑶月发了个"微笑"的表情，说："这我可不懂，只是觉得好看。"他便买下来。看到梁博喜欢，齐秦飞说："小玩意儿，路过五台山时在山坳里一个老农摊儿上摆着，那地方离五台北门还有几十公里，少有人烟。我往那儿看了一眼，看到这对狮子，突然想起似乎在您书架上也见过这样的狮子。觉得是缘分，就请回来了。说起来，这也算是沾了五台山灵气的狮子了。"

听了来历，梁博赶紧捧着狮子进了屋，恭恭敬敬擦拭一番摆上书架。果然在一群石狮子中间，这对显得朴拙又有灵气，十分精神。

梁博连声谢了，从办公桌抽屉里取出两条烟一盒茶叶，非要塞给齐秦飞。齐秦飞推脱。梁博说："两回事，这对神兽是请回来的，有情无价。这点儿东西是咱们朋友间的情谊，算我谢你为我的事专门跑了这一趟。"

齐秦飞说："那我就不客气了。说实话，跑这一趟知道了生产的渠渠道道，还是很有收获的。煤矿生产是系统性工程，又有高安全的要求，要考虑成熟还是有难度的。大的框架出来，细节上还得边摸索边干，走一步看一步。您压力很大。"

梁博点头称是。

齐秦飞说："回头我把这次出去的经历写一个报告给您，您看看，权当参考。别有负担，生意成不成都是天意，既然和您认识了，争取为把项目干好出点力吧。"

梁博点点头，说："谢谢秦飞。还有一点，你别总是您啊您的，都是朋友，叫名字就行了。"

齐秦飞笑着说好，便告辞。

按照齐秦飞的打算，尽量在可控的范围内争取最大限度的利益就是最好的结果。目前的情况，秦盛唯一的优势就是国企的招牌。两年的项目周期太长，私企变数大一些，有不确定性。但如果华天胜出，秦盛成为联合体，从徐明手中分包一部分业务也不是没有可能。

他给刘雅春汇报了情况。刘雅春看似有些恍惚，似听非听。

武双明说："刘雅春离婚了。"

"她不是早离婚了吗？"

"以前是分居，现在是正式离了。男的还跑单位门口堵了她两回，说她有作风问题，闹得很不好。"

齐秦飞没再多言。刘雅春平日里精神抖擞，婚姻却这样狼狈。她再坚强，也难逃那种情绪的影响。不知她的情绪还要持续多久，齐秦飞思绪一闪，动了去北京的念头。

公司成立的时候，滕静澜曾和杜副省长共同揭幕。一边要大力引进高科技产业落户中西，一边要努力在全国铺开事业版图，双方一拍即合、相谈甚欢。杜副省长分管工商业，精诚矿业自然也是他的权力范围。如果滕静澜能亲自给杜副省长打个电话，争取一个保障公平竞争的机会，他就有底。

齐秦飞还有一层考虑，给梁博汇报时，他提到了设计时的统筹。煤矿厂基础设施群十分庞大，电气、智能控制、供排水、专业设备，这些设施都不会新建，而涉及信息化板块的管理、定位导航等等也都非常专业。精诚矿业有二十多年的历史，最早一批装置已经比较老旧，修修补补用到今天，要和新生产线完全兼容，得下大功夫。和华天相比，中盛胜在程序设计，和庞大体量带来的人员、资金储备实力。如果集团能够表态支持竞标，应该是一个很大的砝码。

见滕静澜大约不可能，他的级别太低。虽然他们在中西省教育系统部署上大获全胜，给别的分公司提供了案例，但他的名字只不过排在案例推广小册子的倒数第二位，前面还写着孙有权。年终总结大会上，乔正军是点了他的名。全国业绩前十名的销售都被点了，第四还是第五他记不清。他上了台披了绶带，滕静澜一块儿给他们点了点头，估计连脸都没看清，更不知道名字了。

但乔正军应该对他有印象。颁奖之前，乔正军作为副总兼销售总监，集体会见了获奖的销售人员。和他握手时，乔正军十分热情熟络地说："秦飞，见到你我太高兴了！"他主动拿出手机，询问是否可以加上乔总的微信便于随时讨教，乔正军爽快地加了。返程路上，他给乔正军发了微信："此行最大收获，是听了乔总的课。实用、解渴！我回去好好消化。我们来年努力，争取用好成绩回报公司，回报乔总。"乔正军很快就给他回复了握手和加油的表情。

齐秦飞对刘雅春说："刘总您能否进京拜访一下滕总或者乔总，争取一些实质性的支持。"他把需要实质支持的内容一一说了，刘雅春有些犹豫。

如果只引进一条生产线，不新建基础设施，精诚矿业项目总投资额大约有三十亿，而涉及信息化系统就有三个多亿。对于中盛集团来说，三亿的项目规模不小，也不算很大。况且旧设施的兼容几乎算是赠送的，利润率可能很低。

她最近的确状态不好。当年一起奋斗，以为能够托付终身的前夫以十分低级的方式逼迫她放弃了许多共同财产。前夫恰恰是抓住她看重事业的软肋，离婚的拉锯战使她精疲力竭。对于她的晋职，乔正军态度暧昧，滕静澜高不可攀。万一总公司帮了忙，却仍然没有拿到项目，岂不是弄巧成拙。

齐秦飞看出她的犹豫，便说："上次见面，梁总说项目过完年就启动，时间还是挺紧张的。刘总，您是不是最近身体不太舒服？如果去不了北京，您打个电话给领导汇报也行，我跑腿把资料送去。"

刘雅春不想打击下属的积极性，用手肘支撑着头说："秦飞，这样吧，我给乔总打电话，具体的事儿我就不说了，你去北京给乔总当面汇报吧。"

事情按照预想的方式推进。

齐秦飞晚上去见了孟瑶月，送了年货。师母拉着他的手嘘寒问暖，他匆忙答话，眼睛却朝孟瑶月看。临走时，齐秦飞说："瑶月，我们公司需要翻译一批煤矿方面的资料，想拜托你帮忙，量还不小。你看需要怎么收费，按你们的行规办。"在他心里，孟瑶月清高得高不可攀，直接给她钱，怕伤她自尊。齐秦飞便想出了这样的办法。孟瑶月却说，煤矿有很多专业词汇，她不一定能拿下，得先看看资料。

年初三，情人节那天，齐秦飞坐上了去北京的飞机。

他微信上说给乔总拜年。乔正军欣然同意了。在乔正军的办公室，齐秦飞拿出几样中西土特产，又从包里掏出一小盒古币说："我家村子里挖出来的，说是老钱，也没人懂，不过古人老说'岁岁纳新'，给您带几枚，算是新年添个喜了。"

乔正军笑着谢过，斜靠在椅背上，听齐秦飞汇报情况。

放假期间，无人打扰，乔正军十分慷慨地和齐秦飞聊了很久。最后说："情况我会给滕总说的。秦飞，中西省这个项目，你们很有魄力，集团会支持。我这儿能协调的资源，都会尽力协调。"

齐秦飞没想到事情如此顺利。此行进京，虽说是汇报项目，实际上，他也有要"亮剑"的意图。孙有权胸襟狭窄，几乎没在上级面前提到过他的名字。刘雅春不是这样的人，她乐于引荐自己的下属给领导认识，展示自己不仅在销售场上所向披靡，在选人用人上也眼光独到。实际是给自己铺路。

他入职秦盛，最早是为安身立命，现在却有了一种模糊的愿望——他想取得更大的成就，拥有更高的社会地位。

乔正军送他到办公室门口，他连忙鞠躬让乔总"留步"。

出了电梯，迎面走来一个十分熟悉的身影。齐秦飞定睛一看，是滕静澜。他连忙停住脚步，侧身按住电梯。

等滕静澜走近时，他说了声"滕总好！"

滕静澜停下，侧身看他。隔了几秒，问了声："齐秦飞？"

齐秦飞十分意外，甚至受宠若惊。

滕静澜伸出手来和齐秦飞握手。问："还是春节，你怎么没在西京啊？"

齐秦飞忙说："有一个项目，过了年就要发标，刘总让我来集团给分管领导汇报一下情况,希望能争取点支持。"

滕静澜点点头:"中西分公司的工作不错,很努力。"

齐秦飞说:"滕总您不是也没休假,我们还要向您学习!"

滕静澜点点头,上了电梯。

28

滕静澜亲自打了电话,说了秦盛在中西的一些情况,十分真诚地对杜副省长的支持表达感谢,又说要去给杜副省长拜年。

杜副省长客套地说,给央企服务好是应该的。

许多国企领导依然套有行政级别。从级别上说,滕静澜和杜副省长一样。但从能量上来看,滕静澜这个新任掌门人毕竟同杜副省长有一些差距。

滕静澜有惊人的记忆力,为人十分低调也很谦和,和一些同级别的人相比,他略有年龄上的优势,这种优势让他的未来有更多可能性,故此在处事方面十分谨慎。

从去年开始,他明显感觉到市场有了变化。那种变化既来源于市场本身,也有非市场的因素。以往炙手可热一座难求的饭店突然变得冷冷清清。商场上的朋友们津津乐道着董大姐和雷小伙的赌局,甚至开出"次赌局"拭目以待,老资格支持董大姐的居多。他认为《1942》拍得很不错,他没经历过饥饿,老娘对饿却有着深刻的记忆,反反复复在他面前念叨。他不是文艺老青年,只是觉得那种属于民族的疼痛记忆不应当被遗忘,但去年的电影票房排行却讽刺地教育了他,一部叫《泰囧》的影片高居榜首,而《1942》则亏损了。

滕静澜并不急于看清什么。他已是一个有过一些经历的人，深刻明白在一个尘土飞扬的现场，急躁只会制造更多的麻烦。和站上"风口"相比，他笃信的是"水到渠成"。进入中盛是他人生的一个重要台阶，他刚刚提拔，想要再进一步，至少需要三四年。因此对于中盛的发展，滕静澜有自己的节奏。

乔正军给他汇报秦盛的事，一笔带过云淡风轻，试探性地问他，自己是否和中西省的朋友打打招呼，给下面的同志们打打气。

这是一种客气和礼貌。乔正军是下级，不可能为这点小事请他去打电话。对乔正军，他一直不远不近，但乔正军的能力他是信任的。滕静澜主动说："中西省一直很支持咱们，我给杜副省长打电话，表示一下感谢。正军，有必要的话，你亲自去一趟中西，帮忙协调。项目体量是一方面，更重要的是要让秦盛站得更稳，这算是一个挑战，你是秦盛的一把手，赢了，能稳定军心。"

乔正军走后，他斟酌一番，给杜副省长去了短信，问候新年并约定通话时间。到了这个位置，滕静澜看重的是关系网的建立，至于具体的项目，他只巧妙地一语带过。

相互寒暄到位、印象加深，滕静澜的目的就达到了。

精诚的项目发标之后，乔正军到了西京。这个时间他是计算过的。既然要打气加油，就要在一鼓作气之时。

天刚见暖，刘雅春穿着薄风衣站在到达口迎接。对这个下属，乔正军还是很欣赏的。他不大喜欢那种十足"职场范儿"的女强人，业绩怎样未可知，形象上却完全失去了女人的温柔。刘雅春不一样，她十分善用女性特征，每次见面必然精心打扮一番。用乔正军的话说，就是"给足了公司面子"。况且，她的业绩还十分好。能够独立支撑一个新公司，算他手下一员骁将。

握了手,乔正军问:"齐秦飞没来?"

刘雅春怔了一下,说:"秦飞在公司等您,这几天加班加点地准备投标材料。"

乔正军哦了一声,进了后排。

他问到齐秦飞,显然是专程为精诚的项目而来。路上,刘雅春努力回想齐秦飞给她汇报的细节,断断续续给乔正军做了介绍。

乔正军没去酒店,让司机直接开车到公司。秦盛筹建时,他来过几次,和中西省上上下下的领导打过些交道。揭幕之后,算是头一回来。刘雅春说"乔总这是回家",秦盛的百十号员工也果然都在"家"门口列队欢迎他。

张小光站在人群最前面,看他走近,正了正胸前的领带。乔正军伸出手,张小光殷勤地握了,问候一番。又转身介绍其他同事,像要显出和他的熟络。

乔正军对基层员工的这种把戏了然于心,并不表示什么。走到齐秦飞身边,他伸出手,主动说:"秦飞啊,有一个多月没见了,项目怎么样?"

齐秦飞恭敬地说:"乔总辛苦。有您指导,刘总亲自督战,我们奋力做好。"

几次见面,齐秦飞给乔正军留下的印象是"得体"。他很年轻,却谙熟与人相处之道,不盲目地表现自己。乔正军做了多年销售,从一线到现在身居高位,见的人很多。大部分人,他聊一两句就能判断高下,有的销售在基层业绩虽说过得去,却没有做更大事的格局。比如张小光,用老话说,贼眉鼠眼,精明有余大气不足。再者他一直跟在刘雅春身后,就算是扶上马,多半也迈不出自己的步子。齐秦飞身上有种"从容不迫",不管他是装的还是真的,至少言谈中,他尊重刘雅春却不怕她,这一点符合乔正军的心理期待。

刘雅春已几次向他暗示,秦盛急需任命销售总监了。他有意不动,一是不想扰乱格局,总监一旦确定,刘雅春将腾出手来成为实质上的控制者,现在看来,刘雅春十分尊重他,但身份地位一旦变化,她会变脸到何种程度不得而知。二是即便任命总监,也需要时机,集团的导向是业绩,因此销售一直有双线管理的特质,有些分公司总经理各有山头,不受他节制,下面的销售总监自然也有些失控。他要让秦盛的销售总监知道,任命的"时机"掌握在他乔正军,而不是刘雅春手里。

据他观察,在秦盛没有根基,和刘雅春也没有深厚师徒之谊的齐秦飞是最合适做销售总监的。

乔正军一边和刘雅春并排走着,一边侧脸询问齐秦飞项目进展。有人不禁猜测,齐秦飞是何时和乔正军攀上关系的。

在会议室,齐秦飞详细汇报了精诚矿业项目的有关情况。乔正军仔细听完,问:"雅春还有什么需要补充吗?"

刘雅春说了几句,之后请乔正军"指示"。

乔正军先肯定了秦盛的工作,又针对齐秦飞提的几个问题一一回应道:"项目的难点,一是对手强劲。华天我也有耳闻,虽然是家私企,却算是老牌子了,信誉好、实力强,关键是硬件集成方面有优势。这一点,我表个态,咱们也有咱们的优势,就是业务遍布全国,和各行业都有合作,咱们和供应商的对接是可以承诺的。再一点,关系我去疏通,雅春也要多走动。二是项目接触的时间短,准备上有不足。这一点我刚听雅春和秦飞的汇报,感到你们已经做了大量工作。对手和我们是一样的。我的意思,要尽可能多想、想细,客户要什么,我们给什么,有集团做后勤保障。费用上,可以适当给客户优惠,这是大项目,口碑也是盈利。总之一句话，这个项目滕总亲自过问过，希望大家鼓足干劲儿一举拿下。"

乔正军的表态赢得一片掌声，秦盛的员工仿佛看到了合同书和奖金，原本没太大把握的项目，似乎突然在向他们招手。这就是权力和位置的力量，同样的话，齐秦飞说出来是笑话，乔正军说出来却可能兑现成一剂强心针。

齐秦飞没有过多的乐观。精诚矿业的项目，越往深走，他越能清晰感觉到徐明的志在必得。这段时间，他几乎隔周就去拜访梁博，梁博没空的时候，他就和精诚的总工许方舟聊天。他看得出，他们和徐明之间有一种深刻的信任，而徐明也用他的努力和专业小心地维护着那种信任。

刘雅春也曾带他拜访过几位省里有关厅局和精诚矿业所在的浦阳市的一些领导。其中一位，应该和刘雅春有点私交，听了几句便说三十亿的项目哪有不深的水，十分坦诚地劝她放弃。

"放弃"不在刘雅春的字典里，她对齐秦飞说："只要没有出结果，就要尽全力。"

刘雅春当然也不会傻到坐等乔正军牵线搭桥。事情往往是这样，大项目在最小的场合就决定了，而像乔正军如此大张旗鼓的，表演性质居多。她严密地观察着乔正军与齐秦飞的互动，乔正军超出正常范畴的热络使她猛然从焦头烂额的感情中清醒过来。她意识到，无论真心还是假意，乔正军对齐秦飞的态度实在不同寻常。"滕总亲自过问的项目"这句话回荡在她脑海里，她此时已经后悔自己的大意，认为项目没太大希望，而派齐秦飞去汇报太草率了。

乔正军讲完话，又同"兄弟姐妹们"闲谈，问他们的业绩、中西的情况。他像明星一样被围在中间，给徒弟们一些指点。

见刘雅春默默退出去，齐秦飞也跟着出来。他跟她下楼，问道："刘总，去哪儿？"

刘雅春笑笑说："秦飞啊，怎么没在上面？"

"看您出来，想着是不是有什么事。"

"滕总和乔总都这么重视这个项目，滕总亲自打了电话，乔总来督战，你这次很有眼光。"

她的语气中带着些不远不近的客气和戒备，齐秦飞知道，乔正军的态度使她不悦。他的考察报告递给梁博之后，梁博曾几次来电话询问工程设计上的想法意见。这个情况，他给刘雅春透露过一些。他抓住机会，有节奏地给梁博和许方舟渗透一些关于秦盛的实力和为项目所做准备的信息，如果没有徐明，他几乎可以确定，这个订单属于他。许方舟已经确定是甲方代表，如果梁博能持中立态度，最大的转机就是评标专家了。他需要刘雅春的完全信任和支持才有赢面。他小声说："这个项目从头到现在都是您全力支持的，还专门派我去汇报。乔总他们也是出于对您的信任，才相信项目有赢的可能性。"

刘雅春未置可否，他接着说："虽然领导们重视，但我还是有点没底，对手确实做得很扎实，梁博对徐明也很赞赏。"

刘雅春面色缓和了些，说："优势不大的话，报价上考虑过吗？既然领导亲自过问，应该可以给一些优惠。"

"初步判断，华天的优势就是报价。毕竟他们自己就是做硬件起家，圈里朋友多一些。技术分差别应该不会大，方案上咱们说不定还会有点优势。"齐秦飞说。从内心深处，他始终觉得拿项目就是要给公司赚钱，低价中标，他是有些不屑的。

"许方舟的态度有没有可能松动呢？他的意见应该是重要的。"刘雅春问。

"可以暗示，不过他是总工，应该也拿分红的。"

"那就还是从商务上考虑吧。"乔正军的到来，让刘雅春生出了新的考虑。上层重视这个项目，拿下它，或许就是她晋升总经理的通行证。况且，齐秦飞只是个销售经理，就算上面真的欣赏他，他也越不过自己。

齐秦飞的团队和乔正军协调的工程师，加上两名外聘的煤矿方面的工程师，十几个人奋战了二十多天，做好了技术方案。

交稿时，晁衡感慨地说："老齐，你这一趟真没白跑。"

"是啊，齐经理是我遇到为数不多对煤矿整个流程很熟悉，对整体运转也清楚的销售经理。大的框架、细节上的意见都切中问题的核心。"专家是花大价钱从原煤矿部设计院请的，名头大人脉深，他的话又给大家添了几分信心。

设计环节，除了软件工程师和煤矿方面的专家，齐秦飞还专门征求了之前调研时认识的几个工段操作工人的意见。框架上以公告要求和实用性为主，细节上要照顾到生产环节的实际。设计方案的共识度高，但报价上，却有不小的分歧。

这次投标，商务和技术占百分之七十，报价分占百分之三十。商务上他们有优势，基本是满分。技术上他和徐明的考虑类似，煤矿工业流程有基本框架，设计细节和后续服务上齐秦飞有信心。设备选择的方案，他们是讨论过的，要达标，要和旧设备无缝对接，又要尽量经济实惠。标的金额应该在三亿左右，设计、设备占了大头，设备上稍作调整，报价就会不同。

按刘雅春的想法，就算精诚倾向于华天，秦盛技术上丢一些分，靠资质也基本能弥补。差距应该就在报价上。齐秦飞他们反复讨论优化了技术方案，尽力控制了成本，提出二点九八亿的报价。但她觉得，这个价格，相当于把一切交给了命运。齐秦飞去北京之前的提醒和乔正军对项目的重视让她意识到，这个项目除了经济账，还有一笔口碑账。想通了这一点，销售最大限度盈利的使命也不是不可以商量。她说："二点九八比较稳妥，这很有可能也是华天的报价。咱们报二点九五吧，我和集团沟通。"

因为涉及的供应商多，投入的人力成本也大，齐秦飞计算过成本："刘总，那样的话，刨去管理成本咱们几乎没有盈利空间了。"

"你的奖金不影响。至于管理成本，那是长期的事，不需要现在就买单吧。重点是拿下项目。"认定方向之后，女人往往表现出比男人更倔强的坚持。

29

开标时来了六家公司。除了华天，有实力参与竞争的至少还有一家。现场唱完标，齐秦飞就离开了。

徐明叫住他，表情复杂："齐经理，让华天内部先乱起来，可不是什么体面的做法，你找过洪国副总？"

齐秦飞一愣，问："什么意思？"

徐明摇摇头说："我想也没有，我相信你的为人，这次的标，我会尽力。"

他的语气、表情有着明显的冒犯和轻视。齐秦飞沉下脸，懒得解释，严肃地说："标已经开了，要尽的力已经尽了，剩下的不如交给实力。"

尽管嘴上这样说，心里还是打鼓的。从杨凯牵线认识梁博开始，他前前后后扎扎实实地忙了大半年。兰州、武汉、太原、南京，跑了半个中国。每到一地，他都想方设法了解厂子的真实情况。半年下来，井下定位、危害控制、快速驾驶等等的流程说得头头是道，工人怎么管理、怎么排班，每个工段怎么运转也摸得门儿清。

孟瑶月短信上说："中国最冷的季节，在那种巨大的、沉默的萧索中，往往蕴含着大自然最残酷、最真实的一面，人也往往会被唤回一种清醒。"

他说不出那样的话。他静静地听着，脑中浮现着一种刺穿耳膜的疼痛感，那是他对"中国最冷的季节"的切肤感知。太行山的风、渭河源泾河源的风全部灌进他的耳朵，颈椎也被那种凛冽的冷刺得僵硬。有时候，对面的工友在说话，他脸上僵着笑容，实际上耳朵里没有任何声音，他的听觉还在，但是整个大脑都被冻麻木了。秦淮河也没好到哪去，没有暖气的南中国，那种冷中带着一股阴气，以至他那本只习惯于面条和玉米糁粥的胃一刻不停地渴望着热腾腾的鸭血粉丝汤。

当然，他想赢不仅仅是因为项目付出的精力。

和孟瑶月接触得越多，他越是陷入一种深深的迷恋。她完全是一个不同的女人。齐秦飞说不出她的不同在哪，那不仅仅是"漂亮"。比她漂亮的女人有很多，但她看待问题的角度、说话的方式和他认识的所有人都不一样。他喜欢听她说话，有时候她讲到一部作品，会发出深深地感叹，沉浸在一种温柔当中，再说一连串他听不懂的话。玛格丽特·阿特伍德、托妮·莫里森、阿谢克列耶维奇、库切……她讲到他们时，可以激动地说出一大段一大段的评论。齐秦飞一句也听不懂，却很享受坐在她对面看她说话的样子。是的，他"看"她说话，不是"听"。她那种自得其乐的专注让他十分心动。或许还有一部分的虚荣，她得体而优雅，会十分自然地对每一个服务员说"谢谢"，一举手一投足当中都散发着那种知识阶层的修养，也让他十分享受。

他隐约感觉到，孟瑶月是有追求者的。他曾见过一个男人送她到宿舍楼下。面对面的时候，孟瑶月介绍道："这是工业大学的张教授。"然后对那个教授说他是她的哥哥。她的介绍让他有些受伤。张教授非常绅士地伸出了手，对孟瑶月说："那就送你到这儿吧。"他只好被迫同他握了手。

回到家，他反复思考张教授的出现和他的话——"那就送你到这儿吧"，显然他知道"那就到这儿"，意味着原本打算送得更远。他是不是去过她家？那个疑问盘旋在他脑子里。他暗自对比自己和张教授——人家有文化，既然是教授，至少得和孟瑶月是一样的学历吧。虽然年龄看起来少说有四十多岁，但保养得还算好，挺拔儒雅。他想对方应该至少是结过婚的，丧偶还是离异，不好说。

如果是个生意人，他不担心。孟瑶月嘴上说对钱有了一种执念，她的生活在他看来也确实有些窘迫，但她身上还是有浓重的知识分子烙印，仅靠"钱"是打动不了她的，可那个男人有该死的"文化"。他俩一路走过来，有说有笑，孟瑶月脸上露着那种少有的生动。

他嫉妒了，甚至于真如果不来书房叫他，他都忘记了自己还有一个老婆一个儿子。

若论能力和见地，他丝毫不惧。多年在社会上打拼的经验让他有了一份对社会和生活的见解。他完全有能力和孟瑶月谈论一些深刻的话题。孟瑶月有一种悲悯心，她怜悯远方的事和陌生的人，那种傻乎乎的善意有时让他觉得可爱。他知道她在一个相对简单的环境里生活，看到的不是完整的真实，却不叫醒她。他心里愿意守护她的"傻"。

他不能给她婚姻，至少暂时不能。但他可以给她婚姻之外的一切东西，包括优渥的生活，包括他全身心的爱。

乔正军的到来在秦盛掀起一小波舆论高潮。不明就里的人开始传言，乔正军是在给他站台。如果按照刘雅春当初的承诺，他的确有资格当销售总监。他团队全年的业绩规模基本和张小光打了平手，利润率却要高一筹。

话传到张小光那里，他不屑地说，能拿下精诚的项目再说吧。还放话如果提拔了齐秦飞，他就不干了。

让齐秦飞没想到的是，刘雅春竟然把他叫到办公室，说张小光的话她知道。还让他尽管放手一搏，项目拿下了她去北京请功。刘雅春说得面无表情，提到张小光的焦躁，甚至露出了嗤之以鼻的鄙夷之情。

又是"请功"。独揽大权的刘雅春不知不觉间开始附着上孙有权的色彩。

只有他知道，乔正军和他并无私交。但他不解释。工作时间久了，他发觉流言也有流言的作用，有时舆论场一旦形成，甚至会成为一种有利的砝码。

如果拿下项目，即便刘雅春不去请功，他也会带着诚意主动去找乔正军谈，他要一个配得上孟瑶月的"身份"。

徐明短短几句话，让他感到了羞辱。他竟当面指控他在背后搞小动作。对徐明，他一直很敬重。孙洪涛和孙洪国的矛盾在业界不是秘密。尽管刘雅春几次要求，他都没有刻意在梁博和许方舟面前提过这个话题。华天的继承权之争对一个周期很长的项目来说，无疑是个隐患。他不提，一是觉得打小报告这种手段不上台面，梁博一直说他们只看方案，公平竞争。他相信梁博作为一个商人，会权衡华天的不可控因素。他若专门揭人短，不但格调低了，而且胜之不武。二是他认为孙氏兄弟即便有矛盾，拿下项目也符合两人的共同利益，他们应该会全力维护，他去告一状意义不大。

搞小动作的不是他，或许是刘雅春，或许是另一个竞争者。他此时没有太多的心情考虑徐明的问题。

徐明的行为透露了一个信号——在这个项目上，华天内部有障碍。既然徐明按时交了标书，那么问题就应该出在了价格上。是报了高价，还是低于成本价？会不会压低到和秦盛一样？焦虑感不由自主浮上来。

到了晚上，还是没有消息透露出来。工程量大、体系复杂，评标确实需要比较久的时间。齐秦飞和武双明在省招标管理公司对面的面馆儿里坐着。八点多时这里人声嘈杂，这会儿人已渐渐散去，只剩三两桌。

不远那桌坐着两个穿西装的男人，正在喝酒猜拳。两个人声音很大，边划拳边抱怨，似乎在诉说生活的不顺意。世上到处有带着行囊的人，那种脆弱白天是不被允许的。

武双明说："哥，你紧张吗？"

齐秦飞抿着嘴，不作声。

"已经十点了，还没评完。"武双明看看表说。他也举起小酒杯，一仰头灌下一口，辛辣的味道让他猛烈地咳嗽起来。"哥，我挺紧张的。我还以为你不会紧张呢。"

"怎么会完全不紧张呢。不过投标的事，有很多不可控因素，尽力就好了。"齐秦飞说。

"哥，听说以前你和徐明一起赢过标？"武双明说，"张小光在公司说的，好像刘总也知道。还说这是闲话，让我别给你说。不过她让我联系了招标公司和几个有关的评标专家。"

齐秦飞笑笑，说："看来刘总不放心。"

"哥，管她呢，她这是助攻又不是害你，"武双明说，"说实话，这一年我从你身上学到挺多的，但刘总和张小光也教了我挺多。哥，你说为啥张小光一天吃喝玩乐，人品不咋地，人家还和咱业绩一样呢？我不喝酒不敢给你说这些，晁衡看不起张小光，但人家有手段、会玩儿阴招装孙子，寿康公司的人拿了多少回扣？他光卖个设备连脑子都不用动，就和咱业绩一样。"

齐秦飞说："小武，猫有猫道狗有狗道。他的道，你不见得走得通。"

武双明正要说话，手机响了，他接起电话，表情活泛起来。

"哥，他们报二点八。"武双明说，"他们，华天。"

齐秦飞的电话也来了，是徐明。"齐经理，你的价格报得这么低，有利润吗？"他不想解释，便说："利润是我们的事儿，徐经理不必操心。"

商务两家一样，技术分华天领先一些，秦盛在报价分上扳回了局面。

招标代理公司的结果刚刚挂出来，梁博的电话就打进来了："秦飞，祝贺。"

"谢谢梁总的指导和支持！"即便是胜，对他来说也只是惨胜。面对梁博，他却不能表现出失落。

"实话说，徐明的方案我也很欣赏，你们讲究性价比，他们的设备选择更先进一些。我认为后期整个矿是要逐步减产的，减少人力是主要方向。如果这方面我们可以再讨论一下，会更利于合作。"梁博说。

他明白，按照政策，公示的前三名都有资格中标，决定权在精诚。精诚虽然是大公司，但说到底还是私企。私企老板不需要给谁一个"说法"，所以去一留二也不是不可能。

目前的局面来之不易，但随时会有变化。他必须去见梁博，他还需要刘雅春也去。

那对石狮子摆在梁博办公室书柜的最高处。放得久了，沾染上主人的风采，居高临下，有些傲气。

刘雅春感谢梁博一番，又说秦盛已经做好了准备。"今天来，主要是听一听业主的意见，秦盛的文化就是服务好客户，有什么需要我们尽量满足。"她笑吟吟地说。

梁博开门见山地说："秦飞做了很多努力，秦盛的实力、刘总的魄力我十分佩服。坦诚说，秦盛和华天谁能赢我都不意外。但是，我看好煤矿市场，你们和华天的方案都是用中为的数据中心设备，不过华天和你们选的型号不一样。你们的方案目前用得多，系统稳定性好，不过后期扩展更新可能乏力。如果能稍加改进。你们的方案在大股东和管理层中会很有说服力。"

刘雅春说："梁总的意思我明白了，换设备问题不大。不过，相应的成本增加可能不会少啊。"

"按你们的报价确实有点为难。"梁博漫不经心地说。

被将了一军，刘雅春显得有点难堪。

齐秦飞说："梁总，我们系统设计理念上几乎没太大差别，两种技术方案我也对比过。您的雄心我很敬佩，煤矿的市场我也很看好。我们尽最大努力满足您的需求。不过新设备目前只有实验数据，在国内还没有成熟的应用，能不能稳定安全保障系统，也无法确定。离商谈还有一段时间，既然华天对这套设备有研究，我请教一下徐经理，拿出一个可行的建议来，供您和董事会参考，您看如何？"

梁博点点头，露出笑容。

30

徐明提出由华天协助硬件部分的采购，齐秦飞感到有些意外。上周在竞标现场，他那副质疑的面孔还历历在目。齐秦飞当时的态度他也感受得很清楚。

徐明站在明媚的阳光里，带着标志性的从容微笑说："齐经理，华天和许多商家是有保价协议的，我们可以优势互补。"

迅速地调整战略和情绪是一种能力。徐明既没有为他之前的唐突道歉，也没对评标结果有任何微词。他的现实、冷静令齐秦飞不舒服，却佩服。

如果主要设备更换成中为的新产品，从目前的采购渠道成本将上升至少一千万。秦盛的报价本身利润空间就很小，系统建构方面几乎完全采取零成本的策略。如果华天有更优的渠道，上浮成本控制在一千万之内，对几方都有利。

假如没有之前的不愉快，齐秦飞很愿意接受徐明的提议。精诚矿业的项目他从头到尾跟过来，其中的辛苦他最清楚。潜意识里，他很同情失利者，况且之前他也做过分包的打算。但徐明如此快地转变态度，言语中还有掩饰不住的傲慢，似乎他也在刘雅春和梁博的交谈现场，并且得到了精诚的某种维护和许诺。这让齐秦飞心里多少有些不悦，于是就冷冷地说："原本也是要向徐总请教的，既然您觉得新型号更好一些，我也会再进一步了解。"

徐明扬起嘴角，笑着说："齐经理可以再了解一下，我先上去和刘总谈。"说完便进了大厅。

徐明在刘雅春办公室待了一小时。刘雅春送徐明出门时，叫助理喊齐秦飞。

刘雅春轻盈地踩着细高跟鞋走过，让助理冲了咖啡，示意他坐。

她轻轻把咖啡杯推到齐秦飞面前，开口说："秦飞，设备方面就交给华天吧，总部那里我去报备。"

齐秦飞说："刘总，客户的要求会推高成本，这我知道。我再跑一趟深圳，去和厂商谈一下。我还是希望这个项目我们自己全程来做。"

"秦飞，"刘雅春顿顿说，"不必了。客户的态度你很清楚了，不管是真的需要提升设备配置，还是为了给谁一个交代而用华天，引进华天都是最稳妥的选择。况且，徐明承诺，如果把这部分委托给华天，他可以说服甲方，以二点九七亿成交。"

"刘总，"齐秦飞仍想争取一下，"即便梁博想用徐明，他最需要的还是最优方案，希望您给我一些时间。"

刘雅春摆摆手，不等他说完："秦飞，就这样吧。"

"可是……"

"秦飞，"刘雅春沉下脸来，"公司要的是业绩，客户要的是满意。或许你应该好好想一下，你现在最想要的是什么？"刘雅春向后靠靠，闭上眼，示意他该离开了。

这段时间，她应该已经从离婚的失意中走出来了，又恢复了那种意气风发的战斗状态。她是一个实用主义者，当然会接受徐明的提议。

齐秦飞赢得并不轻松。每一款设备，他都仔仔细细比较过。那些煤矿资料十分复杂，还有一部分是英文，各种参数让他晕头转向。他认真对比过各种产品和系统的指标，他认为自己的选型更适合精诚，系统稳定性高，停车风险小，可以最大限度地盈利。后期升级扩容他也考虑过，以精诚的实际，假设采用最新设备型号，要过上几年才能满负荷生

175

产。几年之后恐怕又会有新的技术，现在直接使用最新的技术，实在有些浪费。

但许多的"好意"是没有价值的，这一点，刘雅春比他更清醒。

他开车到交通学院门口，等孟瑶月下班从大门口走出来后，他探出头，喊她的名字。

"能不能一起吃晚饭？去远一点的地方。"他问。

孟瑶月盯着他，半晌说了声："好。"

他往南开，孟瑶月安静地坐着，并不问他去哪。

他喜欢她坐在副驾驶位置上，即便她不说话，他也觉得安稳和满足。今天他有些失落，那种失落他不想掩饰。或许他还有些希望孟瑶月发现他的失落。以前，他似乎并没有分享心事的需要，饿了就吃困了就睡，但现在有。他的一切行动都希望孟瑶月知道。

孟瑶月侧过脸问："今天有什么事吧？"

"嗯，"他点点头，"之前你帮忙翻译那些资料，那个项目。"

"没中啊？"孟瑶月说，"你付出挺多的，肯定很失望。"

"应该会中吧，"他说，"只是老板要引进一家合作方，我不是很信任。"

"如果你觉得很重要，再争取一下吧，你一直在努力，领导肯定会尊重你的意见的。"孟瑶月认真地说。

他笑笑。她的话那么能抚慰他，对于尊重，她可能有种知识分子的幻想。他与刘雅春之间，不是同事，而是上下级。他与梁博之间，不是合作伙伴，而是雇佣与被雇佣关系。谈尊重，或许太矫情了。但他仍然喜欢她的话，孟瑶月说什么都是对的。即便她一言不发，也是对的。

到兴安镇的时候，天色已经暗了下来。还未入夏，周中这里人并不算多。他们随意走进一家店，没什么人，却也干净。他们落座，点了几样农家菜。孟瑶月用热水冲洗了餐具，递给他。

这个小动作让他十分暖心。

他和她说了项目的情况。孟瑶月参与过一些翻译，听他的话自然没什么障碍。她很专注，睁大了眼睛，不时点点头，说："对手那样说，确实很伤人，秦飞哥，你是有志向的人，也很善良，你只想把项目做好，我知道。"

她的话给了他极大的鼓励。他虽然坚持使用现在的方案，但也知道结果是不可逆的。徐明的态度虽然让他不舒服，但毕竟是公事，不是私事。他的低落是真的，只是见到她的时候就好多了。而孟瑶月却以为他陷入了很深的沮丧，小心翼翼地安抚他。

他享受她的这种"照顾"，甚至连自己都以为，在这件事上，自己受到了很大的屈辱和伤害。

天已经黑了，近处的宏山被淹没进夜色里。孟瑶月说："这儿夜色很美，也很安静，不过今天有些晚了，咱们是不是该回去了？"

齐秦飞回过神，点点头。

回程路上，他刻意开得慢一些。离城越近，路灯就越密集。收音机里传来深沉的女中音，解读着正在放的音乐所表达的感情，那是李宗盛的《山丘》。孟瑶月边听歌边说："欲买桂花同载酒，终不似，少年游。秦飞哥，你会失落是因为还抱有那种少年的梦想和善意，挺好的。"

她的温柔让齐秦飞有种说不出的松快。到了宿舍楼下，齐秦飞说："瑶月，今天有点仓促，你喜欢宏山，你时间充裕的时候，我带你去爬山吧？"

她一笑，说："好。"

他停在院子外，看她的背影渐行渐远。

他的大脑很空，合同顺利签订后，他将拿到不菲的奖金，不出意外，销售总监的位置也会顺利解决。这些都将与孟瑶月有关。

于真的电话响了几次，他都没接。孟瑶月已经走了很久，发了微信问他："到了吗？"

他抬头望着她宿舍的卧室，那灯亮着。回复"快了"。

刘雅春出席了签约仪式。原本她给乔正军汇报，想请乔正军亲自来签约。对于她，对于秦盛，那都将是一份荣耀。乔正军来，不可能什么都不说，她恰好可以利用这个机会汇报一下，让乔正军有个比较明确的表态。电话里乔正军答应了要来，却因为临时的工作安排取消了。

乔正军给她来了电话，口头上表扬了几句，又说实在走不开，签约的事，由她全权负责，后续项目总公司会给予最大力度的支持。挂断电话，乔正军又给齐秦飞打了电话，表示祝贺。

齐秦飞马上表态："拿下项目，得益于乔总的领导和总公司的支持。继续努力，善始善终。"

乔正军在电话里哈哈笑了，说："秦飞，这个项目上，你的贡献我很清楚。我是秦盛名义上的负责人，秦盛的业绩我很关注。你的事，我也一直在考虑着。"

因为精诚的项目，齐秦飞和乔正军取得了联系。原本他没有资格直接向乔正军汇报，但乔正军几次微信询问，似乎并不介意，甚至在鼓励这种越级的交流。他当然领会了他的意思，每隔一段时间定期给乔正军报告项目进展和他的一些想法。乔正军有时回复一两个字，有时不回复。他不介意，只要表达了自己的尊重就好。乔正军打来电话，又主动提起"他的事"，齐秦飞有些激动。他表达了对乔正军的感恩，并说去北京当面汇报。

签约很顺利。因为设备的调整，精诚最后接受了二点九七亿的合约价格，但先期款只到位百分之三十，采购设备还需乙方垫付一些。

台上梁博和刘雅春手持高脚杯，把酒言欢。台下齐秦飞计算着垫付需要增加的成本。

徐明拿着红酒走近他，说："值得干一杯，齐经理。"

他看着徐明，虽未直接拿到项目，却依然春风得意。这次交手，如果不是华天内部的争权，徐明应当十拿九稳。即便报价太高名次落到第二，他依旧凭借着一己之力掰回一城，获得了相当的利润，甚至比秦盛这个牵头单位还多。此刻的徐明，似乎全然忘了那些争执。

是啊，利益才是永远的，好的游戏就是这样，每个人都有收获。

31

齐秦飞的任命文件是在七月底下达的。那纸写有"盛党发"字样的通知，使他成了"齐总"，有了真正意义上的"社会地位"。

想着即将变化的工资条，于真很开心。趁机提出再买一套房子的想法。她温柔着语气说："再买一套大的，咱们搬过去。这套小的，让妈住过来帮忙带诺诺吧？大哥家也是只有一个，张河村妈一直想让咱们再要个孩子呢！"

齐秦飞心里一震，皱起眉看着她。

于真沉浸在自己的快乐当中。她似乎从没发现他的变化。最初他们之间的亲密减少时，她质问并闹过几次。后来好像渐渐习惯了，以为他是累的，竟然开始四处为他求医问药。时不时还要"检验"一下药效。

一次聚餐时，何志强竟然开玩笑说："秦飞，在外面玩是玩，还是要回家的。老婆就是老婆。于真打了几次电话骂我，说是我把你带坏了。"

齐秦飞有些尴尬，这话于真确实说得出口。

胡小宇看着他，说了句十分深沉的话："秦飞，哥们儿也劝你一句，进退有度。"

他只好让何志强别听于真胡说八道。

他心里知道，每次靠近于真的时候，孟瑶月的脸就会浮现出来。他竟然莫名其妙地觉得自己像是背叛了孟瑶月，有一种深深的自责。最初，他试图把于真想象成孟瑶月。一两次之后，他无法说服自己相信那种想象，彻底失去了和她在一起的兴趣。

他用物质来弥补对于真的歉意，开始鼓励她买一些奢侈品，但他不会花时间帮她选择。如果于真询问他的意见，他就敷衍着随便指一个。让他花心思选择礼物，那是孟瑶月的专属。

她要买房子也未尝不可。齐秦飞甚至想，即便和她分开，物质上也是不能亏欠她的，至少要保证不管将来怎么样，她能过得和现在一样。可是，她把他妈搬了出来，撒娇般地提出再生一个孩子，那会让事情变得很复杂。他已经有了诺诺，完成了传宗接代的任务。他哥也有一个儿子，齐家人丁算是兴旺了。他曾梦想过和孟瑶月在一起，再生一个女儿。她一定像孟瑶月一样漂亮，而他会让女儿过着公主一样的生活。

于真的话像一颗炸弹，让他警醒起来。他耐心地劝说她："房子你想买就先看着。你平时一个人在家，妈愿意的话就过来陪陪你。诺诺正是调皮的时候，你够辛苦了，再要一个，我又帮不上太多忙，你太累了，以后再说好吗？"

于真甜蜜地依偎着他，点点头。

齐秦亮买房之后，西京的房价涨过一波，又稳定了几年。

这几年，因为胡宝柱的穿针引线，胡小宇的建筑公司顺风顺水，何志强也跟着炒房，赚了一笔。于真除了操心诺诺，就是操心还账。如今卸了枷锁，重新想起买房的事，才发现他们不仅没赶上低价购入，还等到了限购。他家虽然只有一套房，不在限购的范围，可政策就像弹簧，本来是要把房价往下压压，却反而一弹而上了。

于真和何志强是老乡，她和齐秦飞认识还是何志强介绍的。何志强日常对她很关照。但在她心里，何志强拥有那么多房子就是不公平。齐秦飞勤勤恳恳为人厚道，何志强却一直在国企混着，整天喝酒打牌。偶尔来家里吃饭，就拿他那一套"不要努力，要会投机""别当金子，要当锥子"的理论出来教育齐秦飞，让他"多送礼就行了，费劲儿搞什么调研"。齐秦飞的收入水平已经恢复，甚至比自己开公司时还多些，如今又当了国企的销售总监。房价虽然涨了一些，好歹他们也出得起首付，不用四处借贷，比一般人不知好了多少。可她就是觉得不公平，像齐秦飞这样兢兢业业的，家里才一套房，想再买一套，还得左思右想地考量考量。但何志强一天啥都不干，靠着别人的钱生钱，凭什么就能有五六套房子？

于真想着，难免泛起一股不服气的酸意。一样的房子，要多付几十万块钱，于真心里不是滋味。她和诺诺几个同学的妈妈聊过几次，家庭主妇们各有神通，有些自己就炒房。她们信誓旦旦地说，不管全国房市如何，西京的房价不会降，因为西京的房价不是太高，而是太低了。

对说这话的人来说，房子是资产，是数字。而她的房子是用来住的，自然不希望房价高。

她拨通何志强的电话，说自己想买房，把老娘从老家接来，让何志强帮忙参谋参谋。何志强一听便说好，早该买了。

看房的过程并不顺利。

一开始，何志强开着车带她去湖滨区几个新开的楼盘。湖滨是西京最早的开发区，公园修得多，居住环境好些，新房一直都在盖，让人眼花缭乱。于真看了几家，海棠花园盖得精致，不过大部分是一百平的小三室。她想买套大点的，又不好明着对何志强说，免得露财。于是看了几套样板间，绕来绕去地不表态。何志强看她不吭声，便说这家不行，换一家。

他们又去玫瑰公馆。公馆就是公馆，清一色的鹅卵石铺路，也不管踩上去舒不舒服，还到处种着她叫不上名字的稀奇树。价格也够贵，西京的房价平均六千，湖滨房子虽说会贵些，它卖一万也还是有些过头。何志强说："这是新开楼盘里比较好的，看能瞧上眼不？"她当然不好直接说贵，便由着售楼小姐带看。果然贵的就是好，她看了第一套便爱上了。那套大四居南北通透，一进门就是个流水玄关，绕进去是敞阔的客厅，样板间贴着大理石电视墙，旁边摆着能够以假乱真的一束仿真玉兰，好看极了。最得意的还是里面的书房，敞敞亮亮的，齐秦飞爱学习，小黑本记了一本又一本，最近还爱看书。样板间的书房里摆着一套很阔气的书桌椅子，齐秦飞肯定喜欢。转了一圈，从户型面积到格局全都满意，就是价格，超出了她的预算。

回去路上，何志强鼓励她，看中了就买，差钱他们兄弟凑。她便暗下决心，准备回头让齐秦飞也去看看。但一回到家，她又突然意识到，玫瑰公馆离他们现在的住处不近，买了玫瑰公馆，她老娘住过来她也不好照顾。卖了现在的房子，在玫瑰公馆买两套？那实在说不过去，别说给齐秦飞，连给自己也交代不过。于是又重新看。

看得久了，有一次张晓红打电话约她逛街，于真反应不及，说自己在看房。张晓红电话那边突然兴奋起来，说要一起看。

于真心里是不想让张晓红知道她要买房的。齐秦亮当了副处长后，张晓红待她突然十分亲密起来，以往不远不近的妯娌关系，好像刻意非想处成姐妹似的。又是送围巾又是送补品，连单位发了菜都给她送一份。齐秦亮也尽力给齐秦飞帮忙，平时没少牵线搭桥，特别是齐秦飞在宝安的那个项目，齐秦亮出了大力。对齐秦亮两夫妻，她心里是感激的，只不过，该谢的都谢过了。

逢年过节聚会时，张晓红也偶尔叨念房子不够住。现在提出一起去看房，要只是看看倒没什么，何志强财大气粗，给的意见都不能参考，她也乐得有人一起讨论一下。可万一她也要买怎么办？如果齐秦亮和张晓红也要买房，甚至就是换房，齐秦飞很有可能要资助一下，到时她怎么说？同意，心里不美。不同意，后面让弟弟住进他们的房子就不好开口了。

想归想，张晓红要来，她也没理由不让。就给她说了地址。

张晓红上班不忙，很快就到了。

何志强又带着她俩看了两三个楼盘。到了傍晚，三个人累得够呛，才找了路边一家小店吃饭。张晓红说，面积大的户型不好，楼层低的采光不好，全都差不多的小区位置太偏，公交车都不通，看来看去，其实是兜里钱不够。

于真深以为然。房子看了半个月，总没有十分满意的。想来想去，心上挂的还是玫瑰公馆。一比较她才觉得，贵有贵的道理。她又暗自算了算，二套房首付百分之五十，先得有一百万的现款，房子盖好时，契税、大修基金、装修还得准备至少二三十万，加上家具家电，不是小数目。要借钱，还得齐秦飞去借。

于真动员齐秦飞去看房。齐秦飞一看，房子果然建得敞亮，略一算账便答应了买。

胡小宇拍着胸脯说："差多少，别贷款，先从我这儿拿。"齐秦飞考虑之后，还是决定贷款。胡小宇看着有钱，但开建筑公司常要垫资，项目完工，爽快付钱的是少数，大部分还要四处求告。他不想再给他添烦难了。何志强自然也表态要"支持"，相处多年，齐秦飞知道，真到关键时刻，何志强是靠得住的兄弟，但买房不是救命，他自己就是房市上的二道贩子，真要他支持，他的"支持"恐怕一时半会儿不会到位。

32

精诚矿业的项目刘雅春亲自负责。齐秦飞的任职通知一到，张小光的辞职信就摆在了她的桌上。

"刘总，跟您这么多年，没有功劳也有苦劳。临走我劝您一句，忙活大半年，精诚的项目最后算在了谁头上？要说他没什么背景，您信吗？这人不得不防。"这是张小光最后的话。他坐在椅子上，眼珠狡黠地转着，愤愤不平。刘雅春的印象里，张小光总是含胸站在一旁。她不喜欢他的小眼睛，那股滴溜溜转着的劲儿，怎么看都不大气。但他的忠心她是信的。

刘雅春心里知道，如果都是原职位，按张小光的性格，会铆足了劲儿表现。但这次调动是来自集团上层的推动。乔正军在电话里主动把话题引到这上面，说"雅春去年就提过了，既然你定的事儿，我全力支持"。她还想说点什么，乔正军很快就转到下一个话题。然后就是集团人事处询问秦盛的意见。乔正军明确表了态，按秦盛之前研究的，业绩最好的团队负责人出任。她就不便再说什么。张小光的辞职这么果决，她没想到。挽留几句，也知道没什么用，便说："以后有什么，随时说。"这话是真心的，她内心深处看不起张小光，但理解他也同情他，况且并肩奋斗了多年，战友情是有的。

张小光走得十分热闹，刘雅春、齐秦飞，连孙有权都到场了。齐秦飞也有近一年没见过孙有权，他面色红润，额顶头发长出了不少，声音也多了中气。好像远离了钩心斗角的工作场域，人的状态一下子活泛起来，与桌上的人谈笑风生。张小光找好的下家职位待遇都不错，酒宴倒办成了祝贺老同事高迁的喜宴。

散席时，齐秦飞提出送一下孙有权。孙有权略显意外，答应了。

"秦飞，你干得很好，以后会有好的发展。"孙有权说。

齐秦飞说："都是靠孙总提携。"

孙有权哈哈笑起来，摆手说："秦飞，别说笑话了。我现在闲人一个，过几个月正式退二线，再不问江湖事了。"又接着说："秦飞，你还是厚道。我多说两句，我在集团还算有几个朋友，听说你的职务是乔总力推解决的。这你要谢他。乔总如今站稳了脚跟，你要主动和他搞好关系。不过提你，他也未见得是真为了你，牵制刘雅春罢了，刘雅春可能也知道。现在你刚提，她不会怎么样，但你要太冒头恐怕她就不会再坐视不理了。"

齐秦飞点点头。天上难得有几颗星星，他突然想起第一次见孙有权的情景，那时他两手空空一无所有，如今他似乎有了些东西，说不清那是什么，心里却仍有一种空茫感。

大概是张小光的话提醒了刘雅春。她突然在会上宣布，精诚矿业的案子由她统筹负责。

精诚矿业从设计、采购到施工，涉及的面很宽，方方面面要协调的资源很多。齐秦飞之前想过，许多环节需要刘雅春出面协调，如今刘雅春直接提出负责，齐秦飞感到意外，却不好再说什么，当即表态赞成。

计划报到集团，乔正军看了一眼，给齐秦飞打去电话："秦飞啊，这个项目集团也很重视，既然雅春要亲自管也好，她协调方方面面的关系，你腾出些精力，和客户搞好关系。十月底，集团开销售大会，会后我还要去各地调研，到时秦盛就你过来吧，跟着一起看看。"

齐秦飞连声说好。

刘雅春组建的团队阵容堪称豪华。她亲自到原煤矿部设计院请来总设计师，软件方面，由集团副总工挂帅。晁衡还在齐秦飞的团队，负责与甲方对接，梳理客户需求。徐明负责设备采购。一个月之内，长江、中为的工程师名单悉数拿出。甚至省里几个厅局的领导，也被刘雅春挨个拜访，"顾问"一番。

胡小宇说："飞，你这个老板很善于造势啊。事儿还没办，方方面面的人都知道她拿了这么大个项目。还免费给甲方做了广告，他们应该也挺高兴吧！"

齐秦飞点点头，说是啊。以前以为梁博很低调，不太喜欢宣传自己的事。现在看来，他也很需要那些头头脑脑的支持。

"人家是低调做人，高调做事。这事儿一旦在上面挂了号，办手续啥的，都会顺利很多。政府的有些人嘛，凡事就怕领导过问。你去找他，他给你絮絮叨叨摆困难、摆政策，领导一问，立马就能办了。这我有经验。"胡小宇夹起热气腾腾的羊蹄，往齐秦飞碗里放。他连忙伸手去挡。

"这么香的东西你不吃，没口福。"胡小宇说着填进自己嘴巴。

名单奢华，干活儿的没几个。齐秦飞心里明白，不管甲乙双方怎么想，浦阳市的领导都想让这个项目显得体面。

"过一阵儿，哥们儿可能要做一个大项目。"胡小宇啃着羊蹄，神秘地说，"宝柱叔前几天给我透露，市政府后半年要有一个大动作。"

"什么动作？"齐秦飞问。

"说是在西边圈了一块地，准备集中开发。"胡小宇吧唧着嘴，嚼得津津有味，"给你说这，就是让你也关注着，说是建什么高科技园区。"

齐秦飞点点头。两人扒拉完几样餐食，分头离开。

齐秦飞的车停在凤栖路边，夜色有些朦胧了，孟瑶月家的灯却没亮。开始做精诚矿业的项目之后，他请孟瑶月帮忙翻译资料，和孟瑶月的互动多了起来。微信上，孟瑶月不再像过去那样回复他一两个字，有时还会讨论一番。上次见面，她甚至用心地安抚他的情绪，让他获得了一种心满意足的归属感。

他等了一个小时，盼着孟瑶月从远处走过来，直到夜色很深，却仍没看到她。

他拨了孟瑶月的电话，总是无人接听。上楼敲门太冒昧了，但担心太过了礼貌，齐秦飞犹豫几番还是去敲了孟瑶月家的门。半晌无应，倒是隔壁房门开了，问他找谁。他解释了几句，大概他衣着得体看着不像坏人，邻居说："孟老师母亲病了，学校里也请了几天假，这会儿大概在医院吧。"

邻居说不清师母在哪家医院。齐秦飞给孟瑶月发了微信，又不停地边拨她的电话边找人打问。师母的名字他早已忘了，打问起来颇费功夫。他从离凤栖路最近的三甲医院开始，一家家漫无目的地找，他隐约记得师母有些老年人常得的慢性病，当然对不上科室。他的方式十分原始，到划价收费的地方问有没有一个叫"孟瑶月"的刷过卡，师母是大集体退休的职工，有自己的医保，通过"孟瑶月"的名字去找，是大海捞针。但除此之外，他想不到更加智慧的方式。

天蒙蒙亮时，他跑累了，在车里睡了一会儿。如果能够缩小搜索范围，他有信心能找到她。上次见面时，孟瑶月完全没提师母生病的事，他判断，应该是突发疾病。可老年人的突发病太多了，实在没有一个方向。他只好继续硬着头皮找。

到了下午，他的打问才有了结果，一个七拐八绕找到的交通学院老师说，孟瑶月母亲住在中西省医院的神经外科。齐秦飞赶紧往省医院赶。

他跟跟跄跄跑进神经外科病区时，在楼道里看到端着脸盆的孟瑶月，还有站在她对面的张教授。

齐秦飞像被一记重拳击中了脑袋，又懵又疼，半天才回过神。他走过去，他们注意到他时，才停止交谈。

孟瑶月走过来问："秦飞哥，你怎么来了？"她憔悴了许多，脸色暗沉不说，眼窝也陷了下去，大概照管病人实在忙乱，她把头发挽到脑后，却还有几绺碎发掉了下来。

她叫来了张教授，又这样问，显然是更把那个人当作依靠。他有些失落，但又不舍得生她的气。他跑得急，空着手就来了。与人打交道多了，重视礼数成了齐秦飞的本能。但此时看到张教授，他又赌气觉得没带礼物是对的，看望外人才要带礼物。

她引他进了病房，张教授面无表情，接过水盆往开水间走。

师母的情绪十分萎靡，见到他，忍不住掉下眼泪，说："我的身体倒没什么，就是拖累了瑶月。最近班也上不成，天天在这儿伺候我。瑶月吃的苦太多了。"齐秦飞握着师母的手宽慰几句，张教授打水回来，他们寒暄几句，他便退了出来。

刚才在楼道里，他听得不太真切，但大致能猜到，他们为就医的事起了些争执。齐秦飞回身问："手术安排在什么时候？孩子怎么安排的？"孟瑶月低着头说："排队手术的人不少，可能要晚一些。孩子托付一个亲戚先照管着。"齐秦飞轻轻拍了拍她的手臂，说："孩子没受影响就好"。"瑶月,老师和师母都是我的恩人,如果你不介意,我帮忙问一下。"他的动作很轻,也很自然。如果不是在这样特殊的场景下,他绝不敢鼓起勇气再靠近她一点。甚至他伸出手时并未意识到。孟瑶月显然是被那种巨大的压力和疲惫笼罩着,也没有意识到,只是机械地点点头。

齐秦飞朋友多,除了逢年过节的短信问候,他还常备些精致实用的伴手礼,时不时加深一下感情。特别重要的关系,周末爬山长假同游,安排得很满。在他看来,人不管在多高的位置,都是讲感情的,生意不管多规范,也都掺杂感情因素。尤其这两年,他愈发觉得,通过平日里的细节关怀建立起的感情多了分真挚和尊重,比临时抱佛脚的请客送礼靠谱得多。这些关系平时他很少用,都是请托,帮人办事。也因这样,他一开口,朋友们都鼎力周全。

他找了卫生厅医政处的周处长,通过周处长介绍的专家了解了师母的病情。若论权威,省二院要胜一筹,但他不想让孟瑶月费周折给师母转院。周处长顺势请专家到省医院会诊和手术,又给省医院的徐副院长打了电话,请他多加照顾,徐副院长给换了病房,又给安排了个经验丰富的护工。

事情办好,他取了现金又去医院。师母已经转到新病房,两人间比先前的六人间安静了许多。孟瑶月给师母收拾完大包小包的物品,看到他在,努努嘴示意他出去说话。师母看他一眼,小声说:"秦飞,为着你帮这些忙,张教授话里话外有些不高兴。瑶月不好受,你别介意啊。"他点点头,跟出门去。

孟瑶月低着头站在走廊,两只手搅弄着。齐秦飞走到近旁说:"师母的病虽然险,好在现在医疗技术先进,应该没大的问题,你别太担心。"

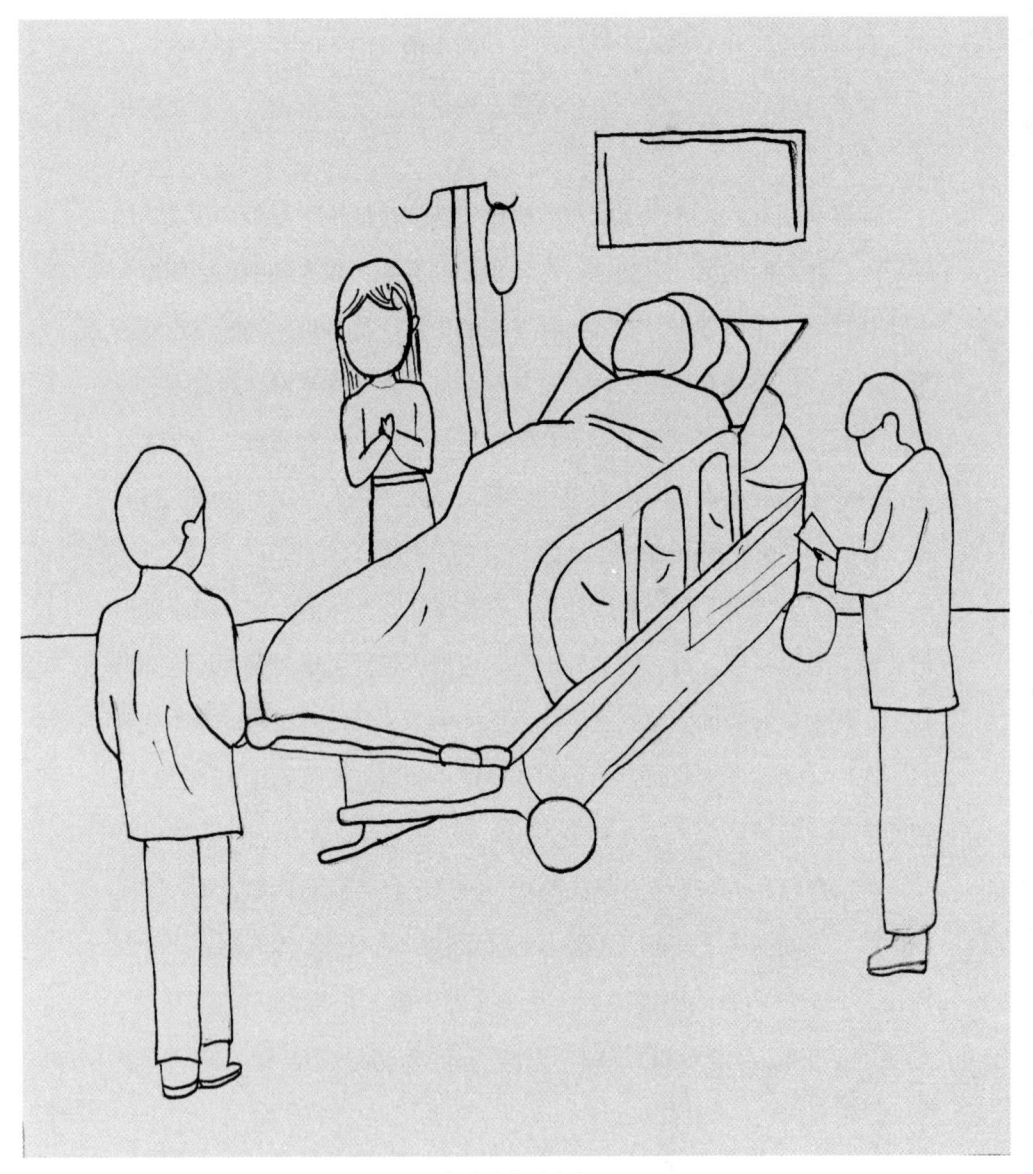

她引他进了病房

孟瑶月抬起头看着他，并不答话。

她眼神有些委屈，似乎还有嗔怪。齐秦飞有些窘迫地说："瑶月，你一个人照顾师母不容易，我只是想尽些力。如果让你不舒服了，我以后注意。"

她又垂下头，半晌不说话。她的长睫毛盖住眼帘，脸庞又清瘦了些，沉默的样子让他有些惊慌，甚至有些不知所措："瑶月，有什么你就……"

"没什么，"孟瑶月打断了他，"谢谢你，秦飞哥。你安排得这么周到，肯定花费不少。护工和转病房的钱，我尽快给你。其他的，你看还需要酬谢哪些人，你给我说。"

"瑶月，"齐秦飞赶紧说，"别操心这些。你安心照顾师母，我也会尽量多帮忙，如果你不介意。"师母透露了张教授的事，齐秦飞答她话时，就怕再使她生出嫌隙，不自觉地小心注意起措辞来。

"不用的，秦飞哥，"她低声说，"你也有你的工作，已经很感谢了。"

孟瑶月说话一贯是这样，温柔又缓慢，这番话里，又多了几分失意和客气。他不需再猜测，大致也知道了她和张教授的关系。知道他的帮助给孟瑶月带来了苦恼。那种复杂的心情浮上来，掺杂着一些窃窃的得意和庆幸。他知道，她也有她的情绪，这种情绪需要时间去消化。

33

师母的手术安排在周日一早。

前一天，齐秦飞专门邀上周处长，在医院旁边的德勤酒店请徐副院长和病区主任一干人吃饭。其他人压根没出现,徐副院长也只来小坐一会儿,便向周处长告假先回了医院。医院是中国最拥挤的地方,几乎每个城市,每个医院的院长、主任,不论科室,都非常忙。

齐秦飞知道,他们个个都在脚不沾地地工作着,请他们吃饭,只为全周处长的面子,也为表达感谢。人来不来,礼数到了就行。况且,副院长出席,其他人由他安排即可,他和周处长都不需多问。

晚上,他又去病房。师母微闭着双眼,不知真睡着了还是装睡。孟瑶月见他来,也不起身,点头示意他坐。

齐秦飞搬了椅子坐在她身旁说:"我都问过了,师母的状态挺好,手术不用太担心。"

她说好,便让他赶紧回。

齐秦飞不说话,仍安静坐着。无论如何淡化,开颅都是大手术,孟瑶月再怎么表现出镇定,心里一定是害怕的。他只想在她身边陪着。

夜深时,原本和他并肩坐着的孟瑶月困倦中把头歪到他肩上。齐秦飞心头一震,这是几乎不曾有过的感受。他坐得僵直,怕惊到她,不敢再动。

手术做了四个小时,肿瘤取了出来,算是顺利。出了手术室,师母直接被推进监护病房。齐秦飞不作声,去续交了住院费用,交代护工帮着孟瑶月看护好老人,又到医院门口买了饭,看孟瑶月吃了,才离开。

西边圈地的事,齐秦亮打听了几天,没有眉目。所问之人,要么一头雾水,要么一副讳莫如深的样子。

齐秦亮皱着眉说:"建高科技园区的事儿十年前就提过了,地也划了专班也成立了,市领导亲自挂帅。马上奠基挂牌呢,领导一纸调令调走了,事儿就黄了。到现在,几乎每任领导都喊一遍,听听也就罢了。"

连续几天没休息好，齐秦飞有些懵。园区的事儿，他只是一问，如有消息，他自然会想办法找合适的关系穿针引线，并没想到齐秦亮真的跑了几天。他哥电话里说，见面谈谈圈地的事儿，他就来了。不然他不会把孟瑶月一个人留在医院。结果见了面，他哥耷拉着头，一股脑儿说了些没头没尾的话，看着像劝他，又不像。

齐秦飞强打起精神说："没影儿也无所谓，这么大的动作，真要干，不会悄无声息，早晚都能有消息透出来。你最近咋样？"

齐秦亮叹了口气，没作声。他的确春风得意过一阵儿。升了职买了房，多年积压在心头的莫名压力一扫而光。最重要的是，他走在单位，有了一种脊梁很挺的感觉。他有能力，又在各部门有了些能帮忙的朋友，这些东西构成了他的安全感。那一两年，他觉得每个季节都是好的，每片树叶都可爱。可是这两年，他似乎又品出了些变化。先是周围的人，从他刚提拔时的十分热络，到后来渐渐平淡。后来老部长退休，新部长上任，他虽没见过新部长，更谈不上有什么过节，同事却像躲瘟疫一样，楼道里见了匆匆低头走过去，连招呼都不打。

马处长退了休后，他约着吃过一次饭。老马环顾四下，见没什么人，便语重心长地对他说："秦亮，你还是太善，也把别人想得善。你给老领导搞材料那么多年，副处又是一到时间就提的，部里那么多人，不眼红？原本你学历高，能力又强，别人看好你的发展，巴望着和你走得近。这几年你没动，老部长又退了，新部长面前，不踩你两脚都算好人，当然要和你保持距离，免得被当作老领导的人。"

齐秦亮垂头丧气的，也不辩解。他的本意，谁当领导他都是踏踏实实干活儿的人。但谁也没当面说他什么，他更不可能跑到新部长面前去表忠心。他摇摇头，说别人怎么想他左右不了，这也是没办法的事。老马拍拍他肩膀说："兄弟，你还年轻，老哥劝你一句。咱从农村出来，没啥背景，就是靠辛苦吃饭。混到这一步，在城里安了家扎了根，还有个体面的饭碗，已经很不错了。看开点儿，真还不如挣点儿钱实惠呢。"

齐秦亮半辈子没想过挣钱的事儿。读书时他只有一个念想，跳出农门，让他爸妈和齐秦飞衣食无忧。后来事情的发展超出了他的预料，他成了公家人，齐秦飞虽然坎坷些，到底也在西京扎了根，日子过得比他还宽裕点儿。父母更不用说了，有齐秦飞供养，他也贴补，家里和张河村的房子都整修得宽敞漂亮。齐永安整天拿着他的水烟袋四处转悠，他妈放不下土地，也只是务弄些菜蔬，再不用干重活儿，更不用担心哪天刮风哪天下雨绝了收。父母老有所养，他有房住有衣穿，儿子有学上，这就够了。

太阳底下没有新事。原本齐秦亮很满足，可这一两年的经历让他恍惚了。工作上似乎不再被倚重，儿子上了小学，也不再需要他时刻陪着，周边的人似乎变得客客气气不远不近，张晓红的满足感也没有持续太久，开始旁敲侧击地表达对生活更上一层楼的向往。他说不出哪儿不对劲。以前他一心只读圣贤书，想通过努力工作得到同事尊重和职务晋升，感到自己活得很有意义。后来他发现，在现实世界，没有太多的理所应当，"公正"也不会总在时间的路口等待。老马的话又让他陷入了一种焦虑，他感到原本的价值观变得模糊，进而开始怀疑、嘲笑以前傻乎乎努力的自己。

齐秦飞问："是不家里有啥事？"

齐秦亮抬头看他一眼说："能有啥事，日子就那样，一天一天过呗。"

"最近看啥书？"齐秦飞问。

"看书有啥用，还不如一碗泡馍实在呢。"齐秦亮说。

齐秦飞这下可以断定他哥有事，但他猜不出是啥事。齐秦亮从小就这样，心思重，有啥事都喜欢放在心里，看着神叨叨苦闷闷的。小时候他见不得他哥那副样子，长大后却十分同情他。他知道读书人往往很矜持，不愿轻易打开心扉说自己的想法。他郑重起来："哥，是不是单位里遇上什么事了？你说说，权当咱俩闲聊呢。"

齐秦亮不知从何讲起，他似乎也没什么确切的委屈和不如意。他端起酒，猛地喝下去，颓丧地说："也没什么，就觉得挺没意思的。"

齐秦飞和齐秦亮不一样。刚来西京那年，他在房檐下住过，因为推销被人赶出门过，四处跑着要过账，被挚信的赵健彻头彻尾地骗过。低过头淋过雨的人总要忙着赶路，没那么多的虚无感。但他理解他哥。"没意思"这话他听许多朋友说过。人到了三四十岁，上有老下有小，也经了些事，发觉现实世界和想象的不一样，就特别容易幻灭。尤其在政府工作的人，责任比天大，收入却只够对付生活。他接触的，大多还是有一官半职的人，始终不得志的就更不必说了。"你们新部长来了以后，部里氛围有变化吧？"

齐秦亮觉得齐秦飞太精了，眼睛毒得让人讨厌。因此觉得自己也没必要装着没事儿，便一股脑把遭遇说了出来。

齐秦飞沉吟着说："哥，你的年龄，当个处长副处长都算正常吧。"

齐秦亮点点头，他倒不是急着晋升，新领导来，一段时间不调动是正常的。他难受的是气氛。

齐秦飞说："实实在在的副处在你手里，其他那些都不是一成不变的。哥，我的经验，小小的不顺让人清醒。"

齐秦亮不再说话，又闷头喝了一杯酒。

他们兄弟俩，除了过年陪父亲喝酒，平日里有相互熟识的饭局一起和朋友喝酒，其实很少坐在一起喝酒。如果不是晚上还要去医院，齐秦飞很想陪齐秦亮喝个痛快。小时候，他和齐秦亮经常打架。上大学后，齐秦亮的尴尬都写在脸上。工作以后他们相互扶持，却鲜少表达。他也是这一两年才开始十分珍惜家人之间的团圆，十分想和他哥恢复到小时候那种打了一架又搂在一块儿抹鼻涕的亲密。

送齐秦亮回了家，齐秦飞又返回医院。

孟瑶月一个人坐在监控病房门外，短袖衬衫越发显得侧影单薄。

转病房后，张教授没有来过，今天手术也没来。齐秦飞心里琢磨，他应该是不会再来了。

孟瑶月是个十分矜持自尊的女人，即便张教授后悔，再来医院，她也不会再接受他。齐秦飞涌起一丝心疼。他突然觉得，上天让他绝处逢生进入秦盛，让他那个冬夜恰好路过孟瑶月出现的路口，或许就是在等待此刻。

他走过去，坐在她身旁。孟瑶月转过身，淡淡笑笑说："谢谢你，秦飞哥。"

他想说点儿什么，又没说。

34

中盛集团的销售大会开得十分热闹。各省的代表和销售冠军踩着红地毯鱼贯入场，配上主持人夸张的介绍，搞得有点像电影节。

这种表现机会刘雅春当然不愿放过。只是国庆之后乔正军就以协助筹备大会为由把齐秦飞叫到了北京。会前两天，长江实业的项目部又到西京交涉精诚的项目，亲任总指挥的刘雅春实在脱不开身。齐秦飞便成了秦盛唯一的参会代表。

穿着西装走红毯，齐秦飞略有些不自在。这主意是乔正军的。选出

"头狼"才有狼性团队，是他的一贯理念。"美国人在加拿大克朗代克河淘金时，最早是用狼拉雪橇。头狼在前面跑，后面的狼不服，就跑得快。头狼怕队形乱了翻撬，就得跑得更快，还得恐吓后面的狼队跟上它的节奏。要是没有头狼，队伍乱了不说，跑得也慢。"乔正军拿着酒杯，站在齐秦飞和另外三四个人中间说。

这些人中，只有山西的老雷是此前因为业务联系结识的。他们都是和齐秦飞一样提早到京。大会之前，排着队请乔正军吃饭，颇有给帮派大哥拜年的阵仗。

老雷年龄大，是第一顿。见齐秦飞跟在乔正军身后进门，不动声色地递了个眼神，等乔正军介绍完"新人"，才上前握着手说："早就听说老大培养了一个得力干将，欢迎秦飞。"齐秦飞明白，老雷是不想让乔正军知道他们认识，便配合着问好。

乔正军坐下后，老雷又给齐秦飞介绍："这是湖北的销售总监尚钰，这是江西的杨华，这是河南的丁晓。"齐秦飞一一打了招呼。

乔正军摆摆手，示意他坐身边，齐秦飞推辞说："几位大哥都是老资历，我坐门口方便给大家服务。"

"用不着你服务，你第一次参加，坐上席和大家交流着方便。"乔正军说。老雷拥着齐秦飞落了座。

晚上散了席，老雷先安排车送乔正军回家，又拐回齐秦飞住的酒店。

两人在房里泡上茶，老雷抽出一条烟两张购物卡，塞给齐秦飞："兄弟，一直说啥时候再见面喝酒呢，没想到在老乔的饭局碰上了。"

齐秦飞说不必这么客气。老雷手下力一沉，示意他别再推辞："我那个项目，你给我实实在在帮了大忙，我是拿你当兄弟的。老乔今天能带你来，说明他把你当自己人。"

"乔总确实帮了我很多。"齐秦飞说。

"你是厚道人,我就不绕弯子了。"老雷点上烟,"你也知道,咱们销售是双线管理,尚钰、杨华、丁晓都是老乔的徒弟,也是铁杆。老乔手里有些资源,这几个省的业绩也是最好的。老乔今天带你来这个饭局,你就算是入伙了。老乔和滕总虽说这些年好点儿,可老哥劝你一句,人心似海。北京上海广东都是滕总亲自掌控着,和他们还是要保持距离。"

齐秦飞知道不便再多问,便点点头说:"老哥的话我记住了。"

老雷又说:"老乔这人很细致,今天咱俩要是表现出认识,恐怕他就要多个心眼儿了。还是等他介绍再结成同盟好点儿。"

"我知道老哥的好心。"齐秦飞说。

老雷走的时候又停下步子,压低声音说:"秦飞,老乔团队还有两个骨干,甘肃的马宁和湖南的武岳,和他俩更别走得太近了。"他一挤眼,反身关门离开了。

后面几天,尚钰、杨华、丁晓轮流安排吃饭,齐秦飞自然也提出由他安排一顿。乔正军沉吟一下,说也好,秦飞就十五号吧。

那天,齐秦飞在指定时间到了乔正军指定的地方,老雷已经等在那里。

看齐秦飞一头雾水,老雷说:"知道你不懂路数,老哥提前过来替你操办。"说着让服务员排了菜上了酒,又悄声给齐秦飞说:"老乔这人谨慎,怕你不熟悉地方,替你安排了,你一会儿买单就行。"

人都到齐后,乔正军缓缓来迟,身后还跟着一个女人。他先落座,女人也不客气地坐在副手,其他人才依次坐下。乔正军给他介绍:"秦飞,这是武岳,湖南的总监。"又指指其他人:"他们几个都认识了。"

齐秦飞站起身，给武岳奉了茶，恭敬地说："武总好。"

武岳轻启朱唇一笑，十分妩媚地点点头。

散席后，齐秦飞送乔正军上了车，武岳随即也坐进去。乔正军摆手说："那秦飞就不送了。"齐秦飞便点点头，目送车子开走。

其他人陆续散了，老雷走到他身边说："兄弟，挺有眼色啊，老乔这是叫人拿住了。"齐秦飞没作声。

红毯表演结束后，乔正军款款走上舞台开始致辞。杨华主动和齐秦飞碰杯，小声说："一会儿结束了到我房间，乔总有安排。"

乔正军致完辞，还有晚宴。中盛的销售大会安排在十月，最初是滕静澜定的。一般企业年会都在年初年尾，为的是总结成绩加油打气。中盛当时为献礼国庆，十月份挂了牌。滕静澜很务实，觉得既然挂了牌，就该轰轰烈烈地开始运作了。既然是销售主导的公司，也没必要非得搞一个年会，有的没的都拉来展示一番，就放在十月，看看上一年的目标完成得如何，商量来年的计划。

晚宴不痛不痒的，前几天天天围在一起商量新年战略的人刻意经营出距离感，倒是有许多不认识或只在电话上交流过的人来和齐秦飞打招呼加微信。他们客气地提到自己的省也在搞教育系统的铺建，恭维齐秦飞拿下精诚这么大的项目，提振了士气。齐秦飞自然也用他所知十分有限的信息报以善意的奉承。

晚宴结束后，不少人还三五成群地相约第二场，齐秦飞礼貌地推辞掉几个出去"玩一玩"的邀请。到杨华房间时，乔正军已经在了。尚钰、杨华、丁晓，还有武岳也在。老雷却不见踪影。

"业绩汇总了，去年都不错，尤其秦飞这一块儿，精诚的项目，响动很大，给集团添了彩，"乔正军开了腔，严肃地说，"兄弟们来开会，是来放松的，不过我得给大家紧紧螺丝，下一年很关键，业绩还得往上提。"

尚钰凑过去，给乔正军点上烟说："老大，我听说滕总明年要走？"

乔正军深吸一口烟，没作声。

杨华说："老尚表弟在国资委，这民间组织部比正规军还灵呢，八成是真的，就算暂时不确定，传着传着也就成真了。"

"那要是滕总一走，于情于理也是老大上了。"丁晓说。

乔正军咳嗽两声，制止了谈话："滕总才干卓越，提拔是应该的。大家要兢兢业业做出成绩，不仅为了自己，也是为了滕总和集团。"乔正军看向齐秦飞："秦飞，精诚的项目滕总很重视，也是亲自推动的，后面可能还要过问，你要抓好。"齐秦飞点点头。

回到自己房间已经十一点，齐秦飞估摸着孟瑶月应该已经睡了，却还是忍不住试探着发了信息。

正冲澡，电话来了。他赶紧擦干手关了水龙头。拿起电话一看，不是孟瑶月，是老雷。

齐秦飞有些失落地接起电话。

"秦飞老弟，"老雷那头没有客气，"晚上聊得怎么样？"

他也不回避，说："随便聊几句，老乔宏观地鼓励大家明年继续干呗。"

老雷说："兄弟，咱俩之间还是你能在老乔那儿挂上号。大会散了后我和几个哥们儿去洗脚，听说是集团人事要动啊，没聊聊这个？"

齐秦飞犹豫几秒，接着说："没听说，动人事这种事儿怎么会在我面前说，我就是个打工的。怎么动？"

老雷说："传言滕总要走。但也不一定，之前不都传过一次了。算了，早点儿睡吧，有啥事再电联。"

挂了电话，齐秦飞又打开微信，还是没有孟瑶月的信息。他没心思再洗澡，三两下擦干自己上床躺着。

他和孟瑶月是在她生日那天在一起的。

师母手术做完，又在医院住了快一个月。如果不是周处长的招呼，病人脱离危险期至多一周就得出院，床位太紧张了。他硬是让再住了一个月。周处长接过手提兜，嘿嘿笑着说："秦飞，咱俩十来年的关系了吧，啥事儿还不能告诉哥？医院的人可给我说了，你天天陪着一个美女，什么人让你下这么大势啊。"齐秦飞笑着说，是老家的亲戚。

师母出院后，为了减轻孟瑶月的负担，他又把师母安排进凤栖路附近的中医医院康复科。这一次，孟瑶月没对他的提议表示任何异议。后来他再去看师母，约她吃饭，她也没再拒绝。

孟瑶月的生日是九月十三。那天他下了班直奔医院，孟瑶月没课，已经在病房。他问了师母的情况，得知一切安好，便悄声对孟瑶月说，晚上一起出去吃饭。

孟瑶月附在师母耳旁小声说了几句，跟了出来。

他发现她穿了一条新裙子，还化了淡妆。能看出她是有意打扮了一番。照顾师母几个月，她有些掩饰不住的苍白，但依旧好看。

他拿出挑选的礼物。孟瑶月的衣着大多素雅，配上他选的项链，十分合适。

孟瑶月打开盒子看了看，浅浅扬起嘴角，轻声道谢。

他有些失落。项链是他精心选的，花了两个下午。第一次去，他没选到满意的，第二次又去。导购有眼色，看出他的挑剔，回身去仓房又拿出几款，说是新品，原本中秋才上架，算他们的镇店之宝。他一眼相中一条星月造型的钻石项链。

孟瑶月只是淡淡地看了一眼，没表现出他所期待的惊喜，或是喜欢。

不过他还是快速收起失落感,想些别的话题和她说。

她就那样听着,偶尔搭话。他问她是不是累了,她摇摇头,竟十分巧妙地回答:"没有,只是喜欢静静地听你说话。"样子温和平静。

吃完饭,他问孟瑶月是否还回医院。

她仰头看着他,略停几秒,说不回了。

他陪她往凤栖路走。路两旁种着桂花,在初秋的风里吐露着清甜的香气,那气氛是他梦寐以求的。他有意碰了一下她的手,她没躲闪。

齐秦飞很激动,他感到自己有好多话想对孟瑶月说,他想给她说他第一次见到她时的心情,他想说这么多年来他一直没有忘记她,他想说跟她重逢后他的激动与惊喜,他想了好多好多,却一句话都没有说。

到了楼下,齐秦飞僵直地站着,身体无法控制地有些微微发抖,他后悔自己走得太快,又暗地责备凤栖路太短。

孟瑶月淡淡地说:"那上去坐坐吧。"

他僵硬着说好。

似乎是梦游般跟着孟瑶月进了家门。他的手无处安放。

孟瑶月放下背包,去卫生间洗了手,站在穿衣镜前,对他说:"你帮我戴上吧。"

他连忙洗了手,忙手忙脚拆开包装盒。

孟瑶月不回头,她的身影纤瘦地站在镜子前,房里幽暗的灯和透进的月光像为夜晚埋下的伏笔。齐秦飞走近她,感到自己的呼吸快要停止了。

为她戴项链时,她的头发散发出淡淡的甜香。发丝柔软掠过他的手臂,他感到她的呼吸也是局促的。他又往前半步,环抱着她。

他的拥抱和亲吻,孟瑶月都温顺地领受了。在许多个夜晚,他都曾无数次想过如果他们真正地融合在一起,他将要对她说所有他曾想说的话。但他此刻脑海一片空白,只是小心翼翼地像捧着一只小鸟那样温柔地摸索。孟瑶月闭着眼睛,眉头微微蹙起,月光洒在她身上,他把头埋进她胸口,感觉自己也要全部融进她。

他终于完全拥有她了。

孟瑶月像是很疲惫,在他臂弯里睡着了,她什么也没说,好像始终不远,也不近。

和于真结婚后,齐秦飞曾有过一次和其他女人在一起的经历,对方是供应商的一个年轻销售员,见过几面,一起出差时没有过多铺垫,自然而然你情我愿地以成年人的方式打发了时间。结束之后他心里很空,给了她一张购物卡,说送她件衣服。他依稀记得她叫露露,长相已经记不清。之后他再也没有了任何"体验一下"的兴趣。

但现在他的心里涌动着温软的情绪,甚至还有些心疼,孟瑶月怎么想?她会不会后悔呢?晚饭时他俩是喝了一点酒,但只有一点。他并没醉,这也绝对不是一次醉酒后不知所以的行为。他是决心要好好照顾她的。

他就那样看着她,直到很晚,手机屏幕亮了一下,于真问他晚上还回不回。他做贼似的抽出胳膊,踮着脚跑到卫生间给于真回了短信。又吸了一支烟,才小心翼翼回到房间。

第二天孟瑶月醒时,看到他歪倒在床边,问他怎么坐着。他说半夜起来上厕所,怕吵醒她没敢再上床。孟瑶月哦了一声,什么都没说,洗漱完就去上班了。

他先是发微信问她有没有在路上吃早餐,又问她晚上想吃什么他订位置。看她兴致不高,齐秦飞又说那他下班了去医院。孟瑶月竟直接回复:"最近老往医院跑,你也累了,今天早点回家吧。"

那之后，他们之间似乎没什么变化。他找她，她不拒绝。他不找她，她也从没有多余的一句话。

齐秦飞心里其实是期待孟瑶月的微信的，甚至有些期待她能黏着他，那样的话，他会多些安全感和自信。但孟瑶月始终淡淡的。

35

滕静澜对齐秦飞的"召见"十分突然。去他办公室的路上，齐秦飞才想起那晚乔正军说的"后面还要过问"的意思。乔正军让他"抓好"，当时他没多想。仓促之间，无暇再深思"抓好"的意思。

滕静澜的办公室很大。站在门口向里望，滕静澜的身体被电脑屏幕遮挡着，坐得笔挺。

听到秘书站在门口报告"齐经理到了"，滕静澜站起身，说了声"秦飞来了"，朝他点点头，又让秘书去倒茶。

齐秦飞快步走到桌前，伸出双手与滕静澜握了。按他的招呼坐下。

滕静澜面带笑容，问道："秦飞，一年没见了，你怎么样？"

去年在电梯口匆匆打过照面，他没想到滕静澜竟然记得这么清楚。他把精诚公司项目的情况简要做了汇报。其实项目推进中，会遇到许多具体问题，这他当然不会说。他告诉滕静澜，目前总体推进情况良好。

滕静澜微笑着听完，温和地说："辛苦了。这一年你的成效很大。有需要集团支持的要及时给乔总汇报，也可以和我说。"

正常情况下，客户或者领导表达了"和我说"这层意思，齐秦飞会立马拿出手机记下对方的联系方式。但滕静澜毕竟是集团的一把手，和他隔着几层。万一是顺口客气一下，那他拿出手机就让领导下不来台了。齐秦飞正犹豫着，滕静澜又问："你对秦盛下一步的发展怎么看？"

这个问题他没想到。时间不容许他多想，他边盘算边说："秦盛虽然成立的时间不长，但逐步在省里建立了客户基础。特别是您支持我们拿下精诚矿业的项目，对秦盛下一步的发展很重要。我想还是要在深耕大客户上做文章，这几年政府很强势地在推进大项目，中西省的许多大型国企也在转型升级，是我们的机遇。这是省里的一些情况。但说到底，还是以您和集团定下的方向为主。这是我的一些浅见，请您批评。"

他停了下来。不明白领导意图的时候，只能说些冠冕堂皇的话。说得太细，不定哪句话说错了，让领导觉得你没有水平。

滕静澜笑道："你说得很好。你的能力我知道，精诚矿业的项目计划书我看过，你很有冲劲儿。做事情，不能脱离实际，但也要有冲劲儿会谋划。真正的好项目大多靠谋划。"

"您提点得是，我按您要求，好好想一下，整理一个思路提给您。"齐秦飞赶紧说。

"秦飞，"滕静澜说，"现在的市场有很多不确定性，开饭馆的谈大数据，做设备的去搞金融。市场越是有变化，咱们越是要一步一个脚印，要眼观六路，但不要盲目跟风。秦盛的几个项目有探索意义，雅春做了很多，你也功不可没，看大势，好好干。"

滕静澜结束了谈话。齐秦飞站起来，弯着腰恭敬地告别。

出门时，他看了看表，二十分钟。

滕静澜的二十分钟给了他莫大的鼓励。他虽然话不多，却条分缕析地给了许多信息。齐秦飞仔细把刚才的细节一一回想一遍，努力加固着印象。

他知道，滕静澜给的这二十分钟绝不是单纯为了听他汇报或勉励几句，而是另有深意。他看似是对秦盛的发展做了宏观指示，但若仅仅是"指示"，那领导会对乔正军，至少会是对刘雅春说，而不是专门把他叫过来。滕静澜应该是有具体安排的。他提的"大势""谋划"，是什么意思？他说了解齐秦飞的能力，也看过项目书，又说到以往几个项目的探索意义。为什么和他谈秦盛的发展，而不是刘雅春？他说他有冲劲儿，又说好项目要多谋划，究竟是让他谋划什么？

滕静澜那样的位置，所想的当然和他不一样。今天的谈话和他即将离开的传言有关吗？离开的时候，滕静澜主动把手机递给他，他赶紧存上自己的电话，又给自己拨通过来。

去调研的路上，乔正军云淡风轻地问了齐秦飞给滕静澜汇报的情况。齐秦飞说："滕总很关心精诚的项目。"乔正军点点头，沉思一会儿说："秦飞，滕总执掌集团这几年，咱们的业绩在全系统都很突出。滕总年轻，将来事业上还会再上一层楼，你要好好做精诚的项目，给领导分忧。"

齐秦飞说："这个项目都是靠您提携，您的指示我一定尽力办好。"

乔正军笑笑，闭上眼没再说话。

车从北京出发，沿太行山一路向西南，先到石家庄再到太原、郑州，转行成都、重庆、昆明，最后到南宁。

乔正军江湖气重，分公司接待他的酒宴上，销售们抢着敬酒，排第一的喝一杯，第二两杯，以此类推。一桌饭少则六七个多则十几个人，排最后的上场就是半斤酒。老板酒量大，凡是给他敬酒的，不论职位高低他都干杯。酒至兴酣，乔正军还会当场脱下外套，卷起袖管，朗诵一首毛泽东的《七律·长征》，销售们喝得面红耳赤，杂七杂八地跟着附和，给他鼓掌，气氛热烈。

他曾醉醺醺地搂着齐秦飞说："现在带销售就像过去带兵，浴血奋战同甘共苦，其实我也喝不了，但人都讲感情，感情就在酒里。"

喝了半个中国的酒，齐秦飞也发现了乔正军性格里的匪气和精明。在重庆调研，乔正军转了一天后第二天就不再走安排好的线路，也不吃饭，让司机开着车漫无目的地转。直到离开前，乔正军才在酒店房间接见了重庆的总监。总监的不自在写在脸上，一起陪着调研的尚钰拍拍总监的肩膀说："老吴，咱们销售都是全国流动，重庆满地是金子，业绩随便做一做也超过我们湖北，你的经验足，后面儿说不定还要再披挂上阵，拉一拉我们三线的兄弟们。"老吴赶忙弯下腰，给乔正军点上烟，说平时还是疏于汇报了，业绩不敢居功，都是靠乔总的支持。不过自己一家都在重庆，四个老人身体都不好，女儿上高中马上高考，纵然想换换地方，也实在能力不足，只好守好重庆这个大后方。

齐秦飞知道，乔正军收服老吴是为了和湖北江西连成一片，在这一片，重庆不管是经济体量还是发展潜力都是排头兵。早在北京时乔正军就做了大量背调，这几年老吴额外报销的凭证和几次有偿陪标的事，他都掌握得清楚。沿路对其他几个省总监的阴晴态度，都在为重庆这一站伏笔。

这些年国企改革，兼并重组体量急剧扩张，大部分公司除了主营业务，也有各种各样的枝蔓。到省一级，不少也跟风成立公司，市区的城投集团更数不胜数。赶上各省人事变动频繁，已经经营好的关系随时可能坍塌。对几个相邻省份分公司形成实际控制，掌管的片区大一倍，资源互通信息共享，能量就是指数级的增长。

孙有权和老雷都曾模模糊糊地给他透露过，乔正军和滕静澜不是十分和睦。此行路上，乔正军却有意无意地勉励他，要好好拼业绩，做出些大项目。乔正军自己仿佛也在刻意扩张势力范围，为接班做准备。调研结束时，乔正军十分郑重地对他说："不管精诚的项目怎么赢的，接下来都要好好干，男人有了一番事业，其他的都会有。"

回到西京已近元旦。胡小宇几天前就打过电话，说圈地的事定了，约他回西京后一起去胡宝柱的茶室聊聊。

接了机，胡小宇甩过一沓资料说："前几天市政府的常务会议定了调子，盖高科技产业园。征地开发是一头儿，规划设计建配套和后期运营是一头儿。会上说了，要齐头并进。这事儿盯的人很多，我准备对接承建一部分。我给宝柱叔拍着胸脯说，设计配套这些你能拿下。能搞到的所有资料都在这儿了，你赶紧看看，具体的一会儿去了说。"

车行驶到环山路，天突然下起雪来。宏山在阴沉的天幕下显出模糊的轮廓。远观如黛，近看是山。

山下气温已至零下，胡宝柱叫小女子准备了涮锅煮上茯茶。胡小宇围着煮茶炉子搓手呵气说："叔，还是你会享受生活啊！"

胡宝柱给他们递过热毛巾，手在茶壶边试试温度，笑着说："谈不上享受生活，不过到了岁数儿，过想过的生活还过得上。"他拿起铁夹，把炉子边的红薯土豆栗子一一翻个儿，又回头问齐秦飞一切可好。

胡宝柱说："老孙这二年过来，状态倒好了不少。其实人都有自己的命运，一辈子能浮多深的水是有定数的，命薄水浅，就要认命，把平淡日子过好。命硬水深，就要信命，把老天爷给的恩典用好。听老孙说，秦飞兄弟发展得不错，小宇也常说你干得好。"

齐秦飞笑着说："可不敢当。没您和孙总的提携我现在还不知道在哪儿呢。"

饭备好了，胡宝柱努努下巴示意小女子出去，招呼他们吃饭。三人围圈坐下，边吃边聊。

胡小宇夹起一块肉布给胡宝柱，凑过去问："叔，上次您说西边的项目大头是设计规划，秦飞是这方面专家，又是央企，他挺有想法的，您给我们再说说呗。"

胡宝柱点点头说："这几年小宇和我合作的项目也不下几十个了，嘴巴严、讲信誉、出活儿。秦飞也是兄弟，你俩的为人我信得过。"他起身，走到门边朝外瞅瞅，又把门锁锁上。"西边的事儿，最早是省里提的，但上面领导只是一指，具体怎么干还得下面人想办法。西京市政府年初就开始研究了，目前大概是想搞电子信息高科技产业，大数据什么的，具体我也搞不明白。但是干什么、怎么干，市里没想好。这个事儿知道的人还不多。"

胡小宇端起茶说："还是宝柱叔消息灵通。现在虽然没出具体的规划，但既然知道了，咱就占了先机。"

齐秦飞沉思着。集团的销售大会上，总监们兴致盎然地谈论支付宝、小米手机。有兴奋，还掺杂着对不确定性的恐惧。跟着乔正军调研的一路，他注意到许多地方政府都在搞高科技产业集群的规划和建设，虽然定位不同、规模不同、方向模糊，却都围绕着智能技术和互联网技术的靶心。胡宝柱的信息应该是真实的。他所谓的"政府没有想好怎么干"也是真实的。

中国的体制决定了许多事情是自上而下的推动。上峰高瞻远瞩，掌握的信息多，自然对未来的发展趋势更加敏锐。这种信息传导到下级，地方再根据自身情况选择相应的方式和路线。这原本十分科学，但具体执行中，却相当考验地方政府的决策能力。市里犹豫不决，说明这将是个大动作。

看齐秦飞不语，胡宝柱说："秦飞，你是专业的，你有什么想法？"

齐秦飞回过神来，说："您说的这个信息很重要，今年电子信息行业格局有很大的调整。最近我也看到很多地方在搞产业集群，应该都是想赶上这个风口。事关市上甚至全省的发展，这一步踏上了，西京会进入新时代。叔,您是做大事的人,我和小宇也希望能做点儿事。您看咱有哪些要准备的?"

胡宝柱笑道:"秦飞到底是专业,信息行业我不懂,做大事也谈不上。男人嘛,一是挣钱养家糊口,二是给社会做点力所能及的事,这就行了。"胡小宇点点头,又给他夹了些菜。

胡宝柱接着说:"秦飞,你精诚矿业的项目办得好。本来这事儿华天十拿九稳,但孙洪国不知道听了哪个高人指点,去浙江搞金融,不过听说他确实赚了一笔。"

齐秦飞心头一振。精诚的项目已经落定,在梁博的力挺下,华天也分包了一部分。那个项目,刘雅春像是后知后觉似的格外上心,里外全程控制了。他本就对徐明有些不满,再加上其他工作安排和孟瑶月的一些事,他的确没有再关注华天后来的动向。"这个项目,华天的报价像是委婉的放弃,但具体原因我一直不太清楚,您今天是点拨我了,我一定好好做。"他端起茶杯,敬到胡宝柱面前。

胡宝柱接过茶杯,轻轻抿一口:"就算是私企,这么大的项目,也得和省里规划方向一致。那个项目你虽然赚得不多,到底解决了省上的问题,攒了情分。人情社会,有了情分,后面的事就好办了。"

吃完饭,三人围炉喝茶。茯茶已经熬得很浓,香气溢出来,蕴起一种醇厚感。齐秦飞以前爱喝清冽的绿茶,这一两年,开始喜欢红茶,逐渐迷上了那种绵柔的口感和不那么分明的色泽。

席散之后,他和胡小宇开车返程。

冬天的盘山路车辆稀少,对面偶尔来车,灯亮晃眼。这两个月信息量很大,尤其今晚,齐秦飞敏感地觉察到西京市政府关于西边的规划将是一个契机。他需要快速地思考和消化,快速地做出反应。但此时,他什么都不愿想,离开西京快两个月,虽然每天都有微信联系,他仍然急切地想见到孟瑶月。尤其在回城的路上，那种急切分明更加强烈。

胡小宇开得不算慢，他仍觉慢了些。

36

齐秦飞知道胡宝柱为人十分谨慎稳妥，昨晚的消息不会是空穴来风。这样大手笔的规划，以他的眼界和储备，恐怕还需更多的助力。

他吃完早餐坐在桌前，边想着胡宝柱的消息边看孟瑶月在镜子前系丝巾。她穿一件烟灰色长大衣，头发刚修剪过，用水晶发夹夹着。平常的日子，她并不化妆，今天涂了些口红。他走过去，从身后抱着她说："今天有事儿啊？"

孟瑶月说："一个小的研讨会。"

齐秦飞说："我也想去参加你们的会，我最爱听一群教授说话了。特别是，"他附到她耳边，"喜欢听你说话。"

孟瑶月笑着向外闪躲，轻轻拍拍他的脸说："好了我先出门了。"

他送她到门口，吻了吻她的额头，才放她走。

齐秦飞环顾房间，孟瑶月将这里收拾得十分精致温馨。师母痊愈后，他给家里雇了护工，继续照顾，原本就拥挤的学院宿舍自然更住不下了，他们便在凤栖路上又租了一套房子。看房时，他刻意选了这套有单独书房的，给孟瑶月辟出一个独立空间。后来他去北京，全由孟瑶月一人打理。如果是于真，她会大事小情给齐秦飞发微信通报进展。孟瑶月一次都没有给他发过房间的照片。她添了些家具，换了光线更柔和的灯，选了新床品和许多装饰，摆上盆栽和花，房子就像个家了。齐秦飞对这个决定十分满意，"家"让他有了一种切切实实拥有她的感觉。

他拿出手机给她发微信说"家里真好看",然后才满意地出了门。

齐秦飞照例先去刘雅春办公室报到。刘雅春脸上挂着笑容,略有些疲惫地问他此行情况。

出去这段时间,他几乎按照每周一次的频率给刘雅春报告着会议和调研的情况。刘雅春自然也有她的渠道,能了解大概。

刘雅春听着,漫不经心地说:"滕总、乔总对你十分欣赏,对项目和你个人来说都是很好的助力。"

对于滕静澜的召见,他没有主动提。出于一种模糊的考虑,他总觉得滕静澜也并不想让许多人知道那次召见。不知不觉间,他已经有了一些自由度。就像此时,面对刘雅春模糊的提问,他可以含糊其词。刘雅春也没在意,断断续续说着精诚的项目进展。

还在北京时,晁衡给齐秦飞打过一次电话,意思是觉得精诚的项目没有太多施展空间,中间渠渠道道的消耗太大。电话上他说一个同学约他去深圳看看,但无论如何都会等齐秦飞回来当面与他告别。

刘雅春的叙述透露了许多讯息,除了应付甲方的需求,协调各个联合体的资源和进度,和方方面面的官员打交道也占据了她许多精力。她不无后悔地说,当初报价实在是低了点,赚了吆喝却累得够呛。齐秦飞安慰她几句,又表态如有需要他会尽量多承担些。

晁衡不是刘雅春。坐在他身侧,透过眼镜片能看到一行行代码往上翻,代码没有情绪,晁衡也没有。

齐秦飞坐了一会儿,他的创作告一段落,说了句"回来了",算是打了招呼。

晁衡就是这样,日子好坏忙乱与否,从他脸上都看不出来。项目奖金高低不在意,不买房,也不找女朋友,除了写代码就是看书、打游戏。他每个季节好像都只有一套衣服。请他吃饭,最好选择路边摊,炒面盖蛋,加一瓶冰啤酒,他就吃得津津有味。他说一个系统就是一个思想体系,最重要的是思想。有思想的系统才是一个艺术品。说这话的时候,这个放在人群里会完全被淹没的人有了些光彩,有点儿把代码当情人的意思。

对他的怠慢,齐秦飞不在意。把一提各色辣酱放他桌上说:"昆明给你带的,云南人也爱吃辣。"

晁衡也不看,只点点头,漫不经心地说:"现在这个项目干着太没劲了,我准备去南方。"

齐秦飞说:"先帮我一个忙,再说去不去南方。"

除了齐秦飞,胡宝柱还请了两位客人。山下院中已经积了些薄雪,配上照壁旁两株暗绿的矮子松盆景,显得格外宁静。胡宝柱引他们进了客厅,暖意立马袭上来。

主人温厚地介绍:"这位是市委办公厅的吴主任,这位是市发改委的程处长。"

又指着齐秦飞说:"这是中盛集团在中西的销售总监齐总,还有技术总监,"他指指晁衡,齐秦飞接过话说:"晁衡"。双方见了礼,寒暄几句就围炉坐下。

"中盛是央企,齐总这儿这些年也做了许多大项目,我们今天过来,就是就咱们市的发展,听听专家的意见。"吴主任说。

"孝龙主任谦虚了,"胡宝柱说,"领导们为西京的发展殚精竭虑,我们提点儿建议,领导们参考。"

胡宝柱电话里说,今天要讨论一下西边项目的事儿,让齐秦飞带个懂业务的人来。他这两天迅速复盘过胡宝柱给的信息,按他的理解和经验,在省会城市搞这样的项目,关乎全省未来的发展定位,不会是市政府直接决策,多半是做个前期调研,再由省里"研究"。这两个打

213

前站的人虽然没有决策权，却肯定在这个项目的"领导小组"或"专班"里，他们的思路和意见对于他了解项目的定位十分重要。他站起来添了茶，恭敬地说："两位领导不必客气，我们但凡了解，一定知无不言。"

西京"古城"的称号名副其实，除了城墙、老街旧坊、古迹寺院，陈旧气还弥漫在城市几乎每一个角落。走在西京的街巷，常能听到一两个人操着浓重的此地口音交谈，浑厚如同争吵。西京高校多，街上的女人不算时髦也不算落伍，但不能开腔。一开腔说话，那种古旧气就伴着声音传出来，时尚感就掉了几个档次。吴孝龙摇着头说："领导下决心优化营商环境，把科研优势转化为生产力。要不投资商到了咱们这儿一转，满街灰蒙蒙的，留不住人啊。程韵处长也说说吧。"

程韵看起来四十出头，开口十分沉稳："这几年中西部几个大城市发展得都不错。去年咱们全市的GDP不到四千四百亿，在全省占比百分之三十一，从长远发展来看，咱们还是旧产能居多，新业态发展不够充分，和其他城市相比竞争优势不明显。今年中央放开资本市场，金融领域很活跃，南方一些企业迅速周转，发展起来了。咱们怎么做，才能赶上人家的发展步子，从城市层面怎么总体规划，这是我们面临的课题。"

胡宝柱把点心往前推推，又添了茶水，让齐秦飞和晁衡谈谈。齐秦飞看看晁衡。

晁衡喝口水说："两位领导用电子支付吗？"吴孝龙看看程韵，不明所以。程韵笑着点点头。

晁衡说："其实这几年电子信息行业发展很快，今年的汉诺威工业博览会上，德国提出来工业4.0的概念。简单来说，就是由智能技术和互联网技术带来的工业生产革命。我觉得甚至可以说，现在的智能技术和互联网技术可以颠覆咱们的生产和商业模式。程处长是电子支付用户，电子支付其实就是个基于强大算力的简单金融工具。"

齐秦飞知道，晁衡对技术有他的执着和追求。在这个行业多年，凭借一个销售人员的觉知，他也捕捉到了市场的一些变化，从卖设备到卖创意和服务，他总在跟着市场一起变，但是具体到十分专业的领域，他没有闲暇去关注哪一项新技术的衍生，更无暇思考由此带来的下一时代。晁衡的话让他钦佩，显然也震惊到了两位官员。

程韵说："晁老师讲得太透彻了，一下子抓到了核心。但引进新理念、新技术应该是因地制宜、因户制宜，咱们政府具体从哪些方面着手？"

被称为"老师"，晁衡有些脸红。他连忙摆摆手，接着说："这个我倒不太懂，不过，任何新技术的推广都需要形成一个'生态链'，一些公共设施和服务的集成肯定是需要的，你不可能让小企业去单独建机房。"

看到吴孝龙和程韵若有所思，齐秦飞接着说："晁衡谈的是一种趋势，具体怎么为产业发展营造环境，就像两位领导说的，还是要因地制宜。除了硬件，还有政策的配套，这是一系列的动作。主要还是看省里和市里规划的方向。"

"这个规划也是依据省里目前的基础来做，不会脱离实际。"吴孝龙说。

"那当然，"胡宝柱说，"几位领导和专家说这个高科技我倒是不懂。不过政府一心一意给企业谋发展这个我听懂了。时间也不早了，天冷晚上路滑，我知道领导们有政策不能吃请，我建议就在我这小院儿里吃个家常饭，怎么样？算是工作餐，边吃边交流，也不耽误回城。"

吃饭时，程韵仍与晁衡交流新技术发展的方向问题。胡宝柱也巧妙地向吴孝龙介绍着自己的生意，不使客人被冷落。

百人百性，政府的人也不都一个样。有的人看报喝茶都端着架子，说话从不正眼看人，一身官气。也有的人十分敬业，开会搞调研整天忙忙碌碌，像他哥一样。他觉得，这些年政府的门好进了，人的素养也提升了不少。程韵在投资发展处，对行业的了解自然有限，对待这个未知的项目却十分用心。齐秦飞也因此多了些信心，盘算着虽然谋而未定，但这样大的事，是否应当向滕静澜汇报一下。

37

这个春节，西京凸显出一种前所未有的华丽。齐秦飞走在街上，发现许多楼群灯火通明，上面打着"祖国万岁""同贺新春"的霓虹标语，路两旁的绿化树上也挂起彩灯。灯把西京光秃秃灰蒙蒙的冬天照亮了，非要显出一种热烈似的，十分扎眼。

这是齐永安和高凤香第一次来西京过春节。齐秦飞原本打算拉上他哥一家回老家，和父母团圆以后再把于真和诺诺送到丈母娘家去。走亲戚会朋友，于真势必要带着诺诺多住几天。他则可以早几天回西京，陪孟瑶月过年。

年前一切事情都很顺利。晁衡对西边儿的事很上心，一头扎进研究里，不再提辞职。他们又与吴孝龙和程韵见过一面，吴孝龙甚至还透露了高海英副市长将牵头负责项目推进。吴孝龙若无其事地说："年后高市长将主持一个专家座谈。"算是把确切信息透给了胡宝柱，胡宝柱点点头，露出不易察觉的浅笑，并没说什么。那一瞬间，他觉得胡宝柱像极了庙里的菩萨像，微闭双目，心怀万物。他似有所悟地触碰到一个秘而不宣的角落，赶紧低头回避了，却在心里坚定了要尽快理一个思路给滕静澜汇报的想法。

于真应该是感觉到了什么。齐秦飞是做销售的，时间不可控是常事。但和孟瑶月在一起之后，他一周里总有两三天夜不归宿。他当然知道这样实在太可疑了，但却没有勇气在半夜三更给孟瑶月提出要走。孟瑶月有孟瑶月的矜持，她不主动找齐秦飞，笑容是淡淡的，生气也从不摆开阵势吵架，就那样冷冷的不说话。就是这样的距离感才让齐秦飞不知所措，说话做事前总要想得周全再周全，怕惹她不高兴。

他不回家的次数多了，于真刚开始抱怨嘲讽，嫌他不关心她。后来竟然沉默起来，待他还像以往一样殷勤。他的手机里随时清理着孟瑶月的痕迹，但心里却希望于真在某个契机下发现他的事。如果她大闹一场，他会好受些，心理负担会减轻些。但于真始终一个样儿，他回家，她就拉着脸从厨房端出饭菜有些使劲儿地放在餐桌上，往他面前一推，说"吃饭"。然后转身进屋辅导孩子作业，不一会儿就传出训孩子的声音。她的表情说是"哀怨"不合适，声音也听不出是对着他还是对着诺诺。于真不是很有城府的女人，他判断，于真是不满于他的冷待。

年前他给于真转了账，略带讨好地叮嘱她给自己买点像样的礼物，再给妈包个大红包。要出门时，于真突然从身后抱住他，摩挲着他的背说："今天早点回来。"

她的举动让他不忍心了。平心而论，于真是一个好妻子，一心都扑在家和孩子身上。他僵硬地点点头。

那天下午，刚到四点他就坐不住了。把车开到交通学院门口，等孟瑶月下了班出门，他摇下车窗招招手，孟瑶月小跑两步上车。他说家里有些事，先送她到宿舍去看师母，他就不陪了。

说话时他小心地观察着孟瑶月的表情。没什么明显的变化。他心里有些矛盾了，如果孟瑶月表现出一些对他的依赖，或者就直接提出让他离婚，他一定会慎重考虑，答应她的要求。人就一辈子，谁不想和可心可意的人厮守在一起呢？她的一言不发让他如获大赦同时又有些迷惑甚至生气。

到家时已经快七点。于真似乎心情很好，准备了一桌菜。她殷勤地给他布菜，感慨他最近一定很忙，问他是否累了。又检讨今天的鱼有点儿咸，排骨炖得偏柴了。吃完饭，诺诺的作业也写完了，于真催着诺诺赶紧上床睡觉。齐秦飞有点儿鸿门宴上刘沛公的感觉，进退两难，可他是自己的樊哙。

诺诺终于睡着了，于真回到房间。她走近了，满脸都是笑容。于真不年轻了，眼底和眼角都有了干巴巴的皱纹，眉毛画得有些生硬。齐秦飞想不起她以前的样子，她的不再年轻和她的走近让他有些难过。

齐秦飞犹豫着是否要尽一尽丈夫的义务时，于真突然开口了："今年接张河村爸妈来西京过年吧！"她的语气温柔，不像是假贤惠。这是从来没有过的。于真像世上绝大部分女人一样对公婆没有好感。她怀孕后，他妈曾试探着问是否需要来西京帮忙照顾，于真想都没想坚决地拒绝了。她对他的父母一直在机械地尽着面子上的义务，结婚头一年，她往红包里塞了五百块钱，又犹豫着抽出两百。后来条件宽裕些，她不再计较几张纸币。父母的地位伴随他的境遇有了水涨船高的迹象。不过于真对待他们，内心始终不算热络。

突然提出接他们来西京过年，实在太诡异了。他不知她葫芦里卖的什么药，没有轻易搭话。于真看他不言语，便说："前一阵儿雪下得大，过几天再上了冻，路就不好走了。咱早点把爸妈接过来，还能多住几天。"

齐永安和高凤香来西京是不太情愿的。齐永安坐在堂屋，吧唧着水烟不吭声。最后于真甜腻地连叫了几声"爸"，才把齐永安说动了。

老两口到西京后，齐秦飞只晚回了一次。那天他妈坐在客厅，等他回来后一言不发就回屋去了。第二天他到回坊买了些腊牛肉，又去德盛斋买了几样点心，他妈依旧对他有些冷。他知道他妈是生气了。

齐秦飞小心起来。小时候他从不怕爸妈打他。成了家，体味到老人的辛苦，才开始十分怕惹他们不悦。这样一直到春节，齐秦亮一家来吃了团圆饭，高凤香脸上才松快起来。

在齐秦飞印象里，他妈有着所有农村母亲那样的耐力和温婉，还一直全身心地支持他和齐秦亮的工作。那一年，门里辈分最高的五爷谢世，齐秦亮部里有会，他去外地给客户拉设备，发丧那天都没能去。等他俩回到张河村，还没进门就听见齐永安的骂声，骂够了咕哝着说自己把人丢大了，两儿子把他一个人推出去让他跪在那儿后脊背发虚。到了饭点儿，齐秦亮和齐秦飞还立在门外一声不敢吭，他妈端着饭进了堂屋喊他俩名字，中气十足地说："听教训听够了，进屋吃饭。你俩从挣钱开始哪年回来去你五爷家也没空过手。你五爷原先也说过全村娃数你俩出息大，如今他人去了可活人日子还得过，一会儿吃完饭去他家坟地里上个香，就尽心了。"话音落了，齐秦飞悄悄抬眼瞄父亲，只见父亲表情尴尬，却也不敢多言，嗓音浓重地咳了一声算给了自己个台阶下。

这次太不寻常了，他断定是于真对他妈说了什么。这几天他给孟瑶月发微信，询问她年过得如何，她都一两个字回复，有时甚至一整天都不回复。发给她的新年红包她也没收。他能体会她的心情，就在同一个城市，几十公里，他却一次都没去看她，她心里一定落寞了。

到了年初四，西京城里能相互走动的亲戚都走得差不多了，武双明、张月和晁衡来家里拜年。因为精诚的项目，武双明提了销售经理。张月跟进教育，又扩展了几个医疗系统单位的项目，业绩提升不少。年轻的得意者眉飞色舞地讲着各自的工作，齐秦飞的心绪却坏透了。

219

吃完饭，武双明和张月起身告辞。他俩走后，晁衡站在一旁，对齐永安和高凤香说："叔叔阿姨，我再给齐总汇报点急事，过年还叫他出去，实在抱歉。"高凤香一脸笑容地说工作是第一位的，高高兴兴把他俩送出门。

这是正月里齐秦飞头一次出门，外面已经零下十几度，他把领口收紧，往前走着。

晁衡说："看着有点儿不高兴啊？"

齐秦飞决然没想到一心钻在技术里的晁衡这么细致，他点点头不吭声。晁衡也不追问，只说思路理得差不多了，西京要建高科基地，是服务中西省乃至整个西部的，肯定要立足构建全国的竞争格局。单就西京市，二产缺乏智能化生产线，三产占比大效率却很低，小商小户各自为战，要改变这个局面，就要提升智能化生产和智能化商务的比例，数字基础设施的建设很有必要。"哥，我的同学群里都在讨论一款新型打车软件，它真是太有想象力了，把大家的创业热情都点燃了。我有一种预感，它不仅会改变人们的出行方式，还会颠覆咱们整个的生活方式。"

"怎么改变？"齐秦飞问。

"它是从零到一，"晁衡说，"从零到一很难，但从一到一百很简单。光建数字基础设施还不行，建起来恐怕也用不起来。还得建一个创客中心，把在智能领域创业的软硬件集成起来，把人也集中起来，大家比赛跑，速度能翻倍。"

"你把你的想法形成一个简单方案，我再考虑考虑。"齐秦飞说。

天忽然下起了雪，路灯在雪的掩映下忽明忽暗。来往的车匆匆而过，像是怕稍一停步就有人蹿上去。最后晁衡用打车软件加价一倍叫到了一辆私家车，他摇下车窗，指着手机说："哥，这就是智能化，随行就市，买卖自由。"

齐秦飞摆摆手向他告别，他感到自己的手有些沉重。在一片大雪里，充满了慌忙和未知。他不知道这款打车软件将带来怎样的明天，不知道他妈将如何干预他和孟瑶月的感情。他茫然地向交通学院的方向走去。"孟瑶月，我爱你，和雪、和智能化、和谁都没关系。"他在心里高喊着。

雪越下越紧，四面八方都暗下来，路在一瞬间全部变成深灰色的甬道。齐秦飞回头看看，才走出几百米，他有些想哭，颓然地放弃了。

38

谁都没想到已经过了春节，大雪还能把公路阻断。宏山一线往西南，三个市都拉响灾情警报。中西新闻联播里天天播着领导去县里乡里视察救灾的新闻，下面还用字幕滚动播报灾情。

春节一过，就是齐秦飞集中拜访客户的时候，这是多年总结的经验。年前他只安排相关的销售去送些年货例礼，政府忙、企业也忙，那个时候出现在客户办公室喋喋不休是讨人嫌。年后才是他出场的最佳时机。刚过春节，上上下下还都在假期的回味里，心里的喜气还没散，也并不急着争分夺秒地工作。他去拜访，彼此先寒暄一番春节见闻，再感恩过去一年客户的关照，顺便谈谈新年规划，其乐融融一举多得。

往宝安的路也断了，齐秦飞只好给宋副部长打电话问候。电话一通，宋副部长那头热情地说："秦飞，我正想给你打电话呢！"

齐秦亮这一两年不得志，有意无意地躲起了集体活动。宋副部长升了常务后，更是鲜少往来。齐秦亮不参与，齐秦飞顾及他的感受，加上知道领导忙，自然也就减少了交往。他检讨道："给领导汇报得不及时，见谅见谅！"

"谁能想到雪能这么大呢！"宋副部长不在意他的话，自顾自地说，"电网、交通都断了，市里还能凑合，县乡整个乱套了，农民房子塌了不少。市上领导都下去包抓各县，雒市长就包宏安，你们安东县是我们孙部长包的。秦飞，这几年咱们一直来往，你的为人我知道，老哥就不客气了。现在宝安的大企业都在捐钱捐物，你们公司能不能也捐一些？"

"行啊，"齐秦飞不假思索地答应着，"这是应该的。看需要些什么，最好是我们能协调的资源，电子设备那些都没问题。实在不行，捐别的也可以。"

捐助的事儿，齐秦飞一口答应，主要是觉得在东华的项目上宋副部长确实帮了忙。从他工作起，捐资救灾为政府分忧似乎就是各类企业的一种道义责任，何况还是捐给安东县。

精诚的项目上，刘雅春虽然用了武双明，大面儿上和具体的方案也常与他通气，听他意见，但却很少对他言及核心情况，见一些省市领导时也尽量弱化他的存在。在清晰地感到她的防范后，齐秦飞有过一两次示弱和试图缓和关系的举动，刘雅春当时并不驳他的面子，事后却依然是不远不近的。日子久了，他知道此路已然不通，便也不再抱有和她处好关系的念头。

滕静澜说过，好的项目要有冲劲儿会谋划。但如果没有充分掌握信息，谋划是白搭。他暗自决定给安东和宏安都捐，不仅给这两个县捐，还要给受灾的几个市都捐。雒市长当发改委主任时，给刘雅春帮过忙，可见他们交情不浅，他向集团总部申请捐赠的事儿，刘雅春应该也乐见其成。

齐秦飞给滕静澜打电话，语调兴奋地说着西京新建高科基地的规划,又压低声音说:"和相关的工作人员有初步的沟通。"他丝毫没有意识到,在只有他一个人的办公室里,自己的表现实在有些多余。

电话那边,滕静澜十分耐心地听完他的话,问他有什么需要集团支持时,他适时提出西南暴雪成灾,他想以集团名义捐些物资。

滕静澜略作考虑后,轻声说道:"给你三千万。"

齐秦飞喜出望外。他的心理预期是一千万,或者一些用得上的设备。三千万几乎是秦盛一个较大项目的整体回报了。他是为秦盛赚了些钱,但还不至于有这样大的面子。

中盛集团的三千万是捐给三个市的。除了宝安,还有南边的瀛安、洛安。

滕静澜带着乔正军飞到中西。在省里安排的会见上,滕静澜认认真真给杜副省长介绍了中盛集团支持精诚矿业建设的一应事宜,杜副省长寒暄感谢。你来我往相谈甚欢的二十分钟会见即将结束时,滕静澜调整了表情,说:"上周中西下暴雪,我还担心不能成行。"杜副省长说:"主要是宏山和西南部的几个市,雪情确实严重。"滕静澜说:"这雪持续下,恐怕要有地方受影响啊。如果可以的话,中盛集团先捐三千万应急,再看看还能做些什么。"杜副省长站起来,用力握了握滕静澜的手:"董事长深具情怀啊。"滕静澜说:"省里给我们这么大的支持,我们做些力所能及的事是应当的。"

协议就这样达成,中盛集团由乔正军直接负责,安排财务把钱打到受捐账户。乔正军与中西省民政厅张厅长一同出席捐赠仪式,又和齐秦飞一道,穿上明黄色的救灾服,押送着第一批物资赶赴宝安。

乔正军裹在加厚防风服里,打开保温水壶,在氤氲的水汽里眯起双眼,对齐秦飞说:"滕总的眼界和手段,确实不得不佩服。"

齐秦飞不明所以,不敢吱声。

223

乔正军吹开雾气，喝一口水："杜副省长在北京开会，今晚滕总宴请他，谈中盛在中西战略布局的事。三千万就拿到了一个省政府的背书，竟然是从看天气预报想出来的，领导确实是有智慧啊。"

滕静澜来中西总共待了两天，先去看了精诚矿业的现场，又参加省政府安排的会见。会见过后，省里照例安排一次接待午宴，滕静澜、乔正军和刘雅春参加，齐秦飞在外面等。午宴只有一小时，双方都是按规矩出席，类似于会议，当然不会涉及什么关键的细节。晚上，几波拜访的人散去后，滕静澜在下榻的酒店单独见了齐秦飞。

滕静澜穿着休闲衣，指了指沙发示意他坐。齐秦飞穿着整套正装，有些拘谨地给滕静澜添了水后沿着沙发边缘虚坐。

要论收入，滕静澜比他在外企时的老板差得远。论脾气，滕静澜也温和许多。叫汤姆的外国人平时彬彬有礼，性格却十分强势，时常用他蹩脚的汉语说："不要讲理由，讲业绩！"滕静澜永远和和气气，却有一种不怒自威的震慑力。

滕静澜微微向后靠着，露出些倦色，轻声问他关于高科基地的想法和细节。他一五一十说了，其中有程韵的介绍、有晁衡的建议，还有胡宝柱的角色。滕静澜耐心听完，对他说："秦飞啊，虽然现在是些散碎的信息，但从中国目前发展的总体趋势来看，智能化、智慧化是势在必行的。推动这个大局，涉及方方面面的各种力量。现在还是个尘土飞扬的现场，能不能占得先机，关系到中盛今后的长远发展。"

这是齐秦飞第一次听滕静澜深入去谈一件事。寥寥数语，却体现出站位、格局和眼界的巨大不同。他开始从内心十分佩服他。乔正军和齐秦飞在一起时，谈的是站队、业绩。他哥虽是个书生，更关注的却是一己天地的意气。滕静澜和他们完全不同，他谈的"局面"，令他有种豁然开朗的感觉，丝毫没有刻意"装一下"的突兀感。

滕静澜说:"秦飞,你的渠道你要继续盯紧,不过光把信息传递给执行层还不够。在大的决策层面,我们也要打造好的形象。"滕静澜站起来,交代秘书送客。

到了电梯口,秘书轻声说:"齐总,这次雪灾捐款的事,滕总很重视,交代我要盯紧。后面您看,如果还需要追加预算或者其他配套,直接吩咐我就行。"

齐秦飞赶紧双手合十,对秘书说:"顾总您太谦虚了,我随时给您汇报情况。"

捐赠仪式的新闻报道铺天盖地,滕静澜当初随口许诺三千万时,乔正军嘴上不说,心里却笑话他的书生意气。如今他为自己没有一眼看破滕静澜的计划而有些酸溜溜。从他的话中,齐秦飞恍然大悟,为了三千万跑一趟的滕静澜的真正用意何在。当然,三千万只是块问路石,杜副省长接受滕总的宴请,滕总肯定在背后做了他不知道的工作。但那不是他此刻最该操心的事。乔正军无意间的几句话让他对捐赠有了新的领悟和重视。

仪式搞完,第一批物资送到后,工作就都由民政统筹了。齐秦飞却还是跟着跑了几趟,并定期给滕静澜汇报工作进展。

滕静澜大多回复"知"或"好",偶尔也叮咛"继续努力"。

对于滕静澜,齐秦亮表现出超乎寻常的兴趣。他和所有中年男人一样,试图从历史中提炼出一些规律。他执着于解读滕静澜每一个动作背后的动机。齐秦飞也乐于和他哥分享滕静澜的作为,听他哥分析分析。齐秦飞是实用主义者,他想的是如何解决问题拿到订单,心里没有那么多弯弯绕绕。齐秦亮跳脱的解读使齐秦飞渐渐认识到在体制中想要"混得好",只靠业绩还不够,要把自己扎扎实实变成一个有用的齿轮,承上启下。这丝毫不比在外企或开公司时的单打独斗简单,甚至需要付出更多心力。论业绩,他并不是全国最好的。但他依靠某种直觉踩上了几个"步点",使滕静澜看到了他身上模糊的潜能,这是一种"幸运"。他隐约觉得,在他的案例中,滕静澜看重的是项目的示范效应,那或许就是滕静澜口中的"先机"。

39

　　清明一收假,程韵又找到齐秦飞。

　　从春节到清明,和程韵的联系一直是晁衡负责的。春节后,市政府组织过闭门会议,邀请中西省内的专家做论证。齐秦飞在受邀之列,却因忙于捐赠和家庭的事,无力抽身。他礼貌地回应了负责嘉宾邀请的工作人员,又分别给吴孝龙和程韵打了电话,对他的缺席表达了十二万分的虔诚歉意。他诚恳地对他们说,关于这件事,晁衡已经思考得十分透彻,他是项目的实际策划人,由他去,更利于集思广益,拿出一个好方案。

　　会上,年轻专家热情高涨地推介着近些年国内外兴起的高科技,力推"电光锂"产业园。老专家则多缄口不言,或一味和稀泥,不表态。"论证次数多了,疲了。"齐秦亮说。

　　高海英副市长讲话时,方方面面充分肯定,感谢专家对西京的贡献。私下里却批评发改委,说专家说得不符合西京实际。

　　这话是吴孝龙透露给胡宝柱的。关于高科基地的定位和方向,程韵一直在和晁衡沟通。吴孝龙不时透露一些信息,但关于他们的建议方案,他却不置一词。程韵则是方案的积极参与者。

　　"他俩不一样,程处长的面孔是清晰的,她把这事儿当一回事儿。

吴孝龙，我老觉得看不清他的脸，挺油的。"晁衡说。

晁衡很少评价周围的人，即使评价，也都是三言两语。这样涉及为人处世的，是第一次。

他的话里包含着来自直觉的重要信息，齐秦飞却无心听他多说。

大雪造成的混乱恢复之后，他爸妈又在于真的殷勤挽留下住了两周才回宝安。从年前接来到他们离开，在他妈无形的施压下，齐秦飞没有去找过孟瑶月。

他给她发微信。一开始，孟瑶月还有问有答，不时叮咛他好好陪伴父母。有一次他正在和她微信聊天，于真突然冲进房间说他妈病了。他连忙跑到客厅，发现他妈只是因为屋里暖气太热觉得胸闷不适。他调好暖气开关，又把窗子打开透风，转身回房间时被他妈叫住。高凤香表情严肃地说："过个年，小真忙里忙外的，你躲房里干吗？"

于真灿烂地笑着说："没事儿妈，秦飞忙让他忙去，这都收拾完了，我陪你们坐坐。"

高凤香沉着脸，他不敢再起身。硬着头皮等电视剧演完，他爸妈都睡下了，他才回房间拿起手机给孟瑶月解释。半晌没有回音。他又小心地问："睡了吗？"依然不见她回复。

第二天他再给她发微信，仍不见回音。他一整天惴惴不安，隔几分钟就拿出手机来看，猜她是不是在生气。

第三天，他发了很长的一段话，又把前天的突发状况解释一通。他像个犯错的小学生，不断在心里检讨着他们在一起以来他的过失。这种行为完全像一个十几岁的初恋男孩，对于他的年龄来说太傻太反常了，可他无法自控。过了一小时，孟瑶月回复了，只说："你安心照顾家人。"就再无回音。

之后的每一天都是煎熬。除了必须要做的工作，他渐渐地萎靡下来。大雪封山给他提供了一个契机，滕总十分高明地赢得中西省的好感，又获得和杜副省长再次见面的机会。同样是宴请，"午宴"和"晚宴"的差别很大。政府纪律很严，午餐后大家都要按时上班，因此就餐时间十分有限。晚宴则不然，主雅客勤，可以多聊一会儿。聊得投契，小酌几杯增进感情也是常有的事。

但这些都是身外之事。运送物资时，齐秦飞想的甚至是，孟瑶月若知道他在冰天雪地中奔波，是不是会心疼？那样或许气也就能消些。

他爸妈走后，他本想借着清明节，陪孟瑶月一起去给老师烧纸。在这样的事上，孟瑶月应该不会拒绝他。他俩的隔阂自然就解开了。谁知他妈竟然很罕见地打来电话，让他清明务必带着于真和孩子回家一趟。"大雪化的水冲了祖坟，要修一修。"他妈的语气不可置喙。

他搜寻了全部的理由和勇气，也没能说出那个"不"字。

孟瑶月听到他计划有变，只淡淡说了声"没什么"。然后转过身去，一夜没再说话。他尴尬而心疼，急迫而不知所措。窗外的鸟鸣都渐渐哑然，他看着窗帘缝隙透过的一丝光也渐渐暗淡下去，直到全世界都淹没在最终的黑暗里。

程韵没有注意到齐秦飞略显萎靡的神情。一股脑地说出目前的情况和疑虑。"这个事情再无限制地拖下去，可能就要凉下来。那西京可就真的错过了发展时机了。现在西部的几个市都在建基地，资源就这么点儿，太紧迫了。"

齐秦飞强打着精神，集中注意力听她的话。程韵压低声音说："说句不该说的话，高市长在这个位置上也三四年了。其他几个副市长都是新换上来的，和他同批的领导也走得差不多了。现在他是力推这个项目，不管思路是不是一致，至少心里真的支持。一旦他走了，即便省上要推，项目到新领导手上，又得从头到尾汇报研判一遍。"

她的急迫是发自内心的,似乎在说自家的事。晁衡话少,看人却是准的。吴孝龙不算坏人,却是典型的在机关混了多年的样子,不积极、不拒绝、不表态、不定论,时时刻刻都在用一副软绵绵的壳儿保护着自己。程韵却是想干些实事的。

职场上讲求实际,彼此相处是为了谈事、谋事、共事。但齐秦飞依然欣赏有职业魅力的人。随着这些年的角色变化,齐秦飞接触的多是厅长、局长这些能决策拍板的人,他们看似闲散,实则内心经历的消耗数倍于常人,许多事情,当前看来合理合法,过十年追溯时可能却不合理法。所以他们渐渐失去了锐气,在不易觉察的岁月中变得老于世故、难得糊涂,不再有锋芒。程韵却是一个有职业魅力的人。

能当上处长,至少也有十几年的资历了,她依然充满强烈的使命感。不知是由于家境颇丰不必虚与委蛇,还是太过幸运一路遇到善意。齐秦飞望着她,他一直是乙方,明白那种悬而未定的焦灼。她一定也知道她和他都是这件事中的小人物,但依然调动着一切能让事情发展得更好的可能性。

齐秦飞安慰道:"我们最近也集中调研了解了全国的情况,目前在建的有三五个,集中在中西部。刚起步的居多。其他的都在立项论证阶段。其实现在的建设速度很快,更重要的是找准方向,咱们迟一些,却能看得更准。"

程韵并不清楚中盛捐款的事。齐秦飞也觉得有些事没必要告诉她。企业的最终目的是为了投标拿到项目,前期给客户提供些建议是行业惯例的增值服务,但把从上到下的部署都说出来,可能会增加她后期与他们接触的顾虑。

滕静澜宴请杜副省长后,曾让顾秘书给他打过电话。一番话的意思,简而言之就是要提供一个中西省目前业态情况的报告。秘书说:

"两位领导都很关心中西省下一步的发展，相谈甚欢。"

"关心发展"是必然的，"相谈甚欢"是一个明确的信号。齐秦飞知道，滕静澜是要他务必重视起这件事。

和吴孝龙见面时，他会有意无意地打探"领导小组"的情况。这是销售的基本功，在项目启动之前，要尽可能掌握决策机制和最终的决策人信息。许多事模棱两可，靠近决策者的思路太重要了。

他们的会面大多安排在胡宝柱的山下小院。胡宝柱把小女子打发出门，亲自烧上茶水端上点心，笑而不语坐在一旁。最近一次见面，齐秦飞给吴孝龙点上烟，吴孝龙先猛吸几口，说："单位家里都不让吸，还是这儿自在！"胡宝柱就嘿嘿笑着说："平时想请领导，您贵人事忙，空了就来，烟酒茶都给您备足着呢！"吴孝龙哈哈笑着，放松地靠在躺椅上，闭眼独自享受一会儿。休息够了，才张开眼，环顾四周，透露些近期的情况。他说的话大多与高科基地的项目无关，都是些领导开什么会、说什么话、见什么人的琐事，新闻上也都报过，只是他增添了一些小细节。

从吴孝龙的话里，齐秦飞知道了项目领导小组的构成。市里由高海英副市长牵头，省里是一位副秘书长。吴孝龙是领导小组办公室主任，程韵是副主任。还有一堆挂名，来自各色有关部门的头头脑脑，实际干活儿的是他和程韵，而决策人名义上是高副市长。"高市长为人很守规矩，"吴孝龙说，"老胡你是知道的，这种事，都要过市政府的常务会议，拿出方案。将来再上市委常委会，甚至省委也要研究。这么大手笔的规划，还要省上点头啊。"

吴孝龙没透露过高副市长是否会调走的消息。齐秦飞知道，这也是一个强大的不确定因素。

40

樱花、海棠四月开，五月是石楠，到九月，凤栖路的花全都谢了，两旁的树木展开伞盖似的树荫，比去年又大了一圈。市里又组织专家论证过几回，终于有了大体的轮廓。

做项目最早是卖设备，后来是整体解决方案，大致都是甲方有具体的方向，根据他们的方向提实现的路径和建议就行。上到一个新的层次，齐秦飞才发现，许多事领导只是有一个想法，甚至只是因为外部有了一种趋势，他不得不抛出一个概念，事情具体怎么办，是需要不停摸索和试错的。

"当年邓公在中国的南海边画了一个圈，至于这个圈里具体装什么、怎么干，大约也是下面的人一点点摸索的吧。"齐秦飞边走边琢磨。

市里的论证会已经变为座谈会。目标逐步清晰，就是在西边建一个以数字产业为目标产业的高科基地，争取让当红的公司落户，在产业链条里争取一些市场份额，为西京乃至中西省的产业转型提供依托。

齐秦飞明白，这个思路是从晁衡的那套想法中幻化而来。精诚矿业的场地施工进行到一半时，滕静澜突然让刘雅春引进瀛安城建。刘雅春以"以工代赈"为理由做了一番安排，半求半威胁地让原施工单位让出一半工程量，安排瀛安城建进了场。齐秦飞想，滕总这是借着雪灾的名义，再度帮政府解决问题。瀛安城建进驻后不久，瀛安的副市长就调任省发改委。

"应该是好事吧。"齐秦飞说。

电话那头，顾秘书哈哈笑起来："齐总你不知道啊，邹主任和滕总是党校同学啊！以前上挂央企时还是战友呢。"

邹主任上任后，受命力推"六大项目"。齐秦飞不关心其他五个，只时刻注意着高科基地的进展。

土地范围，市里已经大体圈定。位置虽远，却在将来的地铁规划线上。确定方向时，却出了些波澜。高副市长在市发改委的建议报告上批了一大段字，报上去后却迟迟未有回复。

吴孝龙似有所指地说："这是有人给上面说什么了。不过别太担心，高市长态度很坚定，要做就把项目做好。"

等待的过程十分煎熬。他们的一切准备，都是围绕着选定的方向去做的，而这个"方向"，或多或少折射着中盛的优势领域。如果思路有变，理论上他们依然具有竞争资格，但实际操作层面，就失去了先入为主的主动性。

八月初，程韵生病住了院。齐秦飞带着晁衡去看望。程韵撑着身体坐起来说："就是前几天淋了雨没重视，感冒了。"话没说太多，就急着打发了他们。

这使齐秦飞心里更加没底。这个项目，滕总和乔正军已经从他们的层面做了努力，给了最大的支持。方案是他的团队全权负责，如果是方案出了问题，无法通过论证，当然也是他的责任。

他硬着头皮给滕静澜发了内部邮件，一五一十说了目前的处境。胡宝柱对他有过一番宽慰，言语之间闪烁着即便方向变了，仍可想办法参与的意思。这些话他没给滕静澜汇报。胡宝柱有他的商业法则，他只需要上下周旋赚到属于自己的实际利益，不需要落下名声。这一点和他不一样。

滕静澜的电话很快打过来，简短告诉他做好自己的事即可。他默默点点头，再次明白在这个大局中，自己只是一颗螺丝钉。

晁衡拉着齐秦飞往深圳跑了一趟。

这样焦灼的时候，他其实不想出门。吴孝龙吐着烟圈儿轻飘飘地说："去吧，一时半会儿定不下来。"

孟瑶月的女儿点点拿到了工大附小的录取通知书，他不由自主地怀疑是托了张教授的运作。和孟瑶月在一起后，他沉浸在一种前所未有的获得感中，几乎忘记了有"张教授"这个人。录取通知书有如当头一棒，让他的心猛然沉了下去。最要命的是，孟瑶月根本没和他提过。他偶然间看到通知书放在桌上，明晃晃得刺眼。也是，他不是点点的父亲，也不是她名义上的丈夫，她有什么义务和他商量呢？那种如鲠在喉是不受控制的，但他不敢问。孟瑶月似乎没什么变化，但他清楚地感觉到春节之前他和她之间的那种短暂甜蜜没有了，孟瑶月对他那种苗头性的依赖感也没有了。

于真贤妻良母的劲头很足，他妈却开始隔三岔五地敲打他，他已经确切知道于真给他妈告了密，并且成功地"统战"了他妈。高凤香正在用她认为智慧的方式劝诫他"回头是岸"。他妈不像普通的农村老太太，遇事就撒泼打滚。若是那样，反而会激起他的反抗精神，他一定会粉身碎骨地保护孟瑶月和他们的感情。他妈准确地摸着他的脉，运用她对他巨大的影响力和他的孝顺逼迫他。

他烦透了。

飞机三小时就到了宝安机场，晁衡兴奋地说："我和几个同学说过了，这次咱们去他们的公司考察，见识一下。"

他刚入行时经常来深圳。订货、进货、考察市场。那时深圳的高楼对他有一种压迫感，在那些楼宇间行走，他像装着个加速器的闹钟般步履匆匆。

快十月了，三角梅依旧开得灿烂无比，它们长在深圳的角角落落，像深圳一样,实用又坚韧。晁衡的同学接机,技术男见面,满口术语聊得不亦乐乎。隔着车窗他看到街边一个戴着眼镜穿着西装的男人行走中胳膊里夹的包掉落在地上,男人蹲下身去捡散落在地的文件,他猜那是十年前的另一个他。只有最底层的业务员才会在十分暖和的天气里里外外穿着成套西装。现在他的压抑感完全和高楼无关了。

晁衡同学安排他们住在市中心的皇尊酒店,房间宽敞舒适。落地当天没有行程,他也拒绝和晁衡一起去参加他的同学聚会。百无聊赖躺了一会儿,懒洋洋地到酒店的大堂吧坐着。

孟瑶月喜欢在这样的天气里用一本书一杯茶虚度时光,那时他坐在她对面,看她垂着睫毛看书,偶尔说说话,十分享受。

大堂吧没有一个孟瑶月那样的女人,全是男人。操着各种各样的口音小声交谈,齐秦飞倾着耳朵,那些声音不由分说涌进来,他们在谈论石油、基金,还有TPP和褚健,他们谈论着超算和各种各样关乎国家命运的大事。没有人注意到这个坐在正中间位置的男人,他也没有注意到自己。在深圳,你永远不会感到自己是个"外地人",它为你提供各种各样的方言、各种各样的餐饮、各种各样的赚钱机会、各种各样的激情和财富梦。在人来人往的皇尊酒店大堂吧,齐秦飞也永远不会感到自己是个"局外人",每个人都好像打开了胸怀放下了防备请他旁听请他加入,只要他能带来资源和利益。"这才是真的,"齐秦飞喝着叫不上名字的洋酒想,"去他妈的其他的!"

在深圳,齐秦飞真正感受到了信息技术发展的迅猛。几十年前,深圳街头出现过一则广告——时间就是金钱,效率就是生命。它已融进这座城市的血脉和气质里。晁衡说:"微信上经常和他们交流,但要真了解一种东西,还是得亲身体验。"齐秦飞点点头,他在职业学院打下的那点底子,做销售可以糊弄,用来解读日新月异的新技术,还差得远。

晁衡接着说："在深圳待几天，想到西京恍如隔世。"

"恍如隔世"着实有些夸张了。平心而论西京这些年发展得还算不错，直接拿它和深圳比，实在不公了些。但那种差距却是一目了然的。一家公司要开业，手续几天就能办完。要寻找上下游的合作方，同一个写字楼里就有好几家。晁衡同学的公司年底退税都是街道办主动打来的电话。总而言之，就是有一种十分友好的营商环境，让每个愿意努力的人都能找到自己的位置。

"哥，我有一种感觉，咱们现在做的，可能就是在西京建起一个小深圳，将来它就是西京的创意中心、发展中心。"晁衡站在莲花山公园的邓小平像前向前眺望着说。

极目望去，在规划整齐阔气的道路和楼宇间，有一栋楼耸入云中。若隐若现的玻璃外立面被浓淡交织的薄雾赋予了一层神秘的未来感。

齐秦飞看着晁衡，他脸上真诚的向往使他想起刚入行时的自己，想起了悦达的日日夜夜，如果这个瞬间再持久一些，或许他也会陷入某种甜蜜的回忆中。

但只有一瞬。他被深深的忧郁感统治着，那是他年轻时，单骑走天下时不曾有过的。

41

程韵用手指摩挲着厚厚的文件夹，不置可否。

晁衡并没有注意到她的态度，仍旧滔滔不绝地讲着自己对西京的宏图擘画。

程韵打断他，转脸对齐秦飞说："齐总，关于这个项目，省里或许暂时不会有进一步的动作了。"

在深圳时，胡宝柱已经给他打过电话，透露了这个意思。按照胡宝柱的说法，省里对明年的GDP增长做了测算，情况不乐观，没有正式上马的项目都要放缓。"秦飞老弟，这种时候肯定要保基建项目，用工量大，解决就业压力呢！你那个项目连地都不用，建设量又小，高科技这玩意儿也把不准啥时候能见效，估计要放一放。"政府项目做久了，胡宝柱也成了一个"政府通"，对政府的决策逻辑了如指掌。

晁衡不明就里地问："程处，为什么呀？"

程韵抱歉地笑笑："财政压力比较大。"

晁衡焦急地说道："如果按照现在的思路，咱们这个项目最大的投资就是建公用机房，投资不会很大，实在有压力可以分期建，甚至可以找一些南方公司投资。先把框架搭起来，这对西京下一步的发展真的很重要。"

这一刻齐秦飞从晁衡脸上看到一种叫"年轻"的东西，判断一个人是不是"年轻"往往不是凭借年龄，而是他的处世态度。晁衡只是以一个工程师的视角去看待，用自己的程序计算对的结果，但这结果却不一定禁得起更高级程序的检验。他按住晁衡的手，对程韵说："程处说的我能理解，毕竟全省是一盘棋，财政不宽裕，领导们有别的考虑也是正常的。"

胡宝柱的信息，他回西京后找齐秦亮打听过。齐秦亮皱着眉默不作声，最终还是帮他打问了。从齐秦亮那里得到几乎确定的消息，他又找省发改委和省财政厅的朋友核实，确认的确是对次年财政收入的预判不乐观。他斟酌许久，给滕静澜和乔正军分别去了电话。

乔正军在电话里不留情面地说："秦飞，你是我一手提上来的，你的业绩虽然好，但咱们做销售的不能总躺在原来的功劳簿上。不然派你下面的人守着一亩三分地就行了，花高价养着你养着我就没意义了。你非要扒着摸不着边儿的项目，不是等着公鸡下蛋吗？！"

滕静澜听了他简短的汇报后，沉默一会儿问："那你打算怎么办？"

乔正军的话糙理不糙，齐秦飞知道，秦盛虽是国企，但也不养闲人。于是把乔正军的话变了种说法，试探着说了句模棱两可的话："我们讨论过，觉得对公司来说，业绩是最重要的，但如果公司觉得有必要，我再想办法争取一下。"

滕静澜似乎是悠长地出了一口气，缓缓地说："秦飞啊，你说的这个情况我已经知道了。公司有公司的定位，也要有自己的拳头产品。你说得很对，你们的工作要继续做。"说完便挂断电话。

齐秦飞明白了，滕静澜是要他坚持到底，却又不明说。只说已经知道中西省的情况。他猛然想起，秘书提过，滕静澜和发改委的邹主任是同学。那么滕静澜知道这个消息并不奇怪。邹主任会透露这样的消息，说明滕静澜时刻关注着这个还在酝酿阶段的项目。他庆幸自己没有被乔正军一骂就变成一只失去方向的没头苍蝇，那会使滕静澜觉得他难堪大任。和滕静澜接触多了，齐秦飞渐渐品出，人的能力也需要某种情境来放大。踮着脚和站在梯子上，虽说使同样的劲儿，摘到的果子却不一样。他想站上梯子，业绩就不是唯一重要的了，了解滕静澜的布局和心思，才是最重要的。

程韵的表情让他有些感动甚至内疚。他来之前，对项目的情况是有所了解的，但他不能告诉晁衡，一个认定自己对某件事负有责任的人，你告诉他他其实很渺小，那不是救他，而是残忍地切断他的梦。为了落实滕静澜的指示继续工作，为了维护晁衡热切的责任感，他还是要跑这一趟。

她实在不需要"抱歉"，这是公事，她仅仅是个具体的执行者。他能猜到，她的收入和齐秦亮相差无几。在他看来，她的所得和付出实在不成比例。他宽慰她说："程处对这个项目付出的心血我是看在眼里的，很敬佩也很感动。既然一时半会儿没结果，我倒可以给您说几句真心话。"他把茶往程韵面前推推，顿一顿说："我入行十多年了，也算见证了这个行业的变化。其实行业的变化背后折射着技术的变化、时代的变化，说大一点儿，还有国家的变化。"

程韵点点头。

齐秦飞接着说："您可能知道，前段时间我和晁衡去了趟深圳。这一趟我有一个很清晰的感受，我们国家已经走到信息化数据化的时代了，这个大势不会改变。"

晁衡说："是啊程处，咱们再不赶上这个风口，西京可能真就落后了。"

齐秦飞用眼神制止晁衡。

程韵边摆手边说："晁衡说得没错。"

"虽然没错，"齐秦飞说，"但任何事都得讲究时机。省里财政吃紧停了这个项目，短期看当然是不利。但后期却可能更容易达成共识。"

程韵说："你的意思是？"

"从项目萌生到现在快一年了，但迟迟决策不了。前段时间论证过了，眼看临门一脚，现在又搁浅了，"齐秦飞故意停下，看着程韵说，"表面看是没有完成论证，或者时机不好。往深里看，还是咱们这儿，心理上、思想上、产业链上，对这个事儿没有充分的准备，不敢下决心。"

"齐总，以前觉得您是电子产品的专家，后来知道您是信息化的专家，但没想到您对这个事儿看得这么透彻，"程韵感叹道，"政府的事很复杂，涉及决策的更甚。我也说句实话，2010年我去杭州出差，当时就感觉到新技术给社会带来的变化和冲击，一直很想做些事。去年省里提了这个思路，委里其他人不敢接，我是主动请缨到小组办公室的。但前前后后磨了这么久，我都有点儿没信心想放弃了。"

悬而未决的事在落地前一刻有变恐怕是每天都在发生的，但几乎没有哪件事的当事人像此时坐在西京一间小茶馆的三个人一样，在不知不觉中模糊着自我和事情的界限。齐秦飞知道，如果项目能够正常推进，程韵绝不会说这些带有私人性质的话，便笑道："程处开玩笑了。我也算阅人无数了。非常之功待非常之人。没有人比你更适合做这个项目了。"

齐秦飞的话并不完全只是恭维，他是打心里认可程韵的。滕静澜已经下达了他的指令，他必须一往无前。在这条路上，如果说谁能胜任一名公正的记分员，他相信是程韵。

送走程韵，夜色暗沉下来。他抬手看看表，快七点了。他打发晁衡回公司继续查找其他省市的项目数据，完善方案。自己回茶室点好菜等齐秦亮。

齐秦亮冒雨来时，服务员正把一盘红烧鳜鱼端上桌。他恍然想起五年前在宝安，齐秦亮冒雪专程赶去给他引荐宋部长和金主任时的情景。那时哥哥刚提拔不久，一举一动中有挡不住的意气风发。眼下却有些颓唐。

从他哥牵线让他做成东裕医药的生意起，他的事业搭上了顺风车，一步步成了有职衔的国企副总，交际面层次水涨船高。好运气来了门板都挡不住，过去相识于微时、有些私交的朋友中也有不少到了关键位置上。他曾提过，是不是请朋友出面，邀新部长一同坐坐。齐秦亮木讷地顿一顿，头摇得像拨浪鼓。

他哥失去了精气神，强撑着皮囊扮演贤夫孝子的样子让他难受。最难受的是，即便这样，他哥还时不时打来电话，给他操心着高科基地的消息。隔行如隔山，他知道让这个清高的秀才探头探脑地去打听这些消息且不说很费功夫，光在自尊上就足够杀他一回。如果他哥能像何志强一样，把"单位"当成一个领工资混日子的地方，私下里自有天地。那他会认为也不错。但他了解他哥，齐秦亮哑默而深沉，心思都放在深处，尊严感又强，实在不是一份工资就能打发的。

和齐秦亮同批提拔的人大部分已经走到他的前面，比他进部里晚，原来口口声声叫"哥"叫"处长"的也都快赶上他了。他心里一定难受。

齐秦飞决心给他哥找点儿事："哥，你还是主动去找找领导，汇报一下。"

齐秦亮抬头看他一眼，没说话，低头嚼着红烧鱼，好像在无声地抗议。

齐秦飞说："你清高，不去找领导。难道等着领导来找你？"

齐秦亮放下筷子，端起茶杯一饮而尽，抹抹嘴说："我一片公心兢兢业业，做好自己的本分还不够？一个组织，别人工作做好了，还要操其他的心，是个好组织应该有的样子？那样公正何在？职务不要也罢！"

齐秦飞简直要被他哥的"幼稚"气笑。他知道他哥一肚子气话被他点燃，也不计较："既然你不去找部长，也不想要你这个职务了。干脆给我帮个忙，免得你才华浪费了。"

齐秦亮并不正眼看他，假装漫不经心地问："我能给你帮啥忙？"

齐秦飞已经想过，项目的事到底推不推，他无力决定。但他相信滕静澜对这件事十分执着。他要给滕静澜的动作营造氛围，也要给滕静澜"表现"。去见程韵时说的那番话是他的第一招，如果不是项目受阻，他决不能表现得过度热情，那容易让程韵警惕并且在心理上疏远秦盛。可他在她十分茫然时依然坚定，就能赢得她的绝对好感。一个人的情感倾向是很重要的，此时程韵已经完全不需要再为了倾向秦盛而给自己做什么心理建设，毕竟在她看来，秦盛完全是不计代价地追随着高科基地的项目，而这一切的出发点，绝对不能仅仅用"利益"来解读。

现在是第二招了。

"你不是在编你们的内刊吗？能不能每一期给高科技类的稿件多安排点版面，过一段时间再发一些好的综述类文章？"齐秦飞嘿嘿笑着说，"顺便再找几个朋友，在不同的内刊上都发一发。内容我来提供。"

"你有什么想法？"齐秦亮狐疑地问。

"没什么，就是想为中西省做件大事。"齐秦飞说。他心里一万个明白，他没资格也没资源给中西省做任何大事，可他还是要发挥他的作用，要鼓舞一群和他一样的小人物向着看似光明的远山前进。那他就要给他们找理由、递台阶。要让他们把自己这点事儿看得具有无比宏大的意义。

齐秦亮果然来了兴致，目不转睛地盯着他。他把情况说了，滕静澜的指示也说了。当然，他不会给齐秦亮说那些关于滕静澜是否要"动一动"的传言。齐秦亮从秦飞的只言片语中拼凑出的滕静澜是一个绝对意义上的谦谦君子，怎么能也削尖了脑袋想提拔呢！他比任何人都明白，"赤子之心"是要被保护的。

齐秦亮听完，不自觉地咂咂嘴。他从小就这样，遇到想要的东西、羡慕的人就会咂嘴。齐秦飞知道他哥算是同意了。

42

春节过得索然无味。节前他看于真收拾东西，收拾了一箱又一箱，随口一问才知，于真已经给他妈报告过，他们全家回张河村过年。

这是多少年没有过的。以往回张河村，于真虽然也去，但脸上不好看，总要他赔着笑脸哄几天才行，更别说主动收拾行李了。今年搬了新家，于真沉浸在新房的热乎劲儿中，买个沙发跑了半个月，订个书桌等了三十天。他知道她是防备他做别的安排。

其实根本用不着防备。孟瑶月一早就通知他，放了寒假带点点和师母去海南。去年过年伤了她的心，他还敢说什么？悻悻地问她哪天走他去订机票。孟瑶月放下筷子，头也不抬地说："不用了，你忙你的。"他赶紧说："我就愿意为你忙。"这是真话也是情话，可似乎没说到她心上去，她并没什么特别的表示。

胡小宇抽着雪茄，也递给他一根，他用手一挡。胡小宇随身带着的火机有个雪茄开孔的刀具，但是他总是不讲究地用指甲抠一个小口，随意地用冒着蓝色火焰的打火机熏烤着烟头，待到雪茄燃起，烟头火红火红的时候，嘬进嘴里吸一口，然后吐出烟气说："飞，你做生意看人还可以，谈感情看人就差那么点儿意思了。"

"就像这雪茄，你说我有瘾吗？一根雪茄，前中后口味各不同，古巴的国产的，那味道也不同。"

他问他什么意思。

胡小宇说："孟瑶月那种女人，她什么出身什么经历？她可不是冲着你有钱就贴上来的人。她从小千宠万爱一路顺风的，现在虽说是在大专，好歹也是个高校老师。这种女人要的是你的爱，还有面子，也就是——尊严。"

齐秦飞没想到这样的话竟能从胡小宇嘴里说出来。胡小宇见他若有所思，接着说："哥们儿没上过大学，不过看人还是能看出点意思的。宝柱叔多牛，还有那么多大老板，身边有个漂亮女人不值得炫耀，那个女人从名校毕业才是炫耀的资本。因为人家有文化讲品位，不是谁都跟的。你那个孟瑶月更是这样，那时候来宿舍找你，头扬得老高，谁都不多看一眼。"

齐秦飞说："我对她是真心的，和她的身份经历无关。"

胡小宇笑道："咱俩要是生意上的朋友，你说这话我绝对不拆穿你。但你是我兄弟，说这是不是有点儿搞笑了？你自己可能深信不疑，但她要不是孟副校长的女儿，要不是研究生，不是大学老师，你能记得有这个人？她要是长着一张丑八怪的脸，就算她长一张路人甲的脸，放人堆儿里看不见，你能这样夹起尾巴来爱她？再说了，就算你说得天花乱坠，你拿什么来爱她？还不是咱娘脸一沉你屁都不敢放了。这种女人你光给她钱够吗？像你说的，你一个月都不敢去见她，她能没想法？她恐怕暗地里会拿她和你家里人比比分量，觉得你并不爱她。"

齐秦飞说："胡说，我是身不由己。况且也是她不让我去的，这么久了我千方百计赔着小心，她也没说过什么。"

"你还是不懂女人，"胡小宇说，"她嘴上不让你去心里就真的不想让你去？你等她和你说什么？这种女人是不会给你提要求的，但她会在心里比较。"

"也没见你带过谁，怎么剖析得头头是道？"齐秦飞心慌意乱地说。

胡小宇不答话，只劝他："飞，我劝你回头是岸算了。孟瑶月那种女人不是你能消受的。她要钱倒简单了，可她不要啊，她要你的人，你能和于真离婚？你能狠得下心舍下孩子？你怎么给咱妈交代？"他把已经熄灭的烟点燃："飞，感情是一回事，婚姻是另一回事，天涯何处无芳草，和她分开，你再重找一个，别影响家庭。"

齐秦飞猛地站起身，说："你瞎说啥？我对她是真心的！"

"我是真的爱她啊！"齐秦飞喘着气，一字一句地说。此刻，他的内心是多么地焦虑。

胡小宇叹了口气，不再说话。

齐秦飞正想着怎么给于真和他妈说，他过年就不回去了。顾秘书的电话打来，内容简短，正月十六滕静澜要来西京宴请几个老同学，让齐秦飞安排一桌饭。"要安静雅致的地方。"顾秘书说。

挂了电话他想，自己还是没能走到滕静澜的心里，宴请的地方还要交代一番，但还有一种可能，宴请的规格很高，滕静澜十分重视，所以才特意让顾秘书交代一番。

滕静澜到的那天是正月十四。正月十五他陪着顾秘书把安排好的地方巡视一番，菜单又再核对。地方是吴孝龙订的。正月里聚会多，大大小小的餐厅都是满座，吴孝龙用副秘书长的身份压着，订下南郊一家私家宴会厅。装帧摆设都看好，走的时候，顾秘书又特地转身交代："这个包间明晚之前就不要接待其他客人了。"

服务员有些为难，齐秦飞赶紧上前说："你照办就行，剩下的我和你们经理说。"

经理并不买账，诉苦说原本已经是买了吴秘书长的面子，把老顾客推掉了，餐厅从来没有饭口空着房间不上客的先例。说来说去，齐秦飞答应了价格不菲的最低消费，又同餐厅签了合作协议，经理才松口。

其实餐厅的排风设计非常到位，就算前一个饭口接了客，也不会有什么。但滕静澜这样安排，肯定有他的道理。也许，这种排场是做给这桌客人看的，齐秦飞想。

到了正月十六下午，滕静澜一早来到餐厅等待。齐秦飞和顾秘书在包间里忙活着。陆续有客人到来，齐秦飞斟了茶准备退出去，却被滕静澜叫住。他知道滕静澜留他的意思，便说："一定给领导们服好务。"

落座之后滕静澜一一介绍。邹主任和高海英他是知道的，在座的还有瀛安市的董市长和一位曾在西京挂职副市长的国资委的钟司长。大家寒暄几句，却不进入正题。

齐秦飞见滕静澜身边还有一个位置空着，知道还有重要人物没有登场，便侧身向着门口等待。

过一会儿杜副省长到了，大家站起身，滕静澜迎上去，杜副省长和滕静澜双手相握，显示出非同一般的情分来。杜副省长谦让一番，还是坐了主位。齐秦飞走过去斟上茶，把水杯往杜副省长跟前推了推。杜副省长点点头，便开腔说话："正月还是年，滕总亲自来中西看望大家，我得作陪。"

滕静澜赶紧摆摆手说："我哪里敢看望大家，是来拜年，给老同学们拜年啊！"

齐秦飞听出来，滕静澜和邹主任、董市长、钟司长都是党校同期同学，杜副省长早他们两期。这样重要的饭局，关系到中盛在中西的发展，甚至关系到中盛下一步在全国领域的市场份额，滕静澜没有叫乔正军一起来，这无疑又是一个信号。

既然是老同学见面，气氛自然就和官场上吃饭不一样，彼此放松了些，聊天也多了许多话题。杜副省长主动给钟司长敬酒，一脸笑容地拜托老同学关照一下"差等生"。钟司长接过酒杯站起来说："酒是要喝的，学长的话也不能不听。但学长谦虚我就不能承认了，中西可不是差等生啊,这些年的发展谁不看在眼里。"杜副省长哈哈笑起来:"不论如何,都需要关照。"钟司长把酒一饮而尽,又主动端起一杯,回敬杜副省长:"关照绝对不敢当,相互照应协力共赢却是真的。"

钟司长的职级低于杜副省长,可他掌握着项目。项目资源有限,各省都要竞争,杜副省长自然就要尊重到位。齐秦飞在心里感叹,即便是一个省的封疆大吏,也要为工作为难为生活为难,何况是他!

饭局上大家聊了许多,包括外滩的踩踏事件和动荡的股市。这些"人上人"的日子其实很不好过,每天都在担忧各种尚未发生的事,也实在不能说都是为了自己的"帽子"。

谈到热点事件,不免谈到了"抢红包",抢红包对于普通人来说是一种娱乐,对于齐秦飞来说,简直就是一项瞌睡了有人递枕头的伟大发明。高海英感叹着科技发展真是日新月异。滕静澜不失时机地说:"春晚微信摇一摇参与人数达72亿次,谁敢想这是多大的商机。"钟司长说:"我们也在关注,两个打车软件运营商合并,可能形成寡头。"话题宏观又自然而然地进行,谁也不触及更具体的范畴。这就是到了滕静澜这个层面的艺术,凡事点到为止,交换信息即可。齐秦飞知道,对于这样的圈层来说,自己还是局外人。

省两会后,程韵突然来电话,兴奋地说项目可能要重新启动了。两人你来我往说了几句,程韵突然冷静下来:"齐总,省里如果最终决定仍旧上这个项目,我会继续全力参与。我想你一定也会参与,一旦有可能成为甲乙双方,我就不会再同你们私下见面。"

齐秦飞点点头说:"当然,这是好事,秦盛始终致力于服务地方建设。"

程韵清清嗓子说:"我的意思是,虽然前期论证您提供了很多好思路,但到操作环节,我还是会公事公办,选出最合适的方案和供应商。"

齐秦飞知道，省两会审定的财政预算中肯定涉及重大投资项目。领导班子的发展思路决定了这些项目的缓急程度和先后顺序，这里面有一支无形之手，既和政策有关，又和他们所接触到的信息有关。高科基地虽是大势所趋，但它在决策者心中的地位究竟几何，需要投入多大的财力，以何种定位去建，这不能说完全不具备偶然性。他对程韵做了保证："公平竞争。"感到程韵语气满意，才挂了电话。

程韵其实没必要给他打这个电话。她还是太重情义了。在她看来，这个项目能批下来实属天意和万幸，所以她无法克制地要和曾经一起坚持一起战斗过的人分享这则喜讯，却没想到或许将给她带来风险。齐秦飞暗自想，如果发标，一定要做一个最适合西京的优质方案，报一个最合理的价格，要对得起上层的信任，对得起像程韵这样的下苦人的努力。

他给滕静澜报告了消息，滕静澜立刻表示，让在上海做过类似项目的同事过去支援，尽快拿出完善的方案，并叮嘱齐秦飞做好给客户的咨询服务。

43

建高科基地的消息确定下来，蠢蠢欲动的人就陆续冒头了。

刘雅春把齐秦飞叫到办公室问他近期的业绩。精诚的项目接近尾声，刘雅春到底是刘雅春，项目庞杂烦琐，她硬是眼观六路耳听八方把硬骨头啃下来了。若不是刘雅春对他有了若即若离的防备心，他简直要为她鼓掌喝彩。

业绩她是知道的，去年集团年会她也去了。精诚的项目虽然没赚什么钱，但也不至于赔本。有教育这一大块业务撑着，加上其他一些不大不小的项目，秦盛的利润算是说得过去。这样问的目的很明显是有后话。

"在您领导下，上半年业绩还不错，和去年同期相比增长了百分之三。"齐秦飞斟酌着说。

"齐总太谦虚了，是在滕总领导下，你有什么直接给滕总汇报就行了。"刘雅春面无表情地说。

齐秦飞没料到她会说出这样的话。一个女人，凭她如何优雅有风度，但凡嗅到一丝被挑战的气息，有了一点点的不安全感，她就会露出锋芒。

他不动声色地说："滕总关心秦盛，我们在您领导下尽力而已。"

刘雅春不理会他，接着说："两会一开，各级重点项目依次公布，你有什么想法？"

齐秦飞恭敬地说："我听您安排。"

刘雅春说："省上要建高科基地，我觉得我们应该争取。"

她的语气不容置疑。很显然，她此前并不清楚这个消息。

齐秦飞试探着问："这么大的项目，有没有人能给我们指一指方向？"

"年前发改委的一个朋友提过一嘴，我当时忙着精诚项目的结项，没太注意，我再问问他。给你说的意思是，这个项目咱们要抽调人员全力去做，但成与不成是两说，精诚的项目也到了结项的关键时期，需要你把咱们业绩的大本营守好。"刘雅春说。

意思很明确了，项目她要做，齐秦飞的定位是搞好后勤。若是以前，他至多心里不服气一下，该做的工作还是会做好，他是专业销售出身，保业绩是起码的操守。可如今他却不这么想了，滕静澜无意中给他打开了一个新世界，使他前所未有地体会到一种境界的豁达。从这扇窗看出去，他感受到一种与以往追求不同的神奇力量，那种不是金钱所能够衡量的力量他不能准确尽述。他感到那仿佛是一种可以左右一些大事的体面，不，是比"体面"更深刻的东西，是他能在自己的时代做些什么的力量。

今时不同往日，一旦接触到那股力量，他就本能地想要追随它，不想让它溜走。他不能贸然拒绝刘雅春，但从心里他已经拒绝了。东裕医药的项目，她在签约阶段让他靠边站，那时他刚来，彼此力量相去甚远，他的自尊心有些受伤，心里却感念她留下了余地。精诚矿业的项目全靠他精心布局得来，她却不由分说地据为己有，作为下属他不能反抗，但内心已经明白她的恐惧。如今情势十分明显了，刘雅春以强硬的方式给他划定了活动界限，这无异于要束缚住他的手脚。他绝不能容忍她这样做。

但从内心深处，他又是理解刘雅春的。打拼不易，一个女人能有今天，付出的甚至比男人更多。她的任命迟迟没有下达，怎会容许旁枝逸出？

张小光来找齐秦飞，言明代表新东家讯基来谈合作，合作的目标，就是高科基地。

齐秦飞知道，张小光一直活跃着。他客套地说："张总你是刘总的老部下了，谈合作应该直接找刘总啊！"

张小光摸了摸额顶，露出一口细碎牙齿嘿嘿笑着说："你们国企的规矩大，要先平级来谈，我是带着诚意来找秦盛合作的，怎么能越过你直接找刘总呢？"

齐秦飞知道，张小光这是表白身份。张小光凭借自己的一套本事和私企的便利条件很快在讯基打开了局面。当年他从秦盛负气出走，如今稍一得势就按捺不住到老东家显摆，这让他心里很瞧不起，也断定张小光不是做大事的人。他笑着说："咱们自己人，不讲这个虚套了，这么大的事我做不了主，你还是找刘总。"

"的确是大事，"张小光说，"标的大，竞争对手也不容小觑。说起来，还是齐总你的老朋友呢。反正我是听说，徐明也要投。还有外面一些公司。"

打发了张小光，齐秦飞突然意识到这件事后续的复杂性。他和晁衡曾私下同程韵他们对接过，滕静澜也打了前站，但项目真正发标后，会有许多不可控因素，水搅浑了势必影响他们的计划。

齐秦飞把这些情况做了梳理。为了不给滕静澜造成他格局太小禁不起风浪的印象，他又特意找老雷和几个朋友了解了其他有类似业绩的央企参与竞标的意向。

当面向滕静澜汇报很有必要。

一旦下了决心，他不再顾及如何向刘雅春报告他去北京的意图。反正她决定参与竞标，他和晁衡曾与政府对接的事不是什么秘密，她很快就会知道。

他带着晁衡写出的最新方案上了飞机。一个人，站在不同的位置，看到的景致是不一样的。在飞机上，看到的是云海翻腾，在地上可能就是经历着暴风骤雨。他上了天，自然就不能再入地。想到这儿，他有些理解他哥对那些他曾经认为没什么价值的"虚套"的追求。

对晁衡的方案，齐秦飞是有信心的。滕静澜盯着这份《大唐光谷产业园计划》时，齐秦飞语速很慢地给他介绍着整体构想。

滕静澜浏览一遍后，合上计划书。齐秦飞倾身往前凑凑，说道："您安排的几位工程师很有经验，目前的策划是我们结合中西省和西京市实际反复推敲框定的,应该说是最符合发展趋势,也最符合西京实际。"见滕静澜不作声,他接着说:"有些思路,我们之前也和项目执行人碰过,应该是一致的。"

滕静澜微微点点头。

齐秦飞说:"来之前,我对竞争对手的情况做了一点了解。省内有一家,就是之前和咱们竞争过精诚项目的华天集团。北京还有几家国字号公司,深圳的民企也有几家想参与,客观说,他们实力还不错。其中有一家还专程来找刘总谈合作。"

"雅春?"滕静澜问。

"刘总看到省里发的项目公告,也对这个项目有兴趣。"齐秦飞说。

滕静澜沉默了一会儿,问:"那雅春怎么说的?"

滕静澜显然还是在意刘雅春的身份,这也是齐秦飞所担心的,他顿了顿说:"来人以前是秦盛的员工,也是刘总的得力干将。刘总也表达了想要深入了解项目的意思,对方说带着诚意来,应该谈得不错。"

滕静澜问:"这个事儿,你给正军汇报了吗?"

"还没有,之前的工作也都只是市场调研,并不成熟。您对这个情况更了解,我直接来向您请示了。"齐秦飞说。

"嗯,"滕静澜说,"你的想法是什么?"

齐秦飞就在等这个机会。无论是滕静澜还是乔正军,都曾在公开场合表达过对对方的支持。但他模糊地觉察到,他们内心对高科基地这一类的项目认知和定位不同。滕静澜把它当作一种标志性业绩,乔正军却更倾向于回报周转率高的项目,对此不屑一顾。这点"不同"使他获得了一次机会,纵然他不太明白,为什么滕静澜没有选择在中西上层更有人脉的刘雅春,他却明白地知道,机会往往只会对你露一露尾巴,稍纵即逝。

他迅速复习了在酒店里对着镜子反复练习过的内容,尽力显得平静:

"我一直在思考,您对这个项目十分重视,除了是对我的鼓励之外,还有一点,这个项目做成,将是我们中盛集团在这个领域的关键业绩。我相信您的判断,未来这个市场会很大,所以成败十分关键。您给中西省捐赠了一大笔资金,又专门和有关领导见了面。我们很受感动和激励,除了和执行层保持互动做好项目策划,也找了不少人在省里营造气氛。我一直在思考还能做点什么,您直接问我的想法,我还是要坦诚向您汇报,这个项目我希望能独立负责。我在刘总手下工作也有几年了,她的风格我是清楚的,雷厉风行志在必得,只不过她的目标是当下业绩,并不一定会坚持牵头独立做。还有一点,刘总的意思,后面我主要把精力放在别的事情上。这项目上上下下我跑了一段儿,突然换人,恐怕给客户的体验也不会很好。"

在滕静澜面前说话,齐秦飞的原则一向是慎言少言。滕静澜像一汪深澈的湖水,平静神秘,从他的表情中永远读不出他在想什么。齐秦飞的话是很冒险的,但他不得不这样说。

滕静澜端起水杯,轻轻吹散雾气,低着头说:"由总公司牵头成立项目部,正军任主任,你任副主任怎么样?"

"滕总,我本人没什么问题,名头无所谓,主要是有利于工作开展。不过恐怕刘总对我的牵制会不小。"齐秦飞说。

滕静澜抬起头,微微一笑:"我知道了,你先回去好好准备投标的事,其他的不用考虑了。"

44

于真的股票亏了近二十万。她抱着齐秦飞失声痛哭时他才知道她开股票账户的事儿。于真一抽一抽地诉说委屈,痛骂那些把股市吹得神乎其神的妈妈们。他奇怪她怎么能攒下那么大一笔钱去炒股,却又不得不耐心安抚一番。

这个夏天对于许多人来说都是梦与神话破灭的时刻。股票市场一个个令人耳目一新的概念从天而降,无数金灿灿的落叶最终汇聚成一场暴风雪,把地上的一切席卷一空。

齐秦飞是从胡小宇那里得知何志强破产的消息的。

何志强从一起炒房的朋友那里得到鼓励,不仅把手头的余钱投了进去,还举债一百万追投。他隐约记得,五月何志强曾给他打过电话,兴奋地说自己的股票一连十几个涨停板,怂恿他也炒,或者把钱借给自己炒。何志强借钱的语气是无所谓的,似乎只是单纯地给齐秦飞帮个忙。当时他正私下筹划着给孟瑶月安个家,没有应何志强的话。何志强也并不在意,只说等实现了财务自由,一定要叫上兄弟们去太平洋小岛上好好玩一圈。

胡小宇的电话打来时,刘雅春正在自己的办公室摆出一副摊牌姿态。市政府的三次论证会每次都有新闻发出来,刘雅春已经从朋友那里打探出了工作机构的确切消息。她不难知道齐秦飞此前的动作,捏着嗓子不阴不阳地说:"齐总,既然了解项目的情况,怎么一直不说出来,咱们也好讨论讨论啊?"

齐秦飞现在完全理解她的不悦,如果自己在那个位置上,辖制不住下面的人,他也绝不会纵容局面继续恶化。决定去北京时,齐秦飞已经做好正面应对刘雅春的准备。对于他的不告而别,刘雅春明面上不说,暗地里却找人打问过。

女人一旦决定和谁作对,九头牛都拉不回。公司的气氛陡然微妙起来。齐秦飞似乎成了浑身长满刺的人,令他人不敢接近。武双明渐渐不再给他汇报。齐秦飞回想起他们一起对着电脑加班、拜访客户、在宝安

253

的风雨里瑟缩着行走的景象，不免感慨。有次，武双明热情地把一个烤红薯掰成两半递到他手里，吹着气说："哥，快吃。"现在，那些画面变得模糊起来。倒是张月，偶尔还倒杯水放他桌上。他对她的动作只报以短暂的感激一笑，并不多说什么。这应该是职场上最正常不过的状态，他哥也曾经历过。

孟瑶月读《苏东坡传》，他说："人间冷暖不过如此吧。"

孟瑶月抬头望着他，一头长发散在肩后，衬得面容很美，对他开启的话题，孟瑶月也不多言，只嗯一声，或者甚至只是点点头。

他很想对孟瑶月讲讲刘雅春不着痕迹的孤立。无形中，他把孟瑶月当成了自己的精神依靠。她身上有一种天然的母性，即便因为某种特殊的敏感，她并不像于真，或者其他什么女人那样容易信任他、依赖他，但他很快发现，孟瑶月的那层盔甲很容易在一种东西面前破裂，就是他的无助。她的热情和温柔几乎都是在他十分颓丧时达到极致的。齐秦飞默默享受为数不多的这样的时刻，把头埋在她胸口。她会轻轻拨弄他的头发，指尖划过太阳穴时也会刻意停留一下，那种仅有象征意义的动作所带来的精神满足远远胜于实际效果。

可他熟悉她的这种沉默，也能感觉到她的温柔正在不经意间流走。有时他无法理解，女人为什么不能着眼于全局，而总是纠结于一些细枝末节的东西。为什么不能坦诚相告，而总是把不快埋在心里。很多次孟瑶月给他一个背影时，齐秦飞都想把她扳过来，告诉她那次根本就是她不让他联系的，如果她说让他去找她，他一定会去。只要是她提的要求，他都会满足。

齐秦飞没有勇气说出这些话。她愿意的时候，只需要一个小小的眼神，小小的动作，就能让他忘却所有的不快，给他全世界的幸福。她根本不知道自己的影响力。

他低着头问:"苏轼是什么时候被关起来的?"

"元丰二年。"孟瑶月头也不抬地说。

她显然不打算和他深谈,甚至这种回答包含着恶意。那个张教授,或者随便什么教授,都不一定知道"元丰二年"是哪年,何况是他。

和滕静澜会面的最后,滕静澜只轻飘飘地说了句"我知道了",让他回西京等着,就没有了下文。齐秦飞不是刚工作的黄毛小子,在外企、开公司时也经了些风浪,到秦盛后更不必说,夹缝中求过生,也凭借一些运气杀出点路。他知道滕静澜也是普通人,也需要考虑。对于刘雅春的软刀子,他还受得住。但他总会不由自主地测算自己在秦盛格局中的位置。在中盛集团、在中西省,刘雅春都比他根基深,深到什么程度,他并不清楚。有些地方即便竭尽全力也无法抵达,这是他真正尝过人间冷暖之后才领悟到的道理。如果没有孟瑶月,他会告诉自己,在可控的范围内把事情做到最好就可以了。但她的存在给了他压力,他的奋斗似乎总带有一种要在她面前证明什么的意味。

齐秦飞忍着不满,挤出个笑容问:"元丰二年,是哪个皇帝当政啊?那一年苏轼多大?"

孟瑶月抬起头,看着他,放下手中的书说:"宋神宗。四十二岁。"

"四十二岁也算是人生的大打击了,挺残忍的,他挺不容易的。"齐秦飞露出惋惜的表情,"我最近也遇到些事,能体会他的心情。"

孟瑶月的表情只变了一下,很快又恢复平静。双眼望着他,并不问他什么事,也不拒绝倾听。

他有种被严重忽视的感觉。一而再,再而三硬着头皮把话说透,是渴望得到她的一些关注,渴望通过某些工作上的逆境唤回他们之间久违的亲密感。可似乎怎么努力,孟瑶月都热络不起来了。

他失去了分享欲,干巴巴地说:"那个高科基地,你知道的,刘雅春也想做。她知道我前期参与了一些,有些不满。"

孟瑶月站起身,给他水杯里添了些热水,兑成温的。回身坐在他对面:"你为这件事准备了很久,肯定希望能继续参与吧?"

"其实参不参与一个具体的项目无所谓,但我想把这件事做好,发展得好点,能给你更多,我们也能更好一点。"齐秦飞说。

孟瑶月的脸陡然阴沉下来:"或许我让你很有压力吧。"

"我不是这个意思,你知道的。"齐秦飞完全没想到她会这样说。他也完全不知道自己的哪句话会引起她的不满和反击。

齐秦飞感到沮丧和无力。何志强的房产都被强制执行了,他似乎一夜之间被抽出精神,佝偻下去,一双眼睛向下吊着。他们敲开何志强家门时,他眼角甚至还糊着些黄褐色的眼屎。除了给些宽慰和聊胜于无的帮助,他们无力支持他走出绝境。齐秦飞的妈妈像防贼一样防着他,电话上明里暗里叮嘱"做男人要有担当,要对妻儿好些"。刘雅春对他的孤立不仅在公司,甚至在客户面前也不掩饰,她似乎没有"家丑外扬"的担忧,而是笑里藏刀地暗示所有人,齐秦飞不再是这家公司的代言人了,公司也不再为他的承诺负责。精明人自然隔着笑脸就领会了刘总的意思,悄无声息地减少和他的接触。甚至吴孝龙也有意无意问起他的事,还拍拍他的肩膀劝道:"老弟,身在江湖就要懂江湖的规矩啊,别管你和她差了一级还是半级,领导就是领导。"他不解释。就像他不会计较武双明和其他人的态度一样。有时候,"等待"是对一个人的历练,它能让很多事清晰起来。只有在孟瑶月这里,这种沮丧和无力才会无限地放大。

孟瑶月沉默了半晌,站起身,丢下句:"你确实值得好好过日子。"便进了房间关上门。

他跟到门口,抬手却没敲门。孟瑶月会不会开门,不知道。敲开门说什么，他也不知道。

电话声这时候响起简直拯救了他。程韵约他见面。程韵没像平时一样，叫他"齐总"并寒暄，只言简意赅地说："一小时后山下见。"

她没问他有没有时间，没给他讨价还价的余地。对程韵的信任甚至可以算是超出常理。齐秦飞知道，她一定有大事。

他走到卧室门口，抬起手又放下。回身出门后，给孟瑶月发了微信："公司出了点事儿，我出去一趟。别担心。"

过了很久，孟瑶月才回复："你还是要为家人好好奋斗的。"

45

一路加速开到兴安镇，找到峪口一家面山的私人茶舍后，齐秦飞给程韵发了定位。

程韵很快到了。她少见地穿着一身运动装，带着防晒帽和墨镜。齐秦飞坐在二楼的阳台上，程韵走近说，坐包间吧。工作日的傍晚，茶舍并没其他客人。齐秦飞还是跟着她进了包间。

"最近科讯的人在接触吴主任。"程韵开门见山地说。随即四下看看，又问："你刚一路过来，没人跟着吧？"

他震惊极了。年初两会之后，西京市已经报了项目论证的材料。项目实际是自上而下推的，地块已经选定，专家座谈会也大张旗鼓地开了，省领导在几个内参上都做过批示，要求尽快推动西京的高科基地建设，立项审核自然不成问题。但迟迟没有发标的原因不得而知。他正面问过吴孝龙，上次宴请，他看得出杜副省长对钟司长十分尊重，也看得出钟司长和滕静澜是有私交的。他看得出，高市长自然也看得出。在吴孝龙面前，他就少了些客气的虚套，甚至需要某种理直气壮来强调中盛坚定的底气。吴孝龙当时只说这是大事，省上酝酿考量还需要时间，让他别急。丝毫没有回避或愠怒的意思，显然是知道他直接询问的背景。

程韵的装束是在刻意隐蔽自己。他有些内疚，程韵一直都只在明面上参与，做的是本本分分的工作，即便和吴孝龙一起见他几次，也都是技术层面的讨论。她爱惜羽毛，从没和他们有任何私下接触，没给过他任何暗示，更没收过他哪怕连伴手礼都算不上的小惠赠。她四下张望的动作透着一股生疏，大概是从没有过什么"秘密"的行动吧。他摇摇头，说"放心"。又问程韵是怎么知道的。

程韵说："因为项目的事儿找吴主任时碰到过两次。"

齐秦飞说："这个项目很重要，有人竞争是正常的。况且科讯虽然是私企，但实力很强。找领导小组办公室了解情况、自我推介都正常吧。"

程韵说："如果是了解情况、自我推介，当然是正常的。不过我们讨论发标公告时，吴主任突然提出要对标国际，在业绩分里把海外业绩的分值占比提高。这也正常吗？"

"海外业绩？"齐秦飞有些意外。业绩分的惯例是以项目规模和同类业绩为主要参照指标。信息化方面，国内企业起步晚、走得快，国企的起步更晚些。能在海外有项目业绩的还是以私企为主。如果提高海外业绩的分值，中盛就要吃一个大亏。

"是。"程韵点点头。

齐秦飞问："这个定下来了吗？"

"还没，"程韵说，"在会上我提出来这个要论证一下。毕竟原本的分值体系是常规，海外还是国内主要看规模，有时国内还占优些。作为政府项目，有同类型的经验更可靠。但吴主任既然提了，很可能下次就会定。"

"谢谢你！"齐秦飞说，他来不及去想这到底是吴孝龙自作主张还是高海英的授意。尽管这个项目最终要省上同意，但谁都不会去给领导们汇报发标的细节，领导们也不会清楚其中的门道。

"不需要，"程韵说，"齐总，我没有袒护谁保荐谁的想法，只是不希望有人破坏规则。"

"我知道，"齐秦飞说，"你为这个项目付出得实实在在，希望把它做好。"

程韵点点头，拿起包要离开。

"但我依然要谢谢你。"齐秦飞冲着她的背影说。

这个消息太重要了。齐秦飞让自己快速冷静下来。吴孝龙只是个具体操作的人，擅做决策的可能性不太大。他的提议传递出一个信号——高海英可能靠拢了科讯。饭局上憨态可掬谦虚谨慎的高海英是杜副省长面前的高海英，背过杜副省长，他有自己的利益和想法；又或者，会不会是杜副省长的想法？事情超出了他可以控制的范围。他必须立即向滕静澜汇报。

滕静澜听了他的叙述，直截了当问："你估计这一项我们会输多少？"

"至少五分，"齐秦飞说，"我大致了解了科讯的海外业绩，其实我们其他方面也没有太多优势，而且，我担心这只是第一环。"

"好，我来联系一下。"滕静澜说。

电话那头沉默了半响。齐秦飞不知滕静澜是放下了电话，还是在思考。他也不敢贸然挂断，试探着问："滕总，还有什么指示吗？"

滕静澜似乎对他的小心十分满意："秦飞，公司很重视在中西省的发展，下一步还要加强力量。你要开展工作，掣肘太多是不行。这样吧，先成立一个新的项目部，和秦盛平级，专门负责跟进西京高科基地的项目，落实《大唐光谷产业园》计划，你负责。"

心心念念的大门骤然打开，齐秦飞有些抑制不住的激动："谢谢滕总的信任，我会努力工作回报您的培养。"他知道自己的声音有些颤抖，滕静澜自然也听得出。他的反应应该在他的意料之中。

成立项目部的通知下发时，连乔正军都吓了一跳。除了中西，全国没有第二个省有这样的机构。项目部设在分公司下才是惯例。乔正军没理会滕静澜那套关于这个项目有多重要的说辞，但对滕静澜没有提前知会他感到不快。中西是他的地盘儿，他还是秦盛名义上的负责人，即便新的项目部不让他挂名，但无论从销售这条线还是从秦盛的管理来说，齐秦飞都妥妥当当是他的人，用他的人不通过他，他若没一点儿反应，其他人会有样学样。

滕静澜是通过公司党委办公室来推动这件事的，党委办突然搞出个年度八大工程，党委会研究时乔正军还没有警觉，他认为滕静澜在中西的动作自己一直深度参与，还亲自往山里送过两趟救援物资，上上下下都熟。把中西的项目列进去，当然会获得更多支持。刘雅春介入项目的事他也知道。刘雅春给他打电话时情绪激动，失口越了规矩，说了些不该说的话。他不介意。刘雅春越失控，他对那两个人的掌控就越稳。他不咸不淡安慰几句便挂了电话，为自己盘算起来。直到公司的文件发到各个单位，他才明明白白看到文件上写着"新成立的项目部直接向党委办公室汇报，对党委会负责"。齐秦飞任项目部主任的事儿在党委会上没有遇到任何有效的阻拦，对于其他党委委员来说，这不过是一个优秀的新人而已，不在自己的势力范围。这一切合乎法度和规矩，滕静澜笑眯眯地说："正军手底下带出来的人，都很优秀啊！"他被将了一军，只能接受。

乔正军电话上并不掩饰他的不满。他当然不相信齐秦飞全然无知。他一点儿也不知道齐秦飞是何时和滕静澜达成默契的。他不客气地说："恭喜齐总了。"

齐秦飞不会幼稚地认为还能和乔正军继续交好，但依然恭敬地感谢了乔正军的提携。

对于刘雅春的翻脸，却不需要维持礼貌。"礼貌"甚至会让人以为他怕刘雅春，或者真做了什么对不起她的事。

办公地点已经租好，就在高科基地预留地附近的写字楼，一层十二间。有了阵地，挂上项目部招牌，他这个负责人就有模有样起来了。他心里感恩滕静澜的细致。如果由他操办推动，各部门的审批手续复杂，来来回回都要请示报告，等钱到位，也许就跨年了。他明白，这就是"势"，同样的力量，站在更高的地方，落地的势能会放大无数倍。这个"势"没有到，不可强求；一旦来了，要会珍惜。

他的团队还没完全组建起来时，胡宝柱的电话就来了。

到小院儿时，吴孝龙已经在了。他刚进门绕过照壁，吴孝龙便起身上前握住他的手："恭喜老弟啊！"齐秦飞连忙摆手，把吴孝龙请回位置上："领导折煞我了，领导的恭喜我得接着，但总得让我接得明白吧？"

吴孝龙和胡宝柱对视一眼，哈哈笑起来："你还谦虚呢，进步这么大也不给哥儿几个招呼一声，给你贺一下啊！"

齐秦飞赶紧说："领导说的是这事儿啊！我们公司确实很重视这个项目，所以才成立项目部。但我人微言轻，虽然有心，害怕力不足。还要靠几位领导把控方向，把事儿做好。"

胡宝柱起身回堂屋去取水，吴孝龙拍拍齐秦飞的手："秦飞老弟，既然是'贺'，自然有贺礼啦。"胡宝柱从屋里出来，添上水，把茶杯推到齐秦飞面前。吴孝龙并不避讳胡宝柱，说道："高科基地项目就要发标了，你们的设计概念很有优势。"

看到吴孝龙时，齐秦飞料到是项目有动静了。但他想的是，吴孝龙是来给他施加压力的。没想到他竟带来这么大的消息。他有些按捺不住，激动地说道："那太好了，还是得谢谢领导的支持啊！"

吴孝龙点上一支烟，眯着眼吸了一口："领导自然是支持的，为你这个项目操碎了心。我就是跑个腿，朋友之间不必言谢。议题过了，正式发标有个过程，你回去好好准备一下。"

齐秦飞知道，只要吴孝龙还继续这样的"表演"，他就得好好给他配戏。他认真地说："吴主任就是我的领导，领导发话，我竭尽全力办好。"

散席后，齐秦飞来不及走得太远，把车停在山口的路边就急忙拨打滕静澜的电话。电话接通，他三言两语汇报了事情脉络。滕静澜说："事情我已经知道了，你按之前的构思，把准备工作做好就行。"

齐秦飞说："上次给您报告后，还担心是不是冒昧了，没想到您这么快就安排好了。"

"秦飞，及时通报情况是对的。"滕静澜说，"兵无常势，机会只有一次，稍纵即逝。你做得很好。"

46

这是齐秦飞作为新项目部负责人的第一场仗。他和晁衡，加上几个上海来的工程师，新招聘的行政，滕静澜又七七八八调来了一些精干力量。张月把请调函递到秦盛的人事部，才跑到项目部对他说："师傅，这下撕破脸也回不去了，就留您这儿了！"她说得调皮，却是恳切。二十来人的项目部有模有样建起来。齐秦飞站在那儿，恍惚像看到了悦达当年的模样。

滕静澜为项目部安排了揭牌仪式，还带着乔正军和其他班子成员一起来揭牌。这又是一个先例。揭牌后的宴会上，他对杜副省长说："我们这个项目部将来机构完善后，正式名字就叫大唐光谷工作坊，这名字就是我们中盛拥抱数字化、服务未来的决心。全国第一家设在中西，我们看好中西的发展和领航辐射作用。"

齐秦飞打心眼里佩服滕静澜的眼界和高度，短短几句话，把中西省绑定到了智能化发展的格局里，给杜副省长许了个双赢的美好愿望。吴孝龙已经告诉他，评标方案里将"社会责任"也作为商务分的一项。去年，滕静澜以秦盛的名义捐助过雪灾受灾地区，赢得中西上上下下的好感，连张河村人都用上了打着"风雪无情，中盛有爱"字样的电暖器。这个动作无疑为中盛的社会形象加了分。

吴孝龙的话，包括和领导小组办公室之前的交流，他并没告诉团队。他需要他们在脑海中树立一个强大无比的假想敌，尽全力完成这次任务。

"兵无常势"，他反复体味滕静澜说的这句话，回味着滕静澜在这次行动中的一招一式。他在观势，不算敏锐但也十分准确地感受到未来的发展方向，做出进军新领域的判断。他也在造势，秦盛在中西虽有一席之地，却没有绝对的胜算。他用三千万合理合法地换来了实在的好感和信任。三千万，在合同上只是一个数字，换成物资，却是一种看得见摸得着的实在体验。换成新闻稿，就成了一个企业的情怀。他还在借势，他知道项目和投资对于地方的重要性，钟司长就准时出现在项目悬而未决的阶段。他又定势，在科讯足以让高海英动摇时，他不动声色地做了努力。他能猜到，滕静澜和杜副省长之间，绝不会窃窃私语地说些如何修改评标方案这样无关宏旨的琐碎话，他只会讲政策、描绘愿景。滕静澜波澜不惊地搅动着风云，这场风起云涌里又都是花团锦簇的赢家，想到这些，齐秦飞不由自主地仰望着他。

晁衡带着团队日夜赶工，把大唐光谷工作坊的方案进一步细化。齐秦飞则上上下下拜访各个部门，要把滕静澜定下的乾坤守住，也要下狠功夫。他明白，即便一把手在公开场合表达了项目部将来要和秦盛并驾齐驱的意思，事情也随时可能会发生变化。滕静澜在观察他，而这将是他职业生涯的一大转折。

"孟瑶月，"他心里想，"等踏上这一步，你才知道我对你的心。"他无暇理会孟瑶月的有意疏远。她的微信"你还是要为家人好好奋斗的"充满哀怨也伤到了他。他现在还没有做好离婚的准备，但他有信心将来要和她在一起，她怎么就不能理解呢？齐秦飞现在没精力处理她的情绪，他要完完全全地把注意力放在高科基地的项目上，要盯紧老奸巨猾的吴孝龙，盯住科讯、张小光和一切潜在的竞争者。不能让滕静澜布好的局，栽在他的手里。

旭光大厦的十九楼彻夜灯火通明。西京的秋天很冷，办公室的空调依然开着冷风给持续几周二十四小时运行的电脑降温。晁衡很亢奋，齐秦飞也很亢奋，他们每天几乎都只睡两三个小时，胡乱对付一口吃的，继续工作。

于真的电话他是不接的，胡小宇的电话也顾不上。一个尾号6994的陌生号码打进来，他也直接挂断了。每个人都到了体能和精神的极限。再打进来，齐秦飞不耐烦地滑开。

"是我！"听出程韵的声音，他心里一紧。电话那边说："海外也算，明天。"就挂断了。

他回拨过去，电话刚通他又猛然挂断。只有他明白程韵的意思。已经晚上十点了，"明天"当然是指明天发标，而在最后一刻，高海英依然赌上了一手两不得罪。程韵一定做过了努力却无计可施。她没再约他见面，但还是用这种冒险却没有太大意义的方式向他传递了消息。

齐秦飞的头脑一下子冷下来，他知道，自己绝对不能让团队成员看出失落。他很想给滕静澜打个电话。这个时间，开标文件已经送到招标公司了。电话没有意义，只会让滕静澜在看到文件时不觉得太突然而已。

头皮很麻，在确认赵健携款逃跑那天，他也有过这样的感觉。但现在，他不是三十岁的齐秦飞了，不能让这种头皮发麻的感觉控制自己太久。他走到洗手间洗了把脸，抽出手纸在镜子里看到自己机械地把额头上的水珠擦干。掏出手机给滕静澜编了条微信："刚得消息，海外业绩分值提升，占比不明。没有绝对优势，依然有赢面，大唐光谷工作团队誓将血战到赢。"

过了一小时，滕静澜发来一个"知"字。他收起手机，揉碎浸透水的手纸，丢进垃圾桶。

第二天上午八点，招标公告准时挂在了西京市政府的网站上。除了齐秦飞和科讯那只神秘的手，当然不会有人注意到海外业绩分值的细节和"企业责任"。对于赶着坐地铁的上班族而言，只有高科基地旁边的房价涨跌才是值得关注的。

晁衡和工程师们聚在落地窗对面的一台电脑前，齐秦飞知道他们在看公告。透过人群他能看到晁衡嘴角的微笑。对他来说，公告内容没有任何变化，依然和他的思路一致。或许此刻，晁衡眼中大唐光谷工作坊的招牌已经挂在了高科基地的预留地上。

甲方的评标专家是程韵。其他专家理论上从专家库里抽。齐秦飞完全相信程韵，但他也相信程韵不会给其他专家暗示。她的规则感太强了，昨晚那个电话，只是对其他人破坏规则的控诉，但她不会以彼之道还施彼身。他也完全信任晁衡，他为这个项目已经储备了太久，西京发展的各项数据都在他的脑中，技术分不会丢。但晁衡曾在吴孝龙和程韵面前谈到过他的创意，发标文件只涉及框架性思路。吴孝龙有没有记住更多细节，出卖给对手？他不敢想。有些人不善于创意，却善于模仿和超越。商务部分的细节有许多不确定之处，他不知道科讯或其他对手会找哪些联合公司。这是实力之战。

秋雨下起来，密密匝匝。敲在窗上，一声声传进耳中。天色十分暗沉，宏山的轮廓隐入风里。齐秦飞眯着眼，遥望着高科基地预留地。在浓重的阴沉里，蓝色彩钢板围起的空地像一个巨大的斗兽场，荒凉而未知。从远处看，高起的楼房已经逼近那片未知，不久的将来，那里还将建成学校、医院、写字楼、商场，成为一个热火朝天的生活场。他的目光盯住一幢矮楼，脚手架在风中似乎有些晃。

那是观山居的房子。

齐秦飞在风中站了很久。他想起有次和吴孝龙一起路过这里，吴孝龙曾对这里的居住环境大加赞叹。齐秦飞掏出手机，在上面摁下一串数字……

雨断断续续下了几周，开标那天突然放晴了。天又蓝又高。一大早晁衡喜滋滋地来接齐秦飞。"哥，好兆头吧！"

"是好兆头。"齐秦飞淡淡笑着，说。

车开到招标公司楼下的路边停下。

他们坐在车里喝咖啡，有一搭没一搭地聊着，对于晁衡来说，等待充满期盼和幸福，他要亲自见证自己的梦想落地发芽。

齐秦飞第一次感到时间如此清晰，每一秒对他来说都是煎熬。

那天他拿起手机，摁下那串数字后，最终却没有摁发送键，他讨厌操作主义者，讨厌与操作主义者为伍，他想依靠他们过硬的实力打赢这场仗。

夜色聚拢下来。到了九点，张小光来电话，他接起来。张小光说："齐总，恭喜。"

齐秦飞慢慢长出一口气。他知道消息会从任何一个角落蹦出来。不论是谁，此时都是他的朋友，他对晁衡点点头，又对着电话说："是吗？张总消息灵通，我现在是啥音讯也没有。"

挂完电话，收到一条陌生号码发来的短信，点开，只有一个数字：1。

齐秦飞此刻突然平静了，排名第一，意味着项目就是中标了。他给晁衡点点头，让他等到招标机构的通知后再走。自己打车回凤栖路。

孟瑶月应该还没睡，他要回去和她分享这个好消息，要告诉她，等他的大唐光谷产业园挂牌成立公司，他当上总经理，就娶她。

先不给她打电话，也来不及买花了，明天再买，想买多少买多少。明天，他还要给他妈打电话。

他一路小跑着进了小区上了楼，拿钥匙开门时喊了声："瑶月。"

没人应声，他才发现里里外外都黑着。齐秦飞打开灯，进屋里推开卧室门又喊孟瑶月的名字，静悄悄的。"是不是回师母那里了？"他拨她的电话，关机。递交应标材料，他给她发了微信说忙，暂时不回来了。她没回复，他以为她还在生气，心里想着等招标结束了告诉她这个大惊喜。

他又试着拨通师母的电话。

"瑶月出国访学了，"师母顿了顿说，"秦飞啊，你们怎么回事我不知道，但瑶月是好孩子，你不能让她受不白之冤。你妈妈之前给瑶月打过电话。瑶月的访学通知已经来了大半年。她前几天才决定要走。"

齐秦飞眼前一黑，瘫坐在沙发上。

他猛然发现桌上有张字条："秦飞哥，或许你还没有做好爱别人的准备，好好为家人奋斗吧，去爱他们。"

他的心紧成一团，呼吸急促起来，发疯地用拳头砸着玻璃茶几。他不知道他妈什么时候给孟瑶月打过电话，说过些什么。她为什么一言不发就走了？

"孟瑶月，你对我这么没信心，这么不在意吗？"他的头剧烈疼起来，身体从沙发上滑下去，蜷缩在地。"孟瑶月，孟瑶月……"

电话持续不停响起来，他抓起手机，"胡小宇"三个字闪现在屏幕上。他无力地滑开电话，胡小宇的声音传过来："喂，喂，秦飞，秦飞，你能听到吗？"

"喂，是孟瑶月吗？你知道她去哪了吗？"他的眼泪和鼻涕流进嘴里，含混着问。

"什么孟瑶月？是赵健！"胡小宇大声喊着，"狗日的赵健回来了！"